Madeleine Giese
Nachtvogelflug

atb aufbau taschenbuch

Madeleine Giese hat darstellende Kunst studiert und wirkte u. a. an den Bühnen von Saarbrücken, Bamberg und Regensburg. Sie hat bereits mehrere Kriminalromane veröffentlicht und lebt in Kaiserslautern.

Als Aufbau Taschenbuch ist von ihr der Kriminalroman »Der kleine Tod« erschienen.

Gregor Büchner bearbeitet mit dem LKA einen Serienmord. Immer wieder werden verstümmelte Leichen gefunden, denen der Täter und die Eingeweide herausgezerrt hat. Die Opfer haben außer der grausamen Art ihres Todes scheinbar keine Verbindung zueinander. Das LKA hat ein Problem.

Währenddessen bekommt Marie Weller, Antiquitätenhändlerin im Saarland, Besuch von einem alten Studienfreund. Antonio Miotti, Kunsthistoriker, und neuer Direktor der vatikanischen Museen, hat ebenfalls ein Problem. Aus dem Museum wurde eine – Michelangelo zugeschriebene – Skulptur von »Kreugas und Damoxenes«, zwei griechischen Faustkämpfern, gestohlen. Marie empfiehlt ihm Michael Hauser, der mittlerweile mit Manfred Boger eine Detektei gegründet hat: Spezialität Kunstraub.

Bald finden Boger und Büchner heraus, dass beide Fälle auf eine mysteriöse Weise zusammengehören.

Madeleine Giese

Nachtvogelflug

Kriminalroman

atb aufbau taschenbuch

ISBN 978-3-7466-2610-9

Aufbau Taschenbuch ist eine Marke der Aufbau Verlag GmbH & Co. KG

1. Auflage 2010

Umschlaggestaltung capa, Christian Schottstädt
unter Verwendung eines Motivs von Thomas Wieck
und eines Motivs von Carla Brno/bobsairport
Druck und Binden CPI – Clausen & Bosse, Leck
Printed in Germany

www.aufbau-verlag.de

»Laßt plauderhafte Träum' uns nicht erschrecken;
Gewissen ist ein Wort für Feige nur,
Zum Einhalt für den Starken erst erdacht:
Uns ist die Wehr Gewissen, Schwert Gesetz.
Rückt vor! Dringt ein! Recht in des Wirrwarrs Völle!
Wo nicht zum Himmel, Hand in Hand zur Hölle!«

Shakespeare, König Richard der Dritte

PROLOG

Jedes Mal, wenn er nicht achtgab, sich nicht im Griff hatte, kamen sie zurück. Drei Männer in zwei Jahren.

Nachts war es am schlimmsten. Auch wenn er, wie jetzt, kurz die Augen schloss, waren sie da. Junge Männer mit aufgedunsenen, blau verfärbten Gesichtern. Perfekt getötet, kein Lärm, kein Blut, nur eine kleine Drahtschlinge um den Hals. Männer, die er ausgesucht und in den Tod geschickt hatte.

Die Frau neben ihm in der Schlange rempelte ihn an.

»Scusi.«

Verwirrt sah er ihr Gesicht, das zurückgekämmte Haar, die breite Stirn, die ausgeprägte Nase. Sah, ohne zu sehen. Sein Blick dauerte zu lange. Irritiert wandte sie sich ab. Sein nachgeschobenes »Non fa niente« ließ sie zurückweichen.

Er räusperte sich, blickte gerade aus.

Die Menge schob sich ein Stück weiter. Viele Römer um ihn herum. Natürlich, der letzte Sonntag im Monat, der Eintritt war frei. Neben disziplinierten Japanern und schwitzenden Deutschen drängelten sich heute gruppenweise Italiener. Sie tauschten Rufe und Begrüßungen mit den später Kommenden, Familienmitgliedern oder Freunden, denen sie einen Platz vorne frei gehalten hatten.

Er stand inmitten obligatorischer Sonnenbrillenträger, dieses Jahr das übergroße Modell. Ameisengewimmel. Insekten in Etuikleidern, die in winzigen Handtaschen kramten, sich gegenseitig Kaugummi anboten, den die Kiefer im Gleichklang mahlten. Insekten in weißen T-Shirts, die Muskeln im Fitness-Center gestählt, die Zigaretten lässig in der hohlen Hand.

Er wandte den Kopf. Da war die Mauer, die ganze Via Leone entlang. Aus unregelmäßigen, roh behauenen Quadern, mächtig und unbeeindruckt. Sie schützte das kostbare Innere, bildete einen Wall gegen die Herandrängenden. Im unteren Teil war ihr Stein schwarz, wurde heller, je mehr sich die Mauer aus ihrem eigenen Schatten hob, wechselte von Anthrazit zu Grau.

Jeder der zahllosen Steine hatte ein eigenes Gesicht. Für ihn individueller, unterscheidbarer als die Ameisengesichter, die ihn umdrängten.

Er erkannte die Spuren der Scalpellini, die den Stein behauen hatten, und Spuren des Bergmassivs, aus dem er stammte. Wellenlinien, eingegraben von Hitze und Frost, Löcher und Kerben, die Wunden der menschlichen Werkzeuge.

Sein Blick verlor sich in den Steinen. Er blendete die Stimmen aus, die Menschen, die Hitze der Julisonne. Im Schatten der Mauer schob er sich vorwärts, nahm nichts mehr wahr außer den Atem der Steine.

Ab und an zwang ihn einer der beinlosen Bettler oder eine vermummte Alte, die, murmelnd, eng gepresst an der Mauer saß, ihren Schutz zu verlassen. Für Sekundenbruchteile registrierte er die Menschen, die Sonne, die benzingeschwängerte Luft. Dann tauchte er wieder in die Steine.

Der Zug der Ameisen bog nach links, war jetzt in der Via Vaticano vor dem monumentalen Haupteingang. Sie kamen schneller voran. Kein Anstehen an den Kassen.

Er durchquerte die Eingangshalle, ließ sich vom Strom zum Pio Clemente und den Galerien treiben. Im Cortile Ottagono, dem kleinen Innenhof, war kein Gedränge. Das Ziel der Masse war immer zuerst die Sixtinische Kapelle und die Stanzen des Raffael.

Die Skulpturen empfingen ihn. Altbekannte, düstere Freunde. In Grauen gefangen blickte Laokoon auf ihn herab, der muskulöse Priester mit seinen Zwillingssöhnen, ihre Körper von Seeschlangen tödlich verkettet. Umgeben von Ungeheuern, macht-

los, zum Verlieren verdammt, erwartete Laokoon nicht nur den eigenen Tod, sondern auch den Tod seiner Kinder.

Schon seit Jahren besuchte er Laokoon. Anfangs allein, dann mit den Toten, die ihn begleiteten. Und während er selbst mit den Jahren versteinerte, wurde der Mann aus Stein immer lebendiger. Tu etwas, forderte er stumm. Kämpf, auch wenn es aussichtslos ist. Kämpf, auch wenn du nichts hast als die bloßen Hände.

Aber seine Hände waren nutzlos.

Er senkte den Kopf, ließ sich weitertreiben.

In der Galleria dei Candelabri stockte der Besucherstrom. Für einen Moment ging es weder vor noch zurück. Misstrauische Museumswärter fixierten die Menge, traten nervös von einem Bein auf das andere. Zu viele Menschen, zu viele Gefahren.

Trotz seiner Größe musste er sich recken, um über die Köpfe zu sehen, konnte jedoch den Grund des Staus nicht ausmachen. Er atmete durch, sah unter seinen Füßen den Marmorboden, rechts und links die Miniaturskulpturen. Er war umfangen von tröstendem Stein.

Stein. Das dauerhafteste Material der Welt. Aus ihm entstanden Häuser, Brücken, Kirchen, Städte. Aber selbst er konnte sterben, wenn man ihn mit Gewalt zertrümmerte, seine Eigenheit nicht achtete. Dann wurde das warme, atmende Material farblos und trübe.

Weit entfernt hörte er den Klang seiner Kindheit: eins, zwei, drei, vier. Der Rhythmus der Schläge gegen den Stein, mit dem Stein. Die Sätze seines Vaters, die sich dem Rhythmus anpassten. Jeder Satz war mit dem vierten Schlag beendet oder wurde nicht gesagt, Worte, an der Länge eines Schlages gemessen.

Sein Blick streifte die Menge, die Wände, den Boden. Blieb an einer Skulptur aus weißem Marmor hängen.

Marmor, schimmernder Stein, das Herz des Universums, der reinste von Gott geschaffene Stoff.

Die Skulptur war so hoch wie sein Unterarm. Zwei Kämpfer,

die sich nackt gegenüberstanden, Knöchel und Finger mit Riemen umwickelt, um die Wucht der Schläge zu verstärken.

Er hatte sie oft betrachtet, er kannte sie. Kreugas und Damoxenes, zwei attische Faustkämpfer. Niemals waren sie ihm gewalttätiger erschienen als heute. Beide Körper in Bewegung, die kraftstrotzenden Schenkel, die gewölbten Brust- und Rückenmuskeln pantherhaft geschmeidig. Jeder Muskelstrang trat aus dem polierten Marmor, als sei er lebendig, als pulsiere Blut durch den weißen Stein. Zwei Kampfmaschinen, zur Zerstörung bereit. In den sich zugewandten Gesichtern spiegelte sich die Angst, eingefangen im Moment der Entscheidung, der keinem von beiden den Sieg bringen würde.

Die Menge um ihn bewegte sich weiter, er stand.

Sie rempelten ihn an beim Versuch, ihn weiterzuziehen, weiterzuschieben. Er stand. Böse Blicke trafen ihn. Er merkte es nicht. Wie ein Fels, ein Stein, stand er in der Menge, die sich vor ihm teilte und sich hinter ihm wieder schloss.

Eine Ahnung, der Anfang eines Plans, formte sich. Angenommen, er würde den Kampf anders führen als bisher? Er kannte das, was seine Gegner am Leben hielt, ihre Blutbahn. Er hatte versucht, sie zu verstopfen, unbrauchbar zu machen. Was, wenn er sie durchtrennte, zerschnitt? Das Herz zum Stillstand brächte?

Seine Hände waren nicht immer nutzlos gewesen, früher hatten sie Dinge getan, die er gern vergessen hätte. Was, wenn er sich wieder erinnerte?

Unwillkürlich streckte er die Hand aus, wollte den Marmor spüren, mit den Fingerspitzen die entschlossenen Züge der Athleten nachfahren.

»Attenzione!« Die Stimme des Museumswärters klang scharf. Er zog die ausgestreckte Hand zurück, straffte sich, lächelte entschuldigend.

Er wusste, was er zu tun hatte. Er würde ihn beginnen, den Kampf ohne Sieg. Mit bloßen Händen.

1.

Vorsichtig stieß Gregor Büchner seine Gabel in das Ding auf dem Teller. Mit leisem Quietschen protestierte die Kohlroulade gegen die Behandlung. Eine Attrappe folgerte der Kommissar. Gummi, mit künstlichen Farb- und Aromastoffen aufgepäppelt.

»Ich hab dir gesagt: Nimm die Erbsensuppe«, erinnerte ihn Kollege Schiele von der Kriminaltechnik und biss herzhaft in sein Brötchen. »Mmpfh …« Schmerzlich verzog Schiele sein Wieselgesicht.

»Ich hab dir gesagt: Hände weg vom Brötchenmausoleum«, konterte Büchner.

»Verdammt!«, mümmelte Schiele und fummelte sich etwas aus dem Mund.

Fasziniert beobachtete Büchner die unappetitliche Aktion.

»Mein Inlay«, stöhnte sein Gegenüber und hielt ihm auf dem Zeigefinger ein undefinierbares, mit zerkauten Krumen bedecktes Etwas entgegen: »Weißt du, wie teuer das war? So ein Mist, mein Inlay.«

Köhler von der Sitte trat zu ihnen. Sofort streckte ihm Schiele den Zeigefinger hin: »Sieh dir das an!«

»Was stellt das dar?«, und auf Schieles bösen Blick fuhr er fort: »Entschuldige, aber du bist der Kriminaltechniker von uns beiden.«

»Mein neues Inlay, dreihundert Euro hat mich das gekostet. Eigenanteil!«

»Wer war der Täter?«, erkundigte sich Köhler und beugte sich interessiert über das Opfer.

Mit einem Nicken wies Schiele zur Glasvitrine auf der Kantinentheke. Dort lagerten, wahrscheinlich seit Jahrhunderten, immer dieselben Brötchen. Ob sie jemals ausgetauscht wurden, entzog sich der Kenntnis der Kommissare. Feststand, dass nur Neulinge der Polizei sich der Vitrine näherten.

»Wie lange arbeitest du für den Laden?«, fragte Köhler, erntete aber statt einer Antwort nur unwilliges Grummeln. Damit war alles gesagt, und der Mann von der Sitte wandte sich an Büchner: »Der Chef sucht dich.«

Froh, der Roulade zu entkommen, warf Büchner seine Serviette neben den unangerührten Teller und stand auf.

»Nur keine Hast«, meinte der Kollege, während Peter Schiele weiterjammerte: »Das ist Körperverletzung, vorsätzliche!«

Ungerührt verließ Büchner den Tisch.

»Dein Essen ...«, rief Köhler ihm nach.

»Überlass ich dir«, antwortete er über die Schulter. »Aber Vorsicht! Das Ding lebt noch.«

»Nicht mehr lange.« Der Mann von der Sitte hatte sich bereits auf Büchners Platz gesetzt und schwenkte das Messer.

Umhüllt von Essensdüften, die ihm beharrlich folgten, ging Büchner nach draußen.

Die kalte Januarluft blies ihm um die ungeschützten Ohren und kroch in seinen Mantelkragen. Mit langen Schritten passierte Büchner die Mainzer Straße auf dem Weg zum Landeskriminalamt. Der Wind griff von vorne an, er senkte den Kopf und versuchte, schneller zu werden, ohne zu rennen. Blöde Idee, durch die halbe Stadt zu hasten, um festzustellen, dass das Essen in der Polizeikantine auch im neuen Jahr ungenießbar war. Oder wurde er selber immer ungenießbarer? Mit zunehmendem Alter und abnehmendem Verstand – wo hatte er das neulich gelesen? Traf auf ihn wie die Faust aufs Auge. Oder litt er an der berühmten Jahresendzeitdepression, die ihn tapfer ins neue Jahr begleitete?

Frierend betrat er das Landeskriminalamt. Uniformierte Kollegen von der Bereitschaft hasteten durch die Gänge, Sekretärinnen schleppten Aktenstapel von A nach B, Kommissare blätterten im Laufschritt in irgendwelchen Unterlagen.

Die erste Arbeitswoche im neuen Jahr fing so stressig an, wie die letzte im alten Jahr zu Ende gegangen war. Immer wieder öffneten sich Zimmertüren, und für Sekunden drangen Gesprächsfetzen, Telefonklingeln und das Klappern von Tastaturen auf den Gang.

Büchner mochte den Wirbel. Er war heilfroh, die Feiertage hinter sich zu haben. Weihnachten bei seinen Tanten war nicht gerade Friede auf Erden. Die beiden hatte das Alter weder milder noch gelassener gestimmt. Und ihn hatten sie als Sorgenkind auserkoren, während sein Bruder Klaus verschont blieb, aber der hatte ja auch Familie und einen »anständigen« Beruf.

Wie hatte Tante Christa an Heiligabend treffend bemerkt? »Gott, Annchen, erinnerst du dich, wie wir früher skandierten: Haut die Bullen platt wie Stullen! Und jetzt sitzt einer von denen unter unsrem Weihnachtsbaum.«

Bei der Erinnerung musste er lächeln, an Heiligabend hatte er es nicht ganz so witzig gefunden.

Vor der Tür des Dezernatsleiters zog er sein Jackett gerade und klopfte.

»Ja!«, kam es von innen.

Büchner kannte Rainer Liebs mittlerweile gut genug, um den Grad seiner schlechte Laune an diesem »Ja« abzulesen.

»Gutes Neues«, wünschte er trotzdem.

»Gut! Gut! Was soll daran gut sein?«, knurrte es ihm vom Schreibtisch entgegen.

»Ärger?«

»Gar kein Ausdruck. Ich habe eine Anfrage aus Luxemburg, Amtshilfeanforderung.«

Interessiert zog sich Büchner einen Stuhl näher. Luxemburg. Das letzte Mal, als sie dort ermittelt hatten, ging das Rechtshilfeersuchen vom Saarland aus. Das war der Museumsdiebstahl vor einem Jahr gewesen. Er mochte die Luxemburger, sie waren entgegenkommend, und die meisten sprachen neben Französisch und Lëtzebuergesch auch hervorragend Deutsch.

»Die Kollegen haben direkt an der Grenze, in Remich, einen Mordfall. Ein zerfleischter Immobilienmakler, scheußliche Geschichte. Das Opfer hat Geschäftsverbindungen ins Saarland.«

»Mord?«, fragte Büchner mit hochgezogenen Augenbrauen.

Nicht sein Fach, Diebstahl und Waffenkriminalität waren sein Aufgabengebiet.

»Die Kontaktdienststelle West hat den Luxemburgern einen Verbindungsbeamten zugesagt. Ausgerechnet jetzt. Du weißt, wie viel los ist.« Sorgenvoll legte Liebs die Stirn in Falten.

»Wie kommst du auf mich?«, fragte Büchner.

»Wir haben seit 96 eine Vereinbarung mit dem Justizminister und dem Minister der öffentlichen Macht des Großherzogtums Luxemburg über polizeiliche Zusammenarbeit im Grenzgebiet ...«

»Schengener Abkommen, weiß ich«, unterbrach Büchner. »Meine Frage: warum ich? Du weißt, dass wir an den Autoschiebern dran sind.«

»Die Kollegen machen ohne dich weiter.«

»Mord. Nicht mein Fachgebiet.«

»Ich schicke dir die Akten rüber, brutale Geschichte. Morgen früh erwarten sie dich in Remich. Deine laufende Ermittlungsarbeit übergibst du dem Kollegen Rehn. Der kann sich gleich einarbeiten.« Als wäre der Vorgang damit erledigt, beugte sich der Chef wieder über seinen Schreibtisch.

Büchner blieb angenagelt sitzen. Seine Gedanken fuhren

Karussell. Aus einer laufenden Ermittlung abgerufen? Dazu ein Mordfall? Was lief da? Es war absolut nicht die Art vom Chef, seine Beamten hin und her zu schieben.

Rainer Liebs hob den Kopf: »Noch was?«

Büchner holte tief Luft. »Ich möchte gerne wissen, was läuft.«

Eine Sekunde lang musterten sich die beiden Männer.

Schließlich lehnte sich Liebs im Stuhl zurück und fuhr sich müde über die Augen: »Ich will dich einfach eine Zeitlang rausziehen.«

»Rausziehn?«

Rainer Liebs sprang unvermittelt von seinem Stuhl: »Hör auf, den Papagei zu spielen. Du weißt, was los ist!«

Büchner setzte sich aufrecht. »Entschuldige Rainer, aber das weiß ich nicht. Wo willst du mich ›rausziehn‹? Und warum?«

Liebs wandte sich zum Fenster. »Es war ein Fehler, dich nach Bogers Weggang mit Hamm zusammenzuspannen. Unter uns: Der Kerl ist ein Stänkerer und geht mir gewaltig auf den Sack.«

»Das kann ich nachvollziehen, aber was hat das mit mir zu tun?«

»Willst du mich verarschen, Gregor?«, schnauzte der Chef und drehte sich abrupt um. »Auf meinem Schreibtisch liegen allein vom Dezember drei schriftliche Beschwerden über dich.«

»Von Hamm?«

»Das geht von mangelnder Kooperationsbereitschaft über Informationsverweigerung bis zu absichtlicher Fehlinformation.«

»Was? Aber ...« Büchner fehlten die Worte. Damit hatte er nicht gerechnet.

»Aber, aber«, äffte Liebs ihn nach. »Das ist nicht alles. Du weißt, dass wir einen Beauftragten für Mobbing haben. Bei dem war er auch schon. Mobbing! Ist das hier ein Kindergarten oder was?«

Büchner atmete durch. »Wir haben Schwierigkeiten, das ist wahr. Aber von Informationsverweigerung oder Fehlinformation kann keine Rede sein.«

Seufzend ging Rainer Liebs zum Schreibtisch zurück und ließ sich schwer auf seinen Stuhl sinken: »Und was ist mit der Kooperation? Ich kapiere nicht, dass ausgerechnet du solche Schwierigkeiten hast.«

Büchner schwieg.

»Ich habe gedacht, du kommst mit jedem aus.«

Klang das nicht geradezu vorwurfsvoll? Büchner, der Allesversteher, Büchner, der brave Sohn. Das war sein Part. Man musste die Kollegen nicht lieben, geschweige denn heiraten, um mit ihnen zu arbeiten. Aber bei Hamm stieß er an seine Grenzen. Das musste er sich ehrlicherweise eingestehen.

»Sogar den Dicken hast du weggesteckt«, setzte Liebs nach.

Der Dicke, sein Freund Manfred Boger. Manfred war der Stachel in Hamms Fleisch, das wusste Büchner. Als Manfred die interne Untersuchung über seine scheinbar zu enge Zusammenarbeit mit Kriminellen am Hals hatte, war Hamm zu jeder Vorverurteilung bereit gewesen. Als Manfred nicht aus dem Dienst entfernt, sondern nur in ihr Dezernat versetzt wurde, fing Hamm erst recht an zu stänkern. Und selbst jetzt, da Manfred Boger aus dem Polizeidienst ausgeschieden war, verzieh er Büchner dessen Freundschaft mit dem vermeintlichen Grenzgänger nicht.

Fairerweise musste Büchner sich eingestehen, dass es ihm jedes Mal einen Stich versetzte, wenn er Hamms dämliches Gesicht auf Manfreds Platz sah. Das war die Krux. Aber das konnte er Liebs nicht erklären, der Chef würde das nicht verstehen, zumal Manfred Boger auch für ihn ein rotes Tuch gewesen war. Außerdem war Manfred nicht dick, massig vielleicht, aber nicht dick.

»Ich habe mich nie unkorrekt verhalten«, sagte er statt einer Erklärung.

»Gregor, du bist einer meiner besten Männer. Aber ich kann Hamm nicht schon wieder versetzen.«

»Also Luxemburg?«

»Also Luxemburg!«

2.

Als Büchner in sein Büro zurückkam, sah er, dass aus dem Graupelgeriesel von morgens anständiger Schnee geworden war. Betäubt ließ er sich auf seinem Stuhl nieder und starrte aus dem Fenster.

Aus milchgrauem Himmel segelten dicke Flocken. Sobald es schneite, noch dazu einen solchen Bilderbuch-Schnee, wurde das Leben leiser, langsamer. Normalerweise glänzte sein Büroblick nicht durch Attraktivität. Eine graue Straße, graue Bürgersteige, graue Häuser. Jetzt bedeckte die Straße eine weiße Schneeschicht, von vorsichtigen Reifenspuren dunkel durchzogen, geometrische Muster, die den Blick fingen. Auf dem Bürgersteig, nur schwach ausgebildet, waren Fußspuren, zarte Vertiefungen, Mahnmale an längst Vorübergegangene. Die jämmerlichen Stadtbirken, Gerippe, die verzweifelt gegen den Erstickungstod kämpften und auch so aussahen, schmückten weiße Mäntel, und sogar die grauen Hausdächer mit Rauchfahnen aus schmutzigen Schornsteinen wirkten, als würden sie endlich ihrer Aufgabe nachkommen: Bedachen, beschützen, ein Wall gegen Kälte und Frost.

Und über allem, wie ein oszillierender Vorhang, das beständige Geriesel.

Lautlos formten seine Lippen das Wort »rieseln«. Es gefiel ihm. Regen platschte, schüttete, fiel oder goss. Schnee rieselte. Ein angemessenes Wort.

Hinter ihm öffnete sich die Tür. Er drehte sich nicht um.

»So ein Scheißwetter«, tönte es in seinem Rücken.

Er reagierte nicht.

Unter Prusten und Schnauben zog Walter Hamm den Mantel aus, hängte ihn an den Kleiderständer, kramte einen klirrenden Schlüsselbund vor, ließ ihn fallen, hob ihn fluchend auf und setzte sich endlich, wobei er es fertigbrachte, den Stuhl ächzen und knirschen zu lassen.

Auch eine Eigenheit von Hamm, dieser ständige Lärm. Selbst die einfachsten Tätigkeiten waren mit einem immensen Geräuschpegel verbunden. Manchmal konnte Büchner ihn sogar denken hören. Ein leises Sirren, unterbrochen von einem Knacksen und Knurpsen, wie wenn ein Tier an Knochen nagt. Wahrscheinlich der Versuch von Hamms Synapsen, eingegangene Informationen weiterzuleiten und zu verarbeiten.

»Stumm geworden?«, kam es aggressiv von gegenüber.

Mühsam riss Büchner seinen Blick vom Fenster.

Mit vorgerecktem Kinn, die Arme über der Brust gekreuzt, starrte Hamm ihn an, während seine Füße unter dem Schreibtisch auf und nieder tippten.

»Rehn wird meinen Part in der laufenden Ermittlung übernehmen.«

Das Fußgetippe verstummte. »Du machst dich dünne? Wieso das denn?«

Büchner zog die Augenbrauen hoch.

»Es gab Beschwerden über mich«, erzählte er dem verständnislosen Gesicht gegenüber. Irrte er sich oder biss sich Hamm unter seinem dämlichen Dreitagebart auf die Lippen? Der Blick wich aus, und die Füße begannen wieder ihr nerviges Gelärme.

In diesem Moment wurde die Tür aufgerissen. »Norbert Mayer, Kontaktdienststelle West. Der Kollege Büchner?«

Verwundert betrachtete Büchner das junge Gesicht, auf dem sich nicht einmal der erste Flaum zeigte. Kontaktdienststelle? Gott, der Typ war höchstens sechzehn. Holten die ihre Beamten jetzt aus der Wiege? Durch ein Nicken gab er sich zu erkennen.

»Hier die Akte von der Police Grand-Ducale. Mit dem BCCP ist alles abgeklärt.«

Der Junge warf einen dünnen schwarzen Schnellhefter auf Büchners Schreibtisch.

»BCCP?«

»Bureau Commun de Coopération Policière«, kam es wie aus der Pistole geschossen.

»Aha.«

Der Sechzehnjährige grinste und ließ sich ohne Umstände auf Büchners Schreibtischkante nieder: »Grenzüberschreitende Polizeiarbeit Deutschland, Belgien, Luxemburg. Sie arbeiten allerdings mit der SPJ.«

Von nahem sah er nicht mehr ganz so jung aus, eher achtzehn. Sein Lächeln hatte etwas Gütiges, als er erklärte: »Service de Police Judicaire, Kriminalpolizei, fast wie bei uns. Zuständig für Schwerverbrechen, Bekämpfung der organisierten Kriminalität, Wirtschaftskriminalität, Suchtgiftkriminalität und so weiter. Spurensicherung und Erkennungsdienst sind Teil der SPJ.«

»Soweit klar.«

»Sie melden sich aber erst mal bei der SREC.«

Büchners Seufzen quittierte Mayer mit breitem Grinsen.»Service de Recherche et d'Enquête Criminelle.«

»Okay, okay«, fuhr Büchner auf. »Geben Sie mir eine Adresse, einen Namen. Oder muss ich die Struktur der Luxemburger Polizei auswendig lernen?«

»Nicht Luxemburger Polizei – großherzogliche Polizei! Police Grand-Ducale. Hab ich doch eben gesagt.« Ein leichter Tadel lag in der Stimme. Offensichtlich hielt er Büchner für extrem begriffsstutzig.

»Ein Name?«

»Einfach in Remich bei Commissaire Henri Michaux melden. Adresse liegt bei. Nicht vergessen: Unbedingt tanken in Luxemburg, ist billiger als bei uns. Und Hände weg von den

Obstschnäpsen! Der Kirsch dort stammt aus der Chemiefabrik, der hat nie eine lebende Kirsche gesehen.«

Der Kleine durfte schon trinken? Dann musste er mindestens einundzwanzig sein.

Unbeeindruckt von Büchners Erschütterung hüpfte Mayer vom Schreibtisch und wandte sich zur Tür. »Alles klar?«

Bevor Büchner noch überlegen konnte, hörte er sich fragen: »Wie alt sind Sie?

Diesmal hatte er es geschafft, Norbert Mayer zu verblüffen.

»Sechsunddreißig, wieso?«

Als keine Antwort kam, wandte sich der Junge kopfschüttelnd zum Gehen.

Erschüttert von so viel Jugendlichkeit, Effizienz und Dynamik starrte Büchner ihm nach.

»Interessanter Fall?«, kam es lauernd von Hamm.

Büchner zuckte die Achseln und öffnete den Schnellhefter. Ein Gewirr von herausgerissenen Därmen, gelblichem Unterfettgewebe, Blut und Hämatomen sprang ihn an. Verstört überblätterte er die ersten Fotos und kam zu den Porträtaufnahmen des toten Gesichts. Auch nicht besser. Mit einem Ruck klappte er das Ding wieder zu.

Genau deshalb wollte er nichts mit Mord zu tun haben. Gewalt, das war einfach nichts für ihn. Verdammt, er war dafür nicht gebaut, auch nicht nach zwanzig Jahren Polizeidienst.

Er würde zu Liebs gehen und ihm den Ordner vor die Füße schmeißen, sich weigern. Genau. Niemand konnte ihn zwingen, sich damit zu beschäftigen.

»Ist wohl nix für die zarte Seele?«

Irritiert hob er den Blick von dem schwarzen Schnellhefter. Hamms Grinsen konnte man nur hämisch nennen.

»Du kannst ja zum Chef rennen, Büchner. Der wird dafür sorgen, dass du dir dein Kaschmirmäntelchen nicht versauen musst. Ist nicht nett, die Realität.«

War das Hamms Bild von ihm? Der personifizierte Kaschmirmantel, der bei unliebsamen Aufträgen zum Chef rannte?

Gut, er trug einen, er legte Wert auf gute Kleidung. Bestimmt ein befremdlicher Aspekt in der Welt der Jeans- und Lederjacken-Typen, der harten Kerle. Dabei war das Harte-Jungs-Getue auch nur ein Abwehrmechanismus gegen Bilder wie die zwischen den Schnellhefterdeckeln.

Es gab beim Diebstahl Gewalttaten, natürlich hatte Büchner Tote gesehen. Aber seine persönlichen Abwehrmechanismen waren eben nicht besonders gut entwickelt, trugen wahrscheinlich kleine Kaschmirmäntelchen und sahen lieber weg, als wegzustecken. Na und? Sein erster Impuls war tatsächlich, Liebs den Ordner vor die Füße zu schmeißen, zum Chef zu rennen.

Abrupt stand er auf, zog den geschmähten Mantel über und klemmte sich den grausigen Ordner unter den Arm.

»Hey, wo willst du hin?«

»Nach Hause.«

Genau, er würde nach Hause gehen, den Tag beenden, sich ein Bad einlaufen lassen, ins Schneetreiben schauen, einen Wein trinken. Und irgendwann den verdammten Ordner wieder öffnen.

»Du kannst nicht einfach … Hey, Büchner! Was ist mit Rehn? Redest du mal mit mir, du Mistkerl? Büchner …«

Selbst auf dem Gang war Hamm noch zu hören.

3.

Prüfend hob Marie Weller die Nase und sog die Schneeluft ein. War da nicht etwas? Eine Spur? Ein Hauch?

Enttäuscht senkte sie den Kopf. Kein Frühling.

Manchmal konnte man ihn schon riechen, ein zarter Geruch, eine Ahnung von jungem Grün und hellen Himmeln.

Aber da war nichts. Nur Schnee.

Blödes altes Weib! Schon im Januar diese unstillbare Sehnsucht nach dem Mai.

Vielleicht war da doch etwas? Vielleicht kapitulierte ihre Nase vor dem Alter? Wo hatte sie das gelesen mit der nachlassenden Riechfähigkeit? Himmel, hoffentlich war es noch nicht so weit.

Sie schob die kalten Hände in die Anorakjacke und schlenderte über die schneebedeckten Platten zum Apfelbaum.

Der Baum empfing sie mit einem Lächeln. In den kahlen Zweigen, die er gegen den Himmel streckte, war vielleicht doch ein leichter Grünschleier zu erkennen?

Sie stellte sich vor, dass das Chlorophyll spätestens ab Januar in die toten Äste wanderte und den Stamm durchzog. Wie Blut, das unter der Hautoberfläche pulsiert.

Aber da war nichts, kein grüner Schimmer.

Lächerlich, Weihnachten und Silvester waren gerade erst vorbei. Je älter sie wurde, desto größer die Angst, den Frühling nicht mehr zu erleben. Im Winter starben die Leute.

»Huhu, Frau Weller«, dröhnte es in ihrem Rücken.

Marie erstarrte. Eine Sekunde lang überlegte sie, sich nicht umzudrehen, den schrecklichen Ruf zu ignorieren. Aber das hatte wenig Sinn, Ilse Blum gab nicht auf. Nie.

Mit einem Seufzer drehte sie sich zur Gartenmauer.

Den halslosen Oberkörper in Pelz gehüllt, die Locken mit einem neckischen Käppchen geschmückt, den Froschmund in die Breite gezogen, lauerte das Verhängnis auf der Leiter.

Marie wünschte ihrer Nachbarin nichts Schlimmes. Aber ein kleiner Sturz? Die Leiter, von der aus Ilse Blum den Wellerschen Garten überwachte, war sicher glatt? Es musste kein Knochenbruch sein, eine nette Verstauchung, die sie eine Zeit lang von Kletterpartien abhalten würde, vielleicht?

»Man hat richtig Sehnsucht nach Wärme«, säuselte die Blum von oben.

Marie knurrte Undefinierbares.

»Ach! Bald heben die Schneeglöcklein wieder die Köpfchen und dann kommen die Narzisschen und Kroküsschen wieder«, plapperte das Verhängnis.

Entgeistert starrte Marie in das freundliche Gesicht. Narzisschen, Kroküsschen? Der Blumsche Hang zur Verniedlichung ging entschieden zu weit.

»Ist alles in Ordnung?«

Marie nickte stumm, was ihrer Nachbarin nicht zu gefallen schien. »Also mit Ihnen zu plaudern wird immer öder«, kam es gereizt von oben, und die ondulierten Locken tauchten ab.

Es dauerte ein paar Sekunden, bis Marie sich von den Konversationsversuchen erholte. Offensichtlich hatte der Frosch auf ein paar Wellersche Bösartigkeiten gelauert. Na gut, damit konnte sie momentan nicht dienen. Der Winter dauerte zu lange, sie war eingefroren. Musste die Blum halt auf Tauwetter warten.

Ratlos sah sich Marie in ihrem Wintergarten um. Der erste richtige Schnee in diesem Jahr hatte alles verhext. Weiß umhüllte er die Konturen der Zweige, hatte sich als Zuckerguss auf die immergrünen Hecken gelegt und den Rasen mit einer Glitzerschicht überzogen, unberührt und unberührbar.

Sie könnte einen Schnee-Engel machen. Sich auf die weiße Fläche legen, die Arme und Beine über den Boden reiben und so einen Abdruck wie von Engelsflügen hinterlassen.

Einen winzigen Moment war sie in Versuchung. Aber wahrscheinlich käme sie nicht mehr hoch, würde wie ein Käfer auf dem Rücken zappeln. Und die Blum, die bestimmt noch irgendwo lauerte, würde der Schlag treffen. Das wäre es allerdings wert. Sie kicherte.

Ein Feuer. Genau, sie würde ein Feuer anzünden, um den Frühling zu locken. Den Winter verbrennen – warum nicht? Die Bewegung war gut für eingerostete Knochen und zu tun gab es eh nichts im Garten.

Sie krempelte die Anorakärmel hoch und ging zur Holzstelle. Den Tannenbaum von Weihnachten musste sie verbrennen. Und das, was an Gartenabfällen vom Herbst übrig war.

Entschlossen packte sie das Oberteil des zersägten Weihnachtsbaumes und schleppte es von der Gartenmauer zur Feuerstelle. Die Steine, die die Stelle markierten, waren umgefallen oder verschoben. Mit gebücktem Kreuz richtete sie alle und zerrte den Baum in die Mitte.

»Was wird das?«, kam es neugierig von der Mauer.

Ohne hochzusehen, packte sie den zweiten Teil des Baumtorsos und zog ihn zum magischen Kreis.

»Frau Weller, Sie werden doch jetzt kein stinkendes Feuer anzünden!«

»Genau das werde ich.« Mit diesen Worten lud sie sich die Arme voll abgeschnittener Äste und wandte sich strahlend zur Blumschen Mauer. »Sie sollten sich besser verziehen, der Qualm wird genau zu Ihnen treiben.«

»Sie – Sie sind schrecklich«, kreischte Ilse, aber Marie hätte schwören können, dass sich beim Abtauchen ein Grienen um den Mund ihrer Nachbarin breitmachte.

Eine Sekunde hielt sie in ihrer Betriebsamkeit inne. Diese Blum! Machte sich Sorgen um den Gemütszustand ihrer schrulligen Nachbarin. Irgendwie rührend. Aber anstrengend.

Jetzt erst mal das Feuer! Im Schuppen war Brennholz, warum nicht Kartoffeln rösten?

Ohne auf die rutschigen Platten zu achten, lief Marie hinter das Haus in den windschiefen Gartenschuppen. Eine Wand war mit gestapeltem Holz für ihren Kaminofen bedeckt. Sie lud sich beide Arme voll und ging zur Feuerstelle zurück. Papier in die Zwischenräume des Holzstapels, ein Streichholz, und schon züngelte eine kleine Flamme über den Boden des Scheiterhaufens.

»Marie?«

Erstaunt drehte sie sich um und hätte vor Überraschung fast aufgeschrien. »Vito! Das darf doch nicht wahr sein …«

»Marie. So eine Freude.«

Mit ausgestreckten Armen kam der stattliche ältere Herr auf sie zu.

Giacomo, der Chauffeur, der in einigem Abstand stand, sah verblüfft, wie Dottore Miotti diese merkwürdige Alte mit der aufgelösten Frisur in die Arme schloss. Durch die langen Dienstjahre gelang ihm eine unbeteiligte Miene. Schon den ganzen Tag musste er sich darum bemühen, ab dem Zeitpunkt, als der Dottore beschlossen hatte, von Paris aus nicht nach Hause, sondern in das merkwürdige Dorf am Ende der Welt zu fahren, jetzt stand er da und hielt die ungepflegte Frau umklammert, als gelte es sein Leben. Und wenn sich Giacomo nicht sehr täuschte, lugte über die Gartenmauer eine weitere Chimäre mit ondulierten Locken. Aber nein, da war nichts, außer der vom Feuer bewegten Luft.

Endlich lösten sich die beiden voneinander, und der Chef erinnerte sich an ihn. »*Giacomo, mi farebbe il favore di cer-*

carsi una trattoria. Starò per alcune ore dalla mia vecchia amica Marie.«

»Du schickst ihn weg?«, unterbrach ihn die Alte. Wenn sie sich die Haare aus dem Gesicht strich, sah sie nett aus. Früher war sie bestimmt hübsch gewesen. Sieh einer an, der alte Miotti, der Schwerenöter.

»Dein Chauffeur kann hier bleiben, ich mache euch etwas zu essen, oder ...«

Über ihren Kopf hinweg machte der Dottore ein Zeichen, und Giacomo verstand. Mit einem Lächeln entfernte er sich.

Marie sah ihm nach. »Wie immer die Menschen im Griff.«

»Wie immer«, bestätigte ihr Gast. »Lass dich ansehn.« Er drehte sie zu sich und sah ihr aufmerksam ins Gesicht, das sich, trotz seiner Größe, fast auf gleicher Höhe befand.

Auch Marie musterte ihren alten Freund. Das Haar schlohweiß, die Gesichtszüge schärfer als bei ihrem letzten Treffen, die braunen Augen lebendig, um den Mund neue Falten, die ihn abgehärmter aussehen ließen.

»Du siehst aus, als hättest du Sorgen.«

Statt einer Antwort lachte er leise.

»Willst du ins Haus?«

Er schüttelte den Kopf. »Es ist schön hier in deinem Wintergarten. Hast du etwas zum Sitzen?«

»Dort hinten der Hackklotz. Packst du den?«

»Also bitte«, sagte er beleidigt.

»Als Direktor der vatikanischen Museen trägst du wahrscheinlich kaum ein Blatt Papier.«

»Ich trage die Verantwortung, dagegen ist dein Holzklotz ein Federchen.«

Aha, da lag der Hund begraben.

»Weißt du, während du es uns gemütlich machst, hole ich Kartoffeln für das Feuer, ja?«

»Und einen deiner wunderbaren Schnäpse?«

»Einen Chartreuse!« Ohne seine Zustimmung abzuwarten, lief sie zum Haus.

Er sah ihr nach. In manchen Momenten sah sie aus wie das junge Mädchen, die kleine Studentin in Paris, als die er sie kennengelernt hatte. Ein wenig zu groß, ein wenig schlaksig und immer in Bewegung. Und obwohl er schon damals wusste, dass seine Träume nicht den Mädchen galten, hatte er sie geliebt. Auf seine Art. Manche Dinge blieben.

Mit einem Seufzer schob er die Mantelärmel nach oben, wischte mit der Hand die Schneemütze vom Holzklotz und versuchte, ihn von der Gartenmauer zum Feuer zu schieben. Hochheben ließ sich das Ding nicht, aber mit Zerren und Drücken gelang es, den Klotz zu bewegen. Ab und an hielt er inne und wischte sich den Schweiß ab. Gott, obwohl er versuchte, fit zu bleiben, war er ein lahmer, zahnloser Schreibtischtiger.

Ein letzter Ruck, dann lag der Klotz da, wo er sollte. Aufatmend ließ er sich darauf nieder, ein Lächeln stahl sich in seine Mundwinkel. Gut, dass ihm niemand zugesehen hatte. Der ehrwürdige Doktor Vittorio Miotti, der einen Holzklotz durch den Garten zerrt.

Die kleine Flamme vom Anfang war gewachsen, hatte sich ausgedehnt, fraß sich, groß und von strahlendem Goldgelb, hungrig am trockenen Holz in die Höhe. Tanzend sprang sie über die Äste, die sich wie dürre Knöchelchen in ihr aufbäumten und zerfielen. Das Feuer hatte den Schnee geschmolzen und einen Ring brauner Erde freigelegt. Sein Gesicht, den Flammen zugewandt, wurde warm.

»Schön, so ein Winterfeuer«, sagte Marie und nahm aus den Taschen ihres Anoraks eine Flasche und zwei silberne Becherchen. Sie stellte alles auf die Erde, kauerte sich ans

Feuer und zog aus den unergründlichen Taschentiefen in Alufolie gewickelte Kartoffeln, die sie vorsichtig in die Glut schob.

»Auffallend«, sagte Miotti und hielt die silbernen Schnapsbecher, dass die Flammen sich darin spiegelten.

»Reines Art déco. Habe ich in Gent gefunden«, beantwortete Marie seine unausgesprochene Frage.

Freude an schönen Dingen, darin waren sie immer Verbündete gewesen.

»Chartreuse braucht eigentlich Glas«, gab sie zu bedenken. »Das grüne Feuer – sieht man so gar nicht.«

Er senkte die Nase in sein Schnapsglas und sog den von Kräutern durchtränkten schweren Alkoholgeruch ein. »Du bist der einzige Mensch, mit dem ich das Zeug trinke«, murmelte er.

Beide sahen ins Feuer, dachten an das letzte Mal, als sie bei einem Chartreuse zusammensaßen. Das war in Maries Küche gewesen, direkt nach Theos Beerdigung. Seltsam verspätet hatten sie den alten Freund zu Grabe getragen, als die Rechtsmedizin endlich den toten Heimatforscher und Museumsdirektor freigegeben hatte.

Vor vielen, vielen Jahren in Paris waren sie unzertrennlich gewesen. Odette, Marie, Vito und Theo. Ihr Quartett war ein Markenzeichen gewesen. Und dann, eine gefühlte Sekunde später, saßen sie zu dritt, plötzlich alt und verbraucht, in Maries Küche. Odette, Marie und Vito. Jeder mit seinem Leben und dem, was er daraus gemacht hatte.

»Denkst du auch an das letzte Mal?«, fragte sie leise.

»Ach, Marie. Was ist aus uns geworden?«

»Du wirst jetzt nicht kitschig?«, fragte sie mit einem schrägen Seitenblick.

Er lachte.

»Wir haben alle das getan, was wir tun wollten. Theo hat seinen Beruf geliebt, das ist ein gutes Leben. Odette ist immer noch eine hervorragende Geschäftsfrau, wenn auch in einem, nun ja …«

»Einem ungewöhnlichen Metier?«, hakte er nach.

Marie nickte. Sie war nicht prüde, aber dass ihre alte Studienkollegin Odette ein »Haus« führte, verursachte ihr ein merkwürdiges Gefühl in der Magengrube.

»Ich bin damals nicht gerne ins Saarland zurückgegangen. Aber im Endeffekt war es das Beste. Ich hatte meinen Antiquitätenladen, mein Haus und später sogar Theo.« Sie schluckte kurz. Er rückte ein Stück näher an seine alte Freundin heran.

»Aber du! Du hast wirklich Karriere gemacht. Direktor der vatikanischen Museen – hättest du dir das als kleiner Student träumen lassen?«

Er streckte seine langen Beine dem Feuer entgegen. »Natürlich.«

Natürlich. Sie war die Kitschnudel. Vittorio war immer der Ehrgeizigste gewesen, derjenige, der schon damals fünf Sprachen akzentfrei beherrschte, als Erster promovierte, immer mit den Mächtigen paktierte … Stopp. Nicht paktierte, das Licht der Macht suchte. So hatten sie es damals genannt.

»Bist du glücklich?«

Er runzelte die Stirn. »Eine angemessene Frage an diesem späten Nachmittag in diesem Garten. Bist du es?«

»Nein. Nicht besonders.« Sie griff einen langen Ast und stocherte im Feuer. »Eine blöde Frage. Als gäbe es ein Anrecht oder eine Verpflichtung zum Glück. Als wäre das der Gradmesser des Lebens.«

»Vielleicht ist er das. Um deine Frage zu beantworten: Ich mag mein Leben.«

Sie warf ihm einen Seitenblick zu. »Du hast Sorgen. Sonst wärst du nicht gekommen.«

»Wer Sorgen hat, hat auch Likör. Bekomme ich noch ein Gläschen?«

Sorgsam goss sie ihm nach.

»Direktor der vatikanischen Museen. Mein Lebenstraum. Hat nicht einmal ein kluger Mann gesagt, wen Gott liebt, dem verweigert er die Erfüllung seiner Träume?«

»Wen Gott liebt, den nimmt er jung zu sich.« Auch sich selbst goss sie nach. »Aber du bist der Spezialist für Gottessprüche, du arbeitest für den Verein.«

Er lächelte zurück. »Auch das habe ich mir leichter vorgestellt. Hohe Würdenträger sind eine eigene Spezies, glaub mir.«

»Und das Museum?«

»Ein Traum.«

Sie rutschte näher an ihn heran: »Vito, einen Chartreuse, wenn du mir ein Geheimnis anvertraust!«

Als Antwort hielt er ihr seinen silbernen Becher entgegen.

»Die Sixtinische Kapelle ...«

Er lachte, beugte sich vertraulich zu ihr und flüsterte: »Manchmal schleiche ich mich vor der Öffnung herein. Dort sitze ich dann ganz allein und atme.«

»Das will ich hoffen. Das mit dem Atmen, meine ich.«

»Es ist unglaublich, Marie. Ein Privileg. Ich, der kleine Vittorio, sitze in der Hauskapelle der Päpste, im größten Kunstwerk aller Zeiten. Inmitten der wunderbarsten Malereien der Menschheit. Ich kann dir nicht beschreiben, wie sich das anfühlt. Dafür lohnt sich einiges.«

Marie seufzte und starrte in die Flammen. Früher war das einer ihrer großen Träume gewesen: einmal alleine und mit viel Zeit die Sixtinische Kapelle ansehen. Ohne die Touristenmassen, ohne Gedränge und die ständige Aufforderung, weiterzugehen. Ach ja, die Träume.

»Was lohnt sich dafür nicht?«

»Wir haben Diebstähle im Museum. Einer davon ist mehr als schmerzlich.«

Alarmiert setzte sie sich aufrecht. »In der Zeitung stand nichts.«

»Das will ich hoffen! Eine der Hauptanforderungen an den Direktor der Vatikanischen ist, das Haus skandalfrei zu führen.«

»Kunstraub. Kein gutes Aushängeschild für ein Museum«, gab sie zu.

»Zu oft kommen im Zuge der Ermittlungen katastrophale Zustände ans Licht. Denk nur an den gestohlenen Salzstreuer in Wien, der das ganze Museum blamiert hat.«

»Salz! Holst du die Kartoffeln raus?« Unvermittelt sprang sie auf und lief zum Haus.

Mit einem Holzstab scharrte er in der Glut, um die inzwischen dunkel gebrannten Alu-Päckchen zu fischen. Mit spitzen Fingern legte er sie zu einem Häufchen zusammen. Sein Gesicht, das den Flammen immer näher kam, glühte. Mitten in der Bewegung hielt er inne.

Ein Déjà-vu: Ein kleiner Junge vor einem Feuer klaubt Kartoffeln aus der Asche. Von vorne wird er geröstet, von hinten greift ihm kalter Wind unter den Pullover. Er ist ganz vertieft in seine Tätigkeit, und – ja, er ist glücklich. Eins mit sich, mit der Welt.

Dottore Vittorio Miotti richtete sich auf und sah in die Flammen. Eine Kugel, so hatte er sich damals gefühlt, wie eine Kugel. Rund und zufrieden, ohne einen Zweifel.

Die Bewegungsabläufe, der Geruch nach Feuer und gebratenen Kartoffeln, das Zusammenspiel von heiß und kalt, all das hatte ihn in seine Kindheit zurückversetzt. Damals war er dem Glück nah gewesen. Das Glück, nach dem Marie gefragt hatte, lag vielleicht nur in diesem Rundsein, im Einssein mit der Welt.

»Kunstraub«, sagte Marie, die mit Servietten und einem Salzstreuer bewaffnet zurückkam und sich vor das Feuer kauerte. »Einen Museumseinbruch hatten wir hier vor kurzem. Ich habe einen Experten von der Polizei kennengelernt.«

Mit halbem Ohr hörte er zu. »Hast du eine Gabel?«

»Na komm. Mit den Fingern macht das viel mehr Spaß. Eine Gabel! So was Blödes.«

Sie saß auf dem Boden, den Rücken an den Hackklotz gelehnt, eine Kartoffel auf den Knien und zog vorsichtig die Alufolie auseinander. Ein Teil der Schale blieb daran hängen. Gelb schimmernd und dampfend lag die Frucht vor ihr.

Er setzte sich neben sie und griff sich ein Kartoffelpäckchen.

»So weit ich weiß wollte Hauser, so hieß der Spezialist, sich mit einer Detektei selbstständig machen.«

Er horchte auf. »Eine Detektei?«

»Für gestohlene Kunstschätze. Aber der Vatikan hat doch eine eigene Polizei?«

»Sicher, die Corpo della Gendarmeria«, antwortete er nachdenklich. »Dieser Hauser ... Du kennst ihn?«

»Er hat versucht, ein Netzwerk mit allen Antiquitätenhändlern aufzubauen. Gestohlene Kunst wird uns öfters angeboten. Die Museumsdiebe hat er jedenfalls geschnappt.«

Er streckte die Hand aus, sie reichte ihm den Salzstreuer. »Ist er diskret?«

Sie zuckte die Achseln. »Muss er. Sonst bleibt er nicht im Geschäft.«

Immer noch gedankenschwer schüttelte er den Streuer über seine Kartoffel, bis Marie an seinem Ärmel zupfte.

»Vito, es schadet nicht, wenn du die Kartoffel vor dem Essen auspackst.«

Von seinem Alu-Päckchen sah er direkt in Maries lachende Augen.

»Hör mal«, begann er zögernd. »Ich glaube, ich brauche deine Hilfe.«

4.

»Nach der Auflösung des stabilen Hochs, das uns die letzten Tage unser wunderbares Winterwetter gebracht hat, dringen nun die Tiefdruckgebiete von Westen her weiter vor. In den Morgenstunden sind örtliche Wolkenlücken möglich …«

Der Fahrer vor ihm bremste scharf, als die Straße steil abfiel. Büchner bremste ebenfalls, sein Wagen rutschte mit den Hinterrädern nach links. Automatisch steuerte er gegen, der Wagen fing sich, Adrenalin stürmte seine Blutbahnen.

»… weht ein starker und recht böiger Wind. Die derzeitige Wetterlage sorgt bei vielen Menschen für eine Verschlechterung des Allgemeinbefindens und …«

Entnervt drehte Büchner dem Quatscher den Saft ab. Verschlechterung des Allgemeinbefindens! Der schwarze Schnellhefter, den er gestern Abend studiert hatte, hatte sein Befinden erheblich verschlechtert. Da half auch die Flasche Bordeaux nicht.

Die Straße war frei, an den Rändern türmten sich schmutzstarrende Schneehaufen. Eine örtliche Wolkenlücke riss über dem kleinen Moselstädtchen im Tal auf, die Sonne erschien und verschenkte zögernd ein paar Strahlen. Die schneebedeckten Weinberge und Wälder, die von Remich wie die Ränge eines Amphitheaters aufstiegen, glitzerten im Licht.

Büchner konzentrierte sich auf die Abfahrt. Als er die stillgelegten Zollgebäude passierte, die die Einfahrt in die Stadt säumten, atmete er auf.

Auf der Moselbrücke war Stau, und Büchner erinnerte sich, dass er als Jugendlicher einmal dabei gewesen war, als auf der Brücke eine Strohpuppe verbrannt wurde. Genau, das »*Stréimännchen*«, so hieß die Puppe.

An einem Aschermittwoch vor hundert Jahren. Damals war er mit einem Freund hier gewesen, wie hieß der noch gleich? Ein blonder Junge mit auffallend schönen Augen …

Jürgen? Josef? Joachim? Komisch, an den Namen der Strohpuppe konnte er sich erinnern.

Der Verkehr lief wieder, und Büchner bog nach links auf den Parkplatz der Esplanades. Der trostlose Platz am Moselufer war leer. An diesem mistigen Mittwoch waren kaum Tagestouristen in der Stadt, um sich mit Zigaretten, Parfüm oder Alkoholischem einzudecken.

Er stieg aus dem Wagen und wurde von eisigem Wind empfangen. Schnell schlüpfte er in Mantel und Schal, streifte die schweinsledernen Handschuhe über und machte sich auf den Weg.

Der Aschermittwoch vor hundert Jahren war genau so kalt gewesen, und Jürgenjosefjoachim hatte ihn zur Port St. Nicolas geschleift, ihm die Überreste der mittelalterlichen Stadtbefestigung und die wenigen malerischen Altstadtgassen gezeigt. Eine Barockkirche gab es auch irgendwo. Architektur hatte er studieren wollen, sein verlorener Freund. Und er selbst Jura, Jungenträume.

Das »unterstützende Interventionszentrum« der Police Grand-Ducale, ein langgestreckter moderner Bau, wurde von einem freundlichen Pförtner bewacht, der sich bereit erklärte, ihn zu Kommissar Michaux zu führen.

Michaux war ein Schock. Wieder eines dieser sportlich dynamischen Jüngelchen mit gegeltem Haar und Stupsnase, die gerade der Wiege entschlüpft waren. Verdammt, wann begannen die ihre Ausbildung? Im Kindergarten? Oder war das der oft beschworene Generationswechsel der Polizei? Die alten Knöterer verschwanden, nur er blieb übrig. Heutzutage war man mit Mitte vierzig ein Relikt.

Der Händedruck des Jüngelchens war überraschend sanft.

»Kommissar Büchner? *Wellkomm zu Lëtzebuerg*! Ich freue mich, Sie zu sehen.«

Perfektes Deutsch, nur im Rollen der Konsonanten lag etwas Französisches. Angenehme Stimme, warm und plätschernd.

»Zuerst einmal Kaffee? Das Wetter ist nicht einladend für die Autofahrt. Nehmen Sie Platz!«

Die Hand auf seiner Schulter dirigierte ihn sanft aber bestimmt zu dem langen Schreibtisch, der, umrahmt von Bücherregalen und bedeckt mit Papieren, nach Arbeit aussah. Zu Büchners Überraschung wurde er nicht auf den Besucherstuhl, sondern direkt hinter den Schreibtisch geführt, während Michaux sich davor niederließ. Wie durch Zauberei öffnete sich die Tür, eine mittelalterliche Dame brachte lächelnd ein Tablett mit Kaffee und dampfenden Croissants und verschwand so leise, wie sie gekommen war.

»Wenn Sie ein Hüngerchen spüren: Bitte.«

Ein Hüngerchen?

Ein charmantes Auflachen. »Hüngerchen ist falsch, nicht wahr? Ich sehe das an Ihrem Gesicht. Sie müssen entschuldigen, aber unsere Amtssprache ist Französisch, und meine Frau ist aus Arlon. Wir sprechen zu Hause meistenteils nicht Deutsch.«

»Sie sprechen sehr gut.«

Wieder ein charmantes Lachen, eine abwehrende Handbewegung: »Merci. Unsere Tageszeitungen erscheinen in Deutsch, nur einige Artikel sind in Lëtzebuergesch. Da ist es keine Kunst. Ich interessiere mich sehr für Ihre Sprache. Sie ist schön.«

Büchner stutzte. Schön? Französisch war schön, klangvoll. Aber Deutsch?

Michaux schien seine Zweifel zu bemerken. »Deutsch hat so viele Bedeutungen und Begriffe. Ich versuche, alles richtig zu verstehen, und mit Ihrer Hilfe werde ich viel lernen.«

Auch das noch! Büchner setzte sich unbehaglich auf seinem Stuhl zurecht. Am besten sofort zum Beruflichen schwenken:

»Zu dem Fall ...« Bei diesen Worten ging eine starke Veränderung mit seinem Gesprächspartner vor. Büchner stockte. Der Luxemburger setzte sich aufrecht, das Lächeln und die Unverbindlichkeit verschwanden, stattdessen traten Kinn und Nase stärker vor. Als hätte man einen Weichzeichner entfernt und der wahre, der professionelle Michaux träte vor: »Sie kennen die Akte?«, fragte er.

Büchner nickte.

»Eine üble Sache. Severin Baumann, 43 Jahre, Immobilienmakler mit Hauptgeschäftsstelle in Remich und Zweigstellen in Merzig, Saarbrücken und Saarlouis.«

Wieder nickte Büchner.

»Vor zwei Tagen wurde er in den Weinbergen gefunden. Sie kennen den Obduktionsbericht?«

»Ehrlich gesagt habe ich wenig verstanden.«

»Ah, die Sprache ...«

Wieder zog Büchner es vor zu nicken. Er hatte keine Lust dem Luxemburger zu erklären, dass sein mangelndes Verständnis nicht an der fehlenden Übersetzung ins Deutsche, sondern an seinem fehlenden medizinischen Grundwissen lag. Noch so etwas, das ihn für eine Morduntersuchung nicht gerade zum Wunschkandidaten machte. Die Kollegen, die damit tagtäglich zu tun hatten, hatten sich über die Jahre zwangsläufig ein Verständnis für die Terminologie erarbeitet. Er nicht.

»Ich habe mir erlaubt, den Rechtsmediziner Wiesner herzubitten, ein Landsmann von Ihnen, ein Saarländer.«

»Wiesner? Alexander Wiesner?«

»Genau.«

Büchner kannte den Mann vom Hörensagen. Unbestritten eine Koryphäe auf seinem Gebiet. Lehrte an der Uni in Saarbrücken, soweit er wusste.

»Wiesner hat seinen Wohnsitz in Luxemburg. Und da wir noch keine eigene Rechtsmedizin haben …« Bedauernd hob Michaux die Schultern.

»Der Auffindungsort des Opfers war in den Weinbergen?«

»Der Besitzer, Monsieur Verdôme, war am Montag dem siebten Januar auf einem Kontrollgang über das Gelände. Er macht das immer, um eventuelle Schäden von Silvester festzustellen. Unsere Jugendlichen steigen gerne hinauf, man sieht das Feuerwerk von oben, und sie können selbst ungestört knallen.«

»Erst am siebten?«

»Er war erkältet beim Jahreswechsel. Deshalb ging er später als gewöhnlich, um die herumliegenden Flaschen und Körper wegzuräumen.«

»Körper?«

In Michaux' Augen blitzte es, kurz legte er die professionelle Hülle ab, legte den Kopf schräg und fragte neugierig: »Das sagt man nicht? Körper vom Feuerwerk?«

»Doch, doch. Feuerwerkskörper.«

Michaux nickte befriedigt, speicherte die Information und verwandelte sich wieder in den Polizisten, als er fortfuhr:

»Als Erstes fand Verdôme die Kleidung. Mantel, Schal, Jackett, Pullover und Unterhemd, alles neu und ordentlich zusammengefaltet. Kleidung von Severin Baumann.«

»Fremdspuren?«

»Die von Verdôme. Er hat die Sachen aufgehoben und angeschaut. Natürlich findet er mal einen Handschuh oder eine Mütze, aber eine komplette Oberbekleidung? Die Spurenlage sagt, dass Baumann sich selbst den Oberkörper freigemacht und alles geordnet hat.«

Das hatte Büchner bei der Auffindungssituation am meisten befremdet, der nackte Oberkörper des Opfers bei minus acht Grad, das sorgfältige Zusammenlegen der Kleidung.

»Ein paar Meter weiter stößt Verdôme auf Blut, schon gefroren. Er ist beunruhigt und will Verstärkung holen, da findet er den Körper.«

»Den Körper?«

Verständnislos sah Michaux ihn an. »Den Menschenkörper natürlich.«

Ein Klopfen an der Tür unterbrach das Gespräch. Erleichtert, dass ihm Erklärungen über unterschiedliche Bezeichnungen von Körpern erspart blieben, sah Büchner Alexander Wiesner entgegen. Seine Erleichterung wuchs, als er die grauen Haare und das zerknitterte Gesicht des Rechtsmediziners registrierte. Zuviel Jugendlichkeit machte ihn nervös.

Mit Schwung federte sich der Luxemburger Kollege vom Stuhl und rief: »Alexander. Sehr schön. Et voilà: Kommissar Gregor Büchner vom Landeskriminalamt.«

Bevor Büchner reagieren konnte, legte der Rechtsmediziner los: »In einer halben Stunde soll ich in Saarbrücken sein, Vorlesung, aber die verdammte Karre … Egal, was möchten Sie wissen?«

»Alles«, antwortete Büchner.

Alexander Wiesner schien das recht zu sein »In Kurzfassung: eine männliche Leiche, 43 Jahre alt, ohne besondere körperliche Identifizierungskriterien außer einer starken Braunpigmentierung. Regelmäßiges Solarium, die Leute wissen nicht, was sie sich antun. Aber gut, dem armen Teufel kann es egal sein. Keine körperlichen Anomalien, leicht vergrößerte Leber, Gesundheitszustand ansonsten dem Alter angemessen.«

»Die Todesursache war Verbluten?«, fragte Büchner.

Der Rechtsmediziner seufzte. »Die Todesursache … In all

den Jahren habe ich so was nicht gesehen. Gut, der Reihe nach: Eröffnung der Bauchwand medioklavikular …«

»Entschuldigung«, unterbrach Büchner. »Ginge es mit weniger Fachjargon?«

Wiesner sah ihn an. »Sie wollen mich meiner letzten Distanzierungsmöglichkeit berauben?«

Büchner lächelte. Natürlich, die Terminologie der Eingeweihten erleichterte den Anblick von Blut und Schrecken. Aber Wiesner war der Erste, der das offen zugab.

Wiesner wandte sich Michaux zu, legte ihm die Hand auf die Schulter und zog ihn neben sich: »Medioklavikular links und unterhalb des Rippenbogens.« Damit deutete er auf die linke Seite des Bauchraums von Michaux, dorthin, wo die Rippen anfingen. Seine Hand wanderte etwas zur Seite und drückte die Stelle leicht ein: »Hier wurde der Bauchraum geöffnet. Fragen Sie mich bitte nicht, wie. Die Öffnung ist eine Mischung aus Schnitt und Riss, wie von Tierkrallen. In etwa.«

»Ein Tier?«, fragte Büchner verblüfft.

»Nein. Aber auch kein Messer. Ein oder mehrere scharfe Gegenstände, die eine Öffnung von ungefähr zehn Zentimetern verursacht haben. Durchtrenntes Peritoneum, also Bauchfell, durchtrenntes Omentum majus, das Bindegewebenetz über den inneren Organen. Und jetzt wird es gruselig …«

Wiesner ließ den jungen Kommissar los und setzte sich wie selbstverständlich auf dessen Stuhl. »Ruptur und teilweise Entfernung des Jejunum, also des Dünndarms, Ruptur und teilweise Entfernung des Colon descendes, des absteigenden Dickdarms und ruptierte Splen oder Lien, sprich: die Milz.«

»Ihm wurden die Gedärme herausgerissen?«

Der Rechtsmediziner seufzte. »An der Milzruptur ist er letztlich gestorben. Massive Hämorrhagie.«

Es war still im Raum. Nur die kleine Uhr auf dem Schreibtisch tickte vor sich hin. Natürlich hatte Büchner die Fotos des Toten gesehen. Durch die Beschreibung des Arztes konnte er sich die Verletzungen jetzt auch vorstellen.

»Wie …«, er räusperte sich. »Der Tod, ging er schnell?«

Wiesner zuckte die Achseln. »Nicht besonders. Zuerst kommt der emotionale Schock, der Blutdruck sinkt dramatisch ab. Um das auszugleichen, werden Adrenalin und Co. in den Körper gepumpt, die Schmerzen werden nicht mehr wahrgenommen. Der Blutverlust verursacht eine starke Körperreaktion, der Kreislauf kann den zum Funktionieren der wichtigsten Organe erforderlichen Blutdruck nicht aufrecht halten. Der Blutdruckabfall beeinträchtigt die Hirnfunktion, führt zu Verwirrtheit, dann ins Koma.«

»Das klärt die Auffindungssituation«, mischte sich der junge Kommissar ein. »Laut Spurenlage hat sich Baumann von seinem Mörder entfernt und ist eine Weile im Kreis herumgekrochen.«

Büchner schloss die Augen. Er wollte sich den Schwerverletzten, der bei Kälte halbnackt und orientierungslos im Kreis kroch, lieber nicht vorstellen. Aber zu spät, die Bilder waren da.

Alexander Wiesner stand auf. »Es tut mir leid, aber ich muss …«

»Sonst nichts?«, hakte Büchner schnell nach.

»Ein paar Fasern im Körperinneren. Wir sind dran. Auch die Frage, welche Waffe zur Öffnung des Bauchraums benutzt wurde, müssen wir klären. Aber jetzt … Ich muss wirklich … Wir melden uns.«

Wiesner öffnete die Tür, drehte sich aber nochmals um. »Ich habe solche Verletzungen einmal gesehen. In einem Splatter-Film, den ich bei meinem Sohn konfisziert habe. Aber in der Realität?« Er schüttelte den Kopf. »Tschau, Henri – Herr Büchner.« Damit schloss er die Tür.

Henri Michaux wandte sich zu Büchner, der sich nachdenklich auf die Unterlippe biss und dann dem jungen Kollegen direkt in die Augen sah. »Darf ich Sie etwas fragen?«

Verwundert nickte der Luxemburger.

»Ich war nicht am Tatort. Aber Sie. Wie war das, welchen Eindruck hatten Sie?«

Als Michaux schwieg, fuhr Büchner fort: »Verstehen Sie, ich will mir ein Bild machen, ich suche ein …«

»Ein Gefühl«, unterbrach ihn der junge Kommissar. »Sie brauchen die Atmosphäre, den ersten Blick?«

Michaux hatte ihn verstanden. Besser als manch einer der altgedienten Kollegen. Der junge Mann war feinfühlig. Oder einfach klug genug, um zu wissen, dass vom ersten Blick, den ersten Empfindungen eine Menge abhing.

Schweigend ging der junge Kommissar zu seinem Stuhl. »Wir haben nicht sehr viele Morde hier.« Er lächelte entschuldigend. »Vielleicht liegt es daran, aber zuerst war ich beruhigt. So viele Leute, die Spurensicherung, der Fotograf, der Arzt, die uniformierten Kollegen. Es ist nur eine Arbeit, dachte ich. Anfangs. Dann sah ich die Blutspur. Eine Schmierspur, schon gefroren, fest und dunkelbraun. Die lief im Kreis. Das war schrecklich, schlimmer als der Tote.« Wieder sandte er ein scheues Lächeln zu dem älteren Kollegen.

Büchner nickte ermutigend, unterbrach nicht, fragte nicht nach. Eigene Eindrücke wiedergeben war heikel, etwas sehr Persönliches, das Polizisten gerne vermieden.

»Außerhalb des Blutkreises lag der Tote. Die Verletzungen waren schrecklich, gewalttätig. So, als wären sie mit großer Wut zugefügt worden. Zuerst fühlte ich nur diese Wut.«

Wieder zögerte er. »Wir haben kaum Spurenmaterial. Aber Baumann ist weggekrochen, der Mörder ist ihm nicht gefolgt, er hat nicht beobachtet, wie er starb. Hat seine Arbeit getan und ist gegangen.«

Michaux fuhr sich mit der Hand über das Gesicht, als wolle er die Bilder wegwischen. »Das war ein Gegensatz. Die bösartigen Wunden, der ordentliche Kleiderhaufen und ein Mörder, der fähig ist, so zu morden, aber das Ergebnis nicht abwartet. Als würde es ihn nicht mehr interessieren, wie eine Strafe, habe ich gedacht. Severin Baumann wurde für irgendetwas bestraft. Das ist mein Eindruck.«

5.

Als Erstes würden die Füße abfrieren, das war klar.

Neugierig schob er die Beine der Jeans nach oben, nestelte an den Socken und versuchte, seine Füße zu untersuchen.

Es klappte nicht.

Ob Füße glasig wurden? Wie Fleisch in der Kühltruhe? Oder die Ohren würden erfrieren. Blumenkohlohren hatte Opa erzählt, das gabs öfters, wenn man keine Mütze anzog und Stunden über Stunden draußen war. Die Ohren gingen auf, wurden Riesendinger. Wie Blumenkohlblätter.

Ein Kontrollgriff an die Ohren.

Eiskalt, fühlten sich aber normal an. Normal groß zumindest. Der Einzige mit Blumenkohlohren in der Klasse. Mist, wenn er bloß den Schlüssel nicht vergessen hätte.

Er versuchte, sich tiefer an die Hauswand zu drücken. Vielleicht sollte er zu Papa gehen? Nein, das gäbe Ärger, totalen Ärger. Mama würde ihn einen Kopf kürzer machen, seine Blumenkohlohren in die Suppe schmeißen, ganz bestimmt.

Wie lange dauerte das mit dem Erfrieren?

Bei einer Polarexpedition ein paar Tage, aber die Forscher saßen in Zelten. Draußen war Schneesturm, die Hundeschlitten konnten nicht weiter, die Hunde waren mit im Zelt, weil die wärmten. Und die Forscher schrieben mit dicken Fausthandschuhen die letzten Beobachtungen in ihre Bücher. Zum Schluss war nur noch der Wind, der die Seiten umblätterte. Und im Frühjahr wurden sie gefunden, ganz steif und mit Eis in den Bärten. Rasiert hatten die sich nicht mehr.

Quatsch, keiner erfror mitten in der Stadt. Außer Obdachlosen, die schon. Aber die konnten zum Bahnhof gehen oder in die Karstadtpassage. Da könnte er auch hin.

Mama würde ihn killen, wenn er allein in die Stadt ging. Nach der Schule sofort nach Hause, das war das erste Gesetz! Hundertmal hatte sie ihm die Gesetze eingebläut.

Aber galten die überhaupt, wenn man den Schlüssel vergessen hatte und vor der Haustür erfror?

Da kam einer vom Gartentörchen direkt aufs Haus zu. Der von gegenüber, der Neue.

Der Junge stand auf.

»Na, Kleiner?«

Er biss sich auf die Unterlippe. Blöder Spruch. Na, Großer, hätte er gern gesagt, aber er wollte rein.

Der Neue drehte ihm den Rücken zu, sperrte auf, hielt kurz inne. »Ist das nicht zu kalt, um vor der Tür zu kauern?«

Sehr witzig! »Ich hab meinen Schlüssel vergessen, und meine Mutter kommt erst um vier.«

»Vier Uhr? Das sind drei Stunden. Was willst du so lange machen?«

Er zuckte die Achseln. Im Flur rumhocken? Da war es wenigstens wärmer als draußen.

»Hast du keine Freunde, zu denen du gehen kannst?«

Er schüttelte den Kopf, kniff die Augen zusammen. Bloß nicht heulen. Wenn Lucas nicht so blöd gewesen wäre, hätte er dort hingekonnt.

Kurz tauchte vor ihm das Bild von Lucas und seinen Geschwistern in der warmen Küche auf. Bestimmt waren die schon beim Essen. Lucas' Mama war immer da. Nur er musste rumstehen wie so ein beschissenes Waisenkind.

Nicht heulen!

Trotzig warf er den Kopf in den Nacken. Er würde dem Neuen nicht stundenlang erklären, dass Lucas ein Blödmann war und er deshalb hier draußen langsam erfror.

Der Neue musterte ihn mit seinen komischen Augen. Ganz hell unter den grauen Haaren. Der war eigentlich ein Opa, auch wenn er ganz fit aussah. Also nicht fett oder so. Schon spießig, mit Anzug und Mantel.

Nicht so cool wie Papa, der hatte immer seine Lederjacke an, egal wie kalt es war. Der Neue war ein Weichei mit dickem Schal. Wenigstens trug er keinen Hut, Hut war absolut das Letzte.

Warum sagte der nix? Stand da und starrte ihn an, richtig unheimlich. Vielleicht war er verrückt? Konnte man nie wissen, der wohnte noch nicht lange hier. Ganz allein in der Wohnung von Neumanns. Wenn die noch da wären, hätte er einfach bei denen geklingelt, kein Problem. Mist!

»Na, komm mal mit.«

Erleichtert schlüpfte er hinter dem Mann ins Haus. Im Flur mit den bunten Kacheln und der Treppe war es nicht so eisig wie draußen. »Danke.«

Der Typ stieg vor ihm die breite Treppe in den ersten Stock hoch und öffnete seine Wohnungstür. Ergeben trottete der Junge an ihm vorbei, die eigene Wohnungstür sehnsüchtig im Blick. Er würde sich davor setzen. Vielleicht ein bisschen zeichnen. Drei Stunden war nicht ewig. Also nicht so lange wie bis Ostern.

»Was ist?« Der Neue hatte sich zu ihm gedreht, hielt die geöffnete Tür mit der Hand auf und sah ihn an. »Hier ist es auch kalt auf Dauer.«

Zögernd warf der Junge einen Blick zur eigenen, uneinnehmbar verschlossenen Wohnungstür. »Nicht mit Fremden mitgehen. Das ist das zweite Gesetz!«

Unbewegt entgegnete der Neue: »Mein Name ist Hibou. Bernd Hibou. Wie heißt du?«

»Julian.«

»Wir wissen, wie wir heißen, und wo wir wohnen, wissen wir auch. Keine Fremden mehr.«

Klang logisch. Da konnte nicht mal Mama was gegen sagen. Und im Flur war es wirklich nicht warm.

»Wenn du lieber nicht möchtest …«

»Nein. Nein, ich … Vielen Dank, Herr Hibou.«

Ohne eine Miene zu verziehen, sagte der Mann: »Bernd. Das reicht«, wandte sich um und ging in seine Wohnung.

Julian folgte ihm zögernd. An der Tür blieb er stehen und spähte in den Flur mit dem glänzenden Parkettboden. Wie bei ihnen drüben. Der vertraute Anblick machte ihm Mut, und er schloss die Wohnungstür hinter sich.

6.

Neugierig spähte Büchner durch die Windschutzscheibe auf Baumanns Haus. Kein Haus, Villa war treffender.

»Wie sagt man auf Deutsch? Nette Hütte?«

Sein junger Kollege starrte neidisch auf das Anwesen. Na ja, allein der Vorgarten hatte Parkdimensionen und sah selbst an diesem trüben Januartag märchenhaft aus. Raureif puderte die Rasenfläche und die gestutzte Heckenlandschaft, während Eistropfen die Trauerweiden in glitzernde Reifröcke verwandelten. Das schneeweiße Haus mit Freitreppe und Giebeln wirkte wie gemalt.

»Baumann ist seit drei Tagen tot, aber niemand hat ihn als vermisst gemeldet.«

»Und seine Haushälterin ist ein Handkehrer«, ergänzte Michaux mit Befriedigung, als wäre das ein Ausgleich für die Märchenvilla.

»Ein Besen«, berichtigte Büchner, der langsam mit der begrifflichen Wirrnis des Luxemburgers vertraut wurde.

»Ein Besen? Warum nicht ein Handkehrer?«

Statt einer Antwort befreite sich Büchner aus dem Sicherheitsgurt.

Die letzte Station des heutigen Tages. Ihr Besuch in Baumanns Büro, einem teuer renovierten Altbau in der Innenstadt, hatte nicht viel gebracht. Der Immobilienmakler war ein aufgeräumter, aber wenig mitteilsamer Chef gewesen. Die wichtigen Projekte hatte er selbst betreut, keiner seiner Angestellten war verantwortlich, keiner wusste Bescheid. Eine antiquierte Art, Geschäfte zu führen. Aber erfolgreich. Die

Überprüfung der Geschäfte würde einige Zeit in Anspruch nehmen. Blieben die saarländischen Zweigstellen.

Baumanns soziales Umfeld an seinem Wohnort war nicht üppig, keine guten Freunde, ein paar flüchtige Bekannte und die Haushälterin.

Die Klingel spielte die ersten Töne »Für Elise«, schon öffnete sich die Tür. Eine Frau, etwa einsfünfzig groß und hundertfünfzig Jahre alt, stand mit verschränkten Armen vor ihnen. Sie war dürr wie ein Besenstiel und hatte erstaunlich schwarzes, drahtiges Haar, das zu einem unvorteilhaften Bürstenschnitt gestutzt war. Michaux' Handkehrer.

Sofort legte sie los: »*Oddio, voi di nuovo*!«

»Jawohl, Madame, wir schon wieder«, bestätigte Michaux aufgeräumt.

Italienisch! Büchner seufzte. Das war ja noch schlimmer als Französisch.

»Tun Sie irgendetwas Nützliches, außer anständige Menschen zu quälen?«

Wenigstens meckerte sie auf Deutsch, wenn auch mit leichtem Akzent.

»Madame Vollaro ...« Weiter kam der junge Kommissar nicht.

»Sparen Sie sich Ihr ›Madame‹. Ich kann nichts sagen, ich weiß nichts.«

Büchner konnte buchstäblich zusehen, wie der Geduldsfaden seines Kollegen riss. Mit vorgeschobenem Kinn und durchgedrücktem Rücken schnarrte der plötzlich: »Wir können Sie auch ins Kommissariat bringen und dort befragen. Wählen Sie!«

Mürrisch presste der Handkehrer die Lippen zusammen, stieß die Tür auf und ging voran. Ihre energischen Schritte donnerten über den Boden und verkündeten ihr Missfallen. Die Kommissare folgten ihr, wesentlich leiser, durch die marmorgeflieste Halle in die Küche.

Natürlich, dort empfing man die Dienstboten, schoss es Büchner durch den Kopf.

Mit einem Nicken wies die mürrische Alte zu einem Tisch am Fenster.

»Sie leben mit Monsieur Baumann«, begann Michaux.

»Sind Sie schwachsinnig? Können Sie sich nichts merken? Das wissen Sie doch.«

Michaux seufzte, und Büchner setzte sich müde auf einen der Küchenstühle. Die Wanderung zur Fundstelle der Leiche war anstrengend gewesen, und diese Frau war es auch. Sollte sich der Luxemburger mit ihr quälen.

Was der auch tat.

»Ihr Arbeitgeber ist ermordet worden. Ist Ihnen das egal?«

Den Blick starr auf den jungen Kommissar gerichtet, schüttelte Madame Vollaro den Kopf und ließ sich widerstrebend am Tisch nieder. Sie kauerte auf der Stuhlkante, hielt die Arme vor der Brust verschränkt und signalisierte heftigen Widerwillen.

Michaux dagegen schien sich zu entspannen. Fast freundlich fragte er: »Wie lange arbeiten Sie schon für Monsieur Baumann?«

»*Oddio*! Das hab ich alles gesagt.«

»Erzählen Sie es noch einmal.«

»*Ho i nervi a pezzi*!«

Ein lauter Knall, Büchner schreckte hoch. Michaux hatte mit der Faust auf den Tisch geschlagen. »Ihre Nerven sind in Stücken? Meine auch. In ganz kleinen Stücken! Wie lange arbeiten Sie für Monsieur Baumann?«

»Fünfzehn Jahre«, kam es widerwillig von der Alten.

Michaux lächelte. »Na also. Sie leben allein mit Monsieur Baumann?«

Ein widerstrebendes Nicken.

»Monsieur Baumann hatte keine Freundin?«

Sie zuckte die Achseln. »Ich habe keine gesehen.«

»Das hat Sie nicht gewundert? Immerhin war er im besten Alter. Vielleicht ein männlicher Partner?«

Sie schnappte nach Luft. »So was Schmutziges, das ist … widerlich.« Ihr Blick wanderte zu dem gekreuzigten Christus an der Wand, den Büchner erst jetzt bemerkte, dabei thronte er, aus dunklem Holz, die Rippen im Schmerz nach vorne gewölbt und mit leidendem Gesicht, als einziges Schmuckstück unübersehbar in der sterilen Küche.

»*Basta adesso*!«, fügte die Alte hinzu, küsste ihre Fingerspitzen und schlug damit ein Kreuzzeichen über Kopf, Brust und Schultern.

Büchner schoss das Blut ins Gesicht, als hätte die Alte ihn geschlagen. Angeekelt betrachtete er die schwarze Spinne, die auf ihrer Stuhlkante klebte und heuchlerisch die Augen zu dem Schreckensmann an der Wand hob.

Michaux fuhr unbeeindruckt fort: »Sie wollen mir erzählen, dass Monsieur Baumann ein Mönch war? Immerhin, ein attraktiver Mann?«

Büchner atmete durch, versuchte, den Anfall von Widerwillen gegen die alte Frau zu überwinden. Lächerlich, sich aufzuregen. Als hätte sie seine Gefühle bemerkt, wandte sie ihr Gesicht mit den kleinen, dunklen Augen ihm zu und sagte hochmütig: »Ein Geschäftsmann, was wollen Sie? Er war oft unterwegs. Auch über Nacht. Hierher hat er niemand gebracht.«

»Keine Gäste? Nie jemanden?«

»Gäste schon. Ich habe gekocht.« Wie um ihre Behauptung zu beweisen, wies sie mit der Hand zum Herd.

»Na also.« Befriedigt lehnte sich Michaux zurück. »Das ist doch etwas. Bestimmt können Sie gut kochen.«

Sie biss nicht an, zuckte nur unbestimmt mit den Schultern.

»Was für Gäste waren das denn?«

»Gäste eben.«

Sofort schoss der Kommissar wieder vor. »Jetzt lassen Sie sich nicht alles aus der Nase ziehen. Männer? Frauen? Waren das Geschäftsessen? Feste? Wie viele Leute waren da? Erinnern Sie sich an Namen? Haben die Gäste übernachtet?«

Energisch schüttelte sie den Kopf. »Hier hat niemand übernachtet. Manchmal ein Gast, manchmal zehn. Fast nur Männer.«

»Namen?«

Wieder ein heftiges Kopfschütteln.

»Sie können mir nicht erzählen, dass Sie fünfzehn Jahre mit Herrn Baumann gelebt und nichts mitbekommen haben.«

»Ich koche und mache sauber.«

»Also gut.« Offensichtlich hatte selbst Michaux die Nase voll. Er stand auf und beugte sich zu der dürren, kleinen Frau, die unbeugsam auf ihrer Stuhlkante hockte. »Sie kommen morgen früh um zehn Uhr in mein Büro. Dort gehen wir alles durch. Punkt für Punkt für Punkt. Bis Ihnen irgendetwas einfällt. Das ist eine Vorladung, verstanden?«

Sie schüttelte den Kopf. »Morgen fahre ich nach Hause. Nach Italien.«

»O nein, das werden Sie nicht. Sie sind Zeugin in einer Mordermittlung, Sie werden Luxemburg nicht verlassen. Notfalls werde ich Sie festnehmen, ist das klar?«

Hasserfüllt starrte sie zu Michaux, der unbeeindruckt auf sie heruntersah.

Büchner hatte genug von dieser aseptischen Küche und ihrer homophoben Herrscherin. Er stand auf, nickte seinem Kollegen zu und wandte sich zum Gehen. Wortlos brachte die Haushälterin sie zur Tür, wortlos stiegen die Kommissare in den Wagen.

Michaux steckte den Schlüssel in die Zündung, ließ sich dann aber in seinem Sitz zurückfallen und schnaubte: »*Sie schlofen net all, déi d'Aen zouhunn.*«

»Bitte?«

»Nicht alle, die die Augen zuhaben, schlafen auch. Sie weiß etwas.«

Büchner zuckte die Achseln. Möglich, aber freiwillig würde sie nicht damit herausrücken. Statt darauf einzugehen, fragte er: »Italienisch können Sie auch?«

»Ich verstehe Schimpfwörter in sechs Sprachen«, sagte der Luxemburger nicht ohne Stolz. »Wir haben einen Ausländeranteil von 44,5 Prozent. Und alle schimpfen auf die Polizei. Auf Portugiesisch, Italienisch, Deutsch und Französisch natürlich, auf Belgisch und Serbisch. Wenn ich in diese Länder reise, kann ich mich problemlos durchschimpfen.«

Büchner lächelte. »Sehen Sie, der Job bildet.«

»Zweifellos«, sagte Michaux und drehte den Schlüssel in der Zündung.

Nachdenklich sah Büchner zur Villa. Ein wunderschönes Haus, ein erfolgreicher Geschäftsmann. Ohne Freunde, fast ohne Sozialkontakte, lebte mit dieser Alten und wurde bestialisch ermordet.

Eine Bestrafung, hatte Michaux gesagt. Es stimmte alles nicht, ergab kein Bild, kein Muster.

»Sie weiß etwas«, wiederholte Michaux und fuhr los. »Und ich schwöre, ich finde es heraus. Und wenn er noch so verstockt ist, der Handkehrer.«

7.

»Moment … Das verdammte Ding klemmt …«, ächzte es hinter der geschlossenen Haustür.

Manfred Boger trat von einem Fuß auf den anderen.

War ja richtig einladend. Gleich würde es wieder zu schneien anfangen, und sie standen wie Deppen vor dem alten Kasten und hörten sich das Gescharre und Geschiebe hinter der Tür an.

»Frau Weller? Kann ich helfen?«, rief Michael Hauser durch die schwere Eichentür.

»Klar tritt sie ein«, murmelte Boger.

Hauser ignorierte den hilfreichen Einwand.

Fror der Kerl überhaupt nicht? Stand da wie versteinert und starrte die Tür an, als wolle er sie hypnotisieren, mit Psychokinese aufsprengen.

Etwas Nasses, Kaltes traf Bogers ungeschützten Nacken.

Hatte er doch geahnt, der verdammte Schnee legte wieder los.

»Mist!« Er schlug den Jackenkragen hoch und schlang die Arme fester um den Körper.

Hauser wandte sich zu ihm. »Wie wäre es mit einem Mantel? Soll gegen Kälte helfen.« Der Klugscheißer grinste ihn an. Missmutig zog Boger seine Lederjacke enger um sich.

Konnte sich die Alte nicht ein bisschen beeilen? Ließ sie bei diesem Mistwetter in ihr Kaff gondeln und dann vor der Haustür erfrieren.

»Es klappt nicht«, klagte die körperlose Stimme. »Kommen sie zum Hintereingang, links um das Haus herum.«

»In Ordnung, Frau Weller«, erzählte Hauser der Tür.

Boger hatte sich schon umgedreht und stapfte über die schneebedeckten Platten.

Ein Kasten von Haus, und dann ging nicht mal die Tür auf. Was konnte das für ein Auftrag sein? Bestimmt nichts Lukratives. Aber Hauser war nicht zu halten, als die Weller angerufen hatte. War sofort von Stuttgart hergejagt, als wäre der Kronschatz in Gefahr. Wahrscheinlich hatte der jemand das goldene Puderdöschen geklaut, gab es bestimmt in der Hütte. »Eine alte Dame, die uns bei der Ermittlung im Saarland behilflich war«, mehr war nicht aus Hauser rauszukriegen. »Alte Dame«, na wunderbar, da hörte man schon das geklaute Familiensilber.

Die hintere Haustür war erleuchtet und stand, Gott sei Dank, offen. Eine schmale Silhouette zeichnete sich gegen das Licht ab.

Kein gebrechliches Mütterchen, soviel stand fest, die Dame war fast so groß wie Hauser, mindestens einsachtzig. Sah ganz flott aus, mit Jeans und langem weißen Zopf, der ihr über die Schulter fiel.

»Es tut mir leid, aber ich benutze die vordere Haustür nie. Sie ist verzogen«, rief sie ihnen entgegen.

Hauser überholte ihn und streckte die Hand aus. »Macht nichts, Frau Weller, gut sehen Sie aus.«

»Kommen sie schnell ins Warme.«

Das erste vernünftige Wort. Boger schlüpfte hinter Hauser herein – und blieb erst einmal stehen.

Die gesamte Rückwand der Diele, die sie betraten, war aus Glas. Dicke bunte Glasbausteine, zu einem Blütenmeer aus langkelchigen Lilien, bauschigen Pfingstrosen und bizarren Blättern gefügt, funkelten im Schein einer Stehlampe, die davor platziert war. Ein flammend roter Teppich auf dem Boden, eine geschwungene Treppe aus schimmerndem Holz, die in die oberen Stockwerke führte, und eine Leseecke mit

Sesselchen und einem gedrechselten Tisch vor dem deckenhohen Bücherregal möblierten den Raum.

»Eine schöne Diele«, sagte Hauser, der sich ebenfalls umsah. »Reinster Jugendstil.« Damit wies er auf die bunte Glaswand.

Bitte keine Fachgespräche, betete Boger zu einem unbekannten Gott.

Seit er in Hausers Detektei arbeitete, wurde er mit Gequatsche über Jugendstil, Barock, Gotik oder Renaissance zugeschüttet. »Gestohlene Kunstwerke« – Hausers Spezialgebiet, war gut und schön. Aber er hätte sich nie träumen lassen, dass jeder poplige Stuhl Gesprächsstoff für Stunden bot. Diese Fachleute konnten sich für ein Tischbein begeistern, von Bildern ganz zu schweigen. Und Hauser schleppte ihn erbarmungslos von Museum zu Museum, von Auktion zu Auktion. Musste sein, klar! Aber alles hatte seine Grenzen. Wenn die bei Sothebys für richtig Kohle um ein Hummer-Reisebesteck feilschten, konnte er nicht mehr mit. Ein Hummer-Reisebesteck! Wer um Gottes willen brauchte das?

Der unbekannte Gott hatte Erbarmen, denn die Alte sagte nur: »Das ist ihr Kollege?«

Boger versuchte ein Lächeln, »Manfred Boger«, und griff nach der ausgestreckten Hand. Ihr Händedruck war fest und kühl.

Kein Wunder, warm war es nicht in dem Kasten. Als hätte sie seine Gedanken erraten, fuhr sie fort: »Wenn es Ihnen nichts ausmacht, gehen wir in die Küche. Der wärmste Raum im Haus. Bei den Ölpreisen ist es nicht einfach, und meine Heizung ist ein Fossil. So wie ich.«

Hauser protestierte gegen das Fossil, und Boger war erleichtert. Warme Küche klang gut.

Warm war es dort tatsächlich. Und gemütlich. In dem bulligen Kaminofen mit großem Sichtfenster loderte ein Feuer, auf dem schmiedeeisernen Herd stand ein Topf, aus dem es verführerisch roch. Der Holztisch in der Mitte war verheißungsvoll gedeckt und von einer niedrig hängenden Deckenlampe in Licht getaucht.

»Ein Refektoriumstisch«, rief Hauser bewundernd.

»Linsensuppe«, schloss sich Boger mindestens so bewundernd an.

Die Alte wandte sich zu ihm, mit verlegenem Lächeln. »Bei dem Wetter ... Sie haben vielleicht Hunger, und Vito hat sich Linsensuppe gewünscht. Die kriegt er sonst nicht.«

»Ich liebe Linsensuppe und kriege sie auch nicht«, antwortete Boger und hätte die Weller am liebsten umarmt. Eine tolle Frau. Dachte an was zu essen und sogar Linsensuppe! Dafür würde er Puderdöschen suchen.

»Signor Miotti?«, fragte Hauser nach.

In diesem Moment klingelte es.

»Da ist er.«

»Brauchen Sie Hilfe? Mit der Tür, meine ich«, wollte Hauser wissen.

»Vito kommt hinten rein.« Mit diesen Worten verließ sie die Küche.

Hauser lachte amüsiert. »Gleich werden wir mit dem Direktor der vatikanischen Museen in einer Küche sitzen und Linsensuppe speisen.«

Erstaunt riss Boger den Blick vom Topf. Vatikanische Museen? Das war ein Ding, war selbst ihm ein Begriff. Davon hatte Hauser nichts gesagt. Typisch, Hauser war und blieb ein Einzelkämpfer. Vatikan – na, wenigstens nicht der Papst. Und immerhin mochte der Typ Linsensuppe, so schlimm konnte es nicht werden.

Ein hochgewachsener Mann in dunklem Mantel und schwarzem Hut betrat die Küche. »Meine Herren.«

Boger sah in zwei lebhafte Augen unter weißen, buschigen Brauen. Der Blick war wach, prüfend.

Sein alter Pfarrer fiel ihm ein, zu dem er in den Kommunionsunterricht musste. Der guckte auch, als ginge der Blick durch die Haut direkt in die Seele. Wurden sie wahrscheinlich drauf geschult, die Katholen. Konnte er sich gut vorstellen, im Priesterseminar dreimal die Woche: »durchdringender Blick«.

»Signor Miotti. Mein Name ist Michael Hauser, mein Mitarbeiter Manfred Boger.«

Boger stutzte. Signor? Hieß das nicht Monsignore? War der überhaupt ein Geistlicher?

Hauser stand unbeeindruckt da und lächelte sein besonderes Lächeln. Hauser war wahrscheinlich Protestant, klar, als Schwabe, den beeindruckte der Zirkus nicht. Aber der Signore machte gar keinen. Ließ sich von der alten Dame Hut und Mantel abnehmen, rieb sich die Hände und schnupperte Richtung Kochtopf.

»Marie, Linsensuppe! Meine Herren, da habe ich meiner alten Freundin einen Floh ins Ohr gesetzt, und Sie müssen das ausbaden.«

»Das tun wir gerne.« Hauser lächelte. »Mein Kollege ist begeistert.«

Wieder wurde Boger vom Inquisitionsblick gestreift.

»Wunderbar. Wollen wir Platz nehmen?«

Der übernahm hier gleich das Kommando, der Signore. Als wäre er der Gastgeber.

»Was darf ich zu trinken anbieten? Marie, ich habe ein paar Flaschen Wein mitgebracht, aber du hast sicher Bier im Haus. Zur Linsensuppe?«

Hatte sie. Die alte Dame wurde Boger immer sympathischer. Sie wies allen einen Platz zu und stellte Bier auf den Tisch. Der Vatikan machte seine Sache auch nicht schlecht. Legte das Jackett ab, krempelte die Ärmel seines schwarzen Hemdes hoch und beteiligte sich, als wäre er hier zu Hause. Als alle versorgt waren, hob der Signore sein Glas. »Danke, dass Sie sich zu diesem informellen Gespräch bereit erklärt haben. Ich habe Sie in einer delikaten Angelegenheit hergebeten, wir sollten das Ganze zwanglos angehen.«

Nach einer kleinen Pause, in der er die beiden Detektive musterte, fügte Miotti beiläufig hinzu: »Ich habe mich über Sie erkundigt.«

Boger verschluckte sich.

Hauser zog eine Braue hoch. »Natürlich.«

»Ihre Detektei bietet erst seit einem Jahr ihre Dienste an, offenkundig außerordentlich erfolgreich. Ihre Intervention im Fall des gestohlenen *Manet* war beeindruckend.« Er prostete ihnen zu.

»Unsere Polizeiakten kennen Sie?«, fragte Hauser.

»Selbstverständlich.«

Entgeistert stellte Boger sein Glas auf den Tisch. Die Polizeiakten? Da kam der Signore dran? Was lief da, der Kerl war Museumsdirektor, nicht KGB-Agent.

»Herr Hauser, Ihre Arbeit im Dezernat Kunst beim Landeskriminalamt war herausragend, meine Quellen weisen Sie als engagierten Ermittler und Kunstkenner aus«, sagte der Vatikan, drehte sich zu Boger und hob sein Glas. »Und Herr Boger, oder soll ich sagen: Herr Hauptkommissar Boger verfügt ebenfalls über beachtliche Fähigkeiten, wenn es auch den ein oder anderen Schönheitsfleck in seiner Vita gibt.«

Boger starrte den Signore an, der gelassen den ersten Schluck Bier trank und ihm über den Rand des Glases zublinzelte.

Schönheitsfleck – damit meinte der Typ doch die interne Ermittlung, die Strafversetzung. Musste er das sein Leben lang mit sich herumschleppen? Keinen Schlussstrich, trotz Ausscheidens aus dem Dienst? Der beknackten Detektivprüfung, die er über sich ergehen lassen musste? Dem Neuanfang?

»Was mich besonders beeindruckt ist, dass Sie beide, immerhin arrivierte Polizisten, den Mut aufgebracht haben, eine Detektei zu eröffnen.«

»Nicht unbedingt eine Frage des Muts«, wehrte Hauser ab. »Innerhalb der Polizei sind Kunstdelikte nicht beliebt. Es fehlt die Zeit für langfristige Ermittlungen, es fehlt die Kenntnis des Kunstmarktes, und der Polizeiapparat ist nicht flexibel genug, um adäquat reagieren zu können.«

»Genau das brauche ich«, hakte Miotti ein. »Flexible Leute mit Erfahrung auf dem Kunstsektor, vertraut mit polizeilicher Arbeit und Quellen, die angezapft werden können. Grundvoraussetzung ist natürlich Diskretion. Allein der Name ›Vatikan‹ öffnet den wildesten Geschichten Tür und Tor.«

Ertappt griff Boger sein Glas. Klar, Vatikan, das roch nach geheimnisvollen Mönchen, Blutritualen, machtgierigen Würdenträgern und all dem Scheiß. Sah man direkt vor sich, unterirdische Gänge, dunkle Verliese und verstaubte Bibliotheken mit finsteren Schriften. Das ganze Religionszeug hatte was Unheimliches.

»Mir liegt daran, das vatikanische Museum nicht ins Gerede zu bringen.« Miotti beugte sich vor, sah die beiden eindringlich an und wiederholte: »Sehr viel, wenn nicht alles. Was hier besprochen wird, darf den Raum nicht verlassen!«

Boger stürzte sein Bier in einem Zug herunter. Was war das denn? Nichts den Raum verlassen? Hörte sich ja verdammt nach einer katholischen Verschwörung an. Dieser Miotti sah sowieso unheimlich aus mit seinen scharfen Zügen, der Hakennase, den weißen Haaren und schwarzen Klamotten. Von den Katholen kam nichts Gutes, das wusste Boger, seit seine Oma ihn in den ersten Gottesdienst geschleift hatte. Noch heute konnte er ihre Spucke riechen, mit der sie ihm vor der Kirchentür die Haare glättete. Mit achtzehn hatte er beschlossen, sich von dem Verein zu verabschieden. Und dabei sollte es bleiben.

»Ich verstehe«, kam es von Hauser.

Bestürzt blickte Boger zu seinem Kollegen. Der hatte den

Kopf in die Hand gestützt, eine dunkle Locke hing ihm verwegen in die Stirn und die graublauen Augen glitzerten. Wie ein Pirat sah er aus, zu jeder Schandtat bereit. Seit Boger mit ihm arbeitete, war ihm das öfters aufgefallen, das Abenteuerlustige. Kein Wunder, dass Hauser sich von der regulären Polizeiarbeit verabschiedet hatte. Geheimnisse, verschlungene Pfade – das war sein Ding.

»Absolute Geheimhaltung kann ich nicht garantieren. Ich kann das Museum soweit als möglich heraushalten. Mehr geht nicht«, sagte der Pirat und strich sich die Locke aus der Stirn.

Sein katholischer Gegenspieler nickte. »Ihr Auftraggeber wäre nicht das Museum. Auch nicht dessen Direktor, sondern die Privatperson Vittorio Miotti. Sie könnten sich auf nichts berufen, keine Rückendeckung, keine Absicherung.«

»Vielleicht sollten wir erst einmal essen«, ließ sich die alte Dame vernehmen.

Sie hatte die ganze Zeit keinen Ton gesagt, und Boger hatte sie glatt vergessen. Jetzt nickte er dankbar.

Ein Aufschub, wenigstens ein kleiner. Hauser war scharf auf den Job, das sah Boger ihm an. Er würde annehmen, auch ohne seine Zustimmung. Hauser war der Chef, kein Kollege. Noch so was, an das er sich gewöhnen musste.

8.

Walter Hamm stand am Fenster, starrte durch die dunkle Scheibe und rieb sich das Kinn. Gut, er war ein bisschen spät, aber dafür der Aufstand? Das hatte sie schon immer gekonnt, Aufstand machen wegen nichts und selber rumtrödeln.

Wie ein Wirbelsturm kam sie in die Küche gefegt. »Hühnerkacke! Wo hab ich bloß …?«

Sie sprach nicht mit ihm, klar, sie war sauer. Wegen einer Stunde, noch nicht mal einer.

»Steh nicht rum, Walter. Wenn du was trinken willst, ist alles im Kühlschrank. In spätestens zwei Stunden bin ich zurück.«

Er drehte sich um und sah ihr zu, wie sie unkontrolliert auf dem überfüllten Küchentisch kramte, Blätter hochhob, Stifte verrückte, Gläser beiseiteschob. Ihr dunkles Haar schimmerte im Lampenlicht.

»Was suchst du?«

»Den Autoschlüssel.«

Stoisch ging er zu ihr. Typisch, völlig unorganisiert. Ein Wunder, dass sie in ihrer Kanzlei zurechtkam. »Bist du sicher, dass er hier ist?«

»Sicher bin ich sicher.«

Immer der gereizte Unterton, wenn sie mit ihm sprach. Schließlich hatte sie ihn rausgeschmissen, nicht umgekehrt.

Wahllos hob er Blätter hoch. Zeichnungen von Julian. Woher der Junge das hatte? Nicht von ihm, das stand fest. Angelika konnte auch nicht malen.

»Mist, Mist, Mist!«

Der Wirbelsturm verschwand im Flur. Was war das denn?

Auf der Zeichnung war eine nackte Frau, niedergekauert, die Hand am Mund, als würde sie trinken.

»Ist Julian dafür nicht ein bisschen jung?«

»Wofür?«

»Er malt nackte Frauen.«

Sie kam hereingefegt, er hielt ihr die Zeichnung entgegen.

»Ach das …«

»Wie? Ach das?«

»Das hat er bei dem neuen Nachbarn gemalt. Der hat solche Skulpturen, und Julian hat sie abgezeichnet.«

»Neuer Nachbar?«

»Im Mantel! Da könnte er sein.« Mit diesen Worten hastete sie wieder hinaus, und er hörte, wie sie die Mäntel an der Garderobe durchwühlte.

»Was ist das für ein neuer Nachbar?«, rief er ihr hinterher.

»Netter Kerl«, kam es vom Flur. »Julian hatte seinen Schlüssel vergessen, da hat er ihn mit zu sich genommen. Er zeichnet auch, und Julian war ganz begeistert. Die zwei hatten einen schönen Nachmittag, haben sich angefreundet. Julian geht ab und zu rüber.«

»Kennst du den Kerl?«

Langsame Schritte aus dem Flur. »Der Kerl heißt Bernd Hibou. Und wenn du es geschafft hättest, wenigstens einmal pünktlich zu sein, hätte Julian dir das selbst erzählt. Er wollte dir seine Bilder zeigen.«

»Du hättest ihn ja noch nicht ins Bett schicken müssen.«

»Morgen ist Schule. Außerdem wusste ich nicht, ob du überhaupt kommst. Soll ich ihn den ganzen Abend warten lassen?«

»Ich bin da!«

»Zu spät. Und ich komme zu spät zum Elternabend.« Damit verschwand sie wieder.

Wenn sie zu spät kam, dann deshalb, weil sie den Schlüssel nicht fand. Immer dasselbe.

»Schlampe«, murmelte er zwischen zusammengebissenen Zähnen, wühlte weiter in den Blättern, fand eine Zeichnung von einem Hund, der wütend bellte, zwei nackte Männer … Die war nicht von Julian. Mit schwungvollem Strich waren Arm- und Beinmuskeln, die kräftige Brust– und Rückenmuskulatur herausgearbeitet. Die Fäuste erhoben, die Gesichter einander zugewandt. Die Zeichnung war lebendig, fast brutal. Und eindeutig. Er drehte das Blatt. Auf der Rückseite war ein weiterer unbeholfener Versuch des bellenden Hundes. Das war von seinem Sohn. Aber die nackten Männer?

»Sieh dir das an!«

»Aaah, hab ich dich!« Den Schlüssel in der Hand, ihren Mantel über einen Arm gezogen, kam sie hereingestürmt.

»Sieh mal.«

»Walter, ich muss los.«

»Das ist nicht von Julian.«

Ein flüchtiger Blick, ein hingeworfenes »Nein, sehr gut«, dann zog sie den Mantel ganz an.

»Dieser Typ, Bernd Hibou, der malt nackte Männer.«

»Bitte, Walter.«

»Nackte Männer! Was glaubst du, wie viele pädophile Arschlöcher es gibt? Und Julian hockt bei dem rum.«

»Jetzt bist du paranoid. Berufskrankheit, was?«

»Ich werde mir deinen Herrn Hibou mal ansehen.«

»Sieh dir lieber deinen Sohn an. Einen Vater braucht er mehr als einen Polizisten. Ich muss los.«

9.

»Mögen Sie Geschichten?«, fragte Miotti und rührte in seiner Kaffeetasse.

Boger fing einen schnellen Blick von Hauser auf, bevor der sich zurücklehnte und sagte: »Ich mag Rätsel.«

»Eine rätselhafte Geschichte, damit kann ich dienen. Allerdings müssen wir dazu ins 15. Jahrhundert.«

Geschichte, hatte er doch geahnt. Darum ging es immer bei dem Kunstzeugs. Na, wenigstens hatte sich der alte Fuchs entschlossen, ein paar Details rauszulassen.

Interessiert beugte sich Boger vor. Nach dem Essen, das eigentlich ein charmant geführtes Verhör gewesen war, kam der Vatikan endlich zur Sache. Zu einer hoffentlich lukrativen Sache als Preis dafür, sich mit den Katholen einzulassen.

»Stellen Sie sich eine Stadt unter hellen Himmeln vor«, begann Miotti. »Im Süden umgeben von fruchtbaren, sanft gewellten Hügeln, im Norden von einem Höhenzug voll Steinbrüchen. Die Stadt ist aus *Pietra Serena* gebaut, dem heimischen Stein, lohgelb in der Sonne und bläulich im Mondschein. Eine atemberaubende, eine reiche Stadt, deren Söhne Namen tragen wie Donatello, Botticelli, Machiavelli, da Vinci, Galileo Galilei …«

»Und Michelangelo«, warf Hauser ein.

Der Vatikan zögerte. »Ja. Michelangelo Buonarroti, 1475 als Sohn eines Richters geboren.«

»Also Florenz«, folgerte Hauser, zog das Milchkännchen zu sich heran und bediente sich.

Boger war nie in Italien gewesen, er verreiste nicht gern.

Nach den ersten drei endlosen Tagen stupiden Hin- und Hertrottens vom Hotel zum Strand und wieder zurück hatte er meist die Schnauze voll.

Moment, Michelangelo? »Der hat doch die Kuppel Ihrer Kirche gebaut? Petersdom, genau!«

Jetzt lächelte der Vatikan. »Ich sehe, ich bin falsch unterrichtet. Mir wurde zugetragen, Sie, Herr Boger, wären kunsthistorisch nicht … interessiert.«

»Sagen Sie ruhig unbeleckt. Das trifft's«, meinte Boger und zuckte die Schultern.

»Man kennt Michelangelos Skulpturen, seine Malerei. Dass er auch ein begnadeter Architekt war, entgeht den meisten ›Unbeleckten‹.«

»Ich bin Spezialist für Randwissen«, gab Boger unbewegt zurück.

»Wenn ein Michelangelo geraubt worden wäre, wüsste ich davon. Das kann man nicht geheimhalten«, mischte sich Hauser ein, der sich gespannt vorgelehnt hatte.

Der Signore machte eine vage Geste und griff wieder zu seiner Kaffeetasse. »Erlauben Sie mir, auszuholen?«

Der machte es aber spannend. Boger wusste, dass es Momente gab, wo alle nickten. Jetzt war so einer.

»Wir sind in Florenz, die Stadt blüht und Michelangelo ist ein hungriger junger Künstler, der gegen den Widerstand seiner Familie Bildhauerei studieren will.«

»Die Buonarrotis waren heruntergekommen. Sein Vater war gegen die Bildhauerei, weil die nicht viel einbrachte und kein angesehener Beruf war«, ergänzte Marie Weller, die sich bis jetzt zurückgehalten hatte. Zu Boger gewandt, fügte sie hinzu: »Das fällt in ihr Fachgebiet: Randwissen.«

»Heruntergekommene Familien. Damit kenne ich mich aus«, gab er zurück.

Ihr Lächeln vertiefte sich.

Doch, sie gefiel ihm, die Weller. Sie war pragmatischer als

der Vatikan, nicht so gerissen, so bedacht auf ihre Worte. Oder war seine Einschätzung des Signores nur sein katholisches Vorurteil?

Außerdem war ihre Linsensuppe fantastisch. Er hätte noch einen Teller nehmen sollen.

»Trotz Widerständen schafft es Michelangelo, einen Lehrvertrag in der Werkstatt des Malers Ghirlandajo zu ergattern«, fuhr Miotti fort, als wäre er nie unterbrochen worden. Er hatte sich im Stuhl zurückgelehnt, seine dunklen Augen unter den weißen Brauen waren zusammengekniffen, als könne er die ferne Vergangenheit vor sich sehen. Seine Stimme füllte den Raum und zog alle in ihren Bann. »Er zeichnet die alten Meister ab, zeichnet nach lebendigen Modellen, lernt mineralische Farben herzustellen, und vor allem lernt er Freskenmalerei.«

Hauser hob seine Kaffeetasse. »Auf Ghirlandajo! Ohne ihn hätte es die Sixtinische nicht gegeben.«

Die Weller und der Vatikan taten es ihm nach, und die drei blinzelten sich zu wie gottverdammte Verschwörer. Langsam kam Boger sich dämlich vor. All das Gerede über Dinge, die er nicht kannte.

Marie sah zu ihm. »Sie kennen die Sixtinische Kapelle nicht?«

»Ist das ein Verbrechen?«, knurrte er zurück.

»Im Gegenteil, ich beneide Sie. Sie haben eines der aufregendsten Kunstwerke der Welt noch vor sich.«

Wollte die ihn verarschen? Misstrauisch sah er in ihre Augen, aber da war kein Spott.

»Die Capella Sistina ist die Hauskapelle des Vatikans. Dort findet die Konklave statt, in der nach dem Tod des Papstes ein neuer Papst gewählt wird«, erklärte Miotti.

Boger nickte. Na und?

»Vito, das ist doch egal«, unterbrach ihn Marie.

»Egal?«

Boger hörte deutlich die drei Fragezeichen, die der Italiener mitsprach. Aufgeblasener Affe. Als wäre es weltbewegend, wo die ihren Chef wählten.

Die Weller wandte sich wieder zu ihm und legte ihre Hand auf seinen Unterarm. »Die Kapelle ist ein schlichter Raum, aber mit den wunderbarsten Gemälden an Wänden und Decke. Hauptsächlich von Michelangelo.«

Wenigstens behandelte sie ihn nicht wie einen Trottel. Obwohl, wenn er ehrlich war, taten das die anderen auch nicht. Er fühlte sich nur so.

»Aber Michelangelo will nicht Maler werden, er träumt vom Stein«, unterbrach sie Miotti mit dieser Stimme aus einer anderen Zeit. »1490 gelingt es ihm, in den Kreis von Lorenzo di Medici zu gelangen.«

Boger beugte sich zu Marie. »Muss man den kennen?«

Flüsternd antwortete sie: »Der hätte Ihnen gefallen, ein toller Mann. Sehr hässlich. Von Geburt an sah er schlecht und hatte keinerlei Geruchssinn.«

»Wie? Der konnte nichts riechen?«

»Gar nichts. Fällt auch unter Randwissen. Aber er war sehr reich, unglaublich klug und eine Art Fürst von Florenz. Er liebte die Künste, sammelte Gelehrte, Maler, Musiker um sich. Er wurde ›Il Magnifico‹ genannt, der Prächtige. Und er wollte die Bildhauerei wiederbeleben. Deswegen errichtete er den Garten.«

»Der Garten der Medici war ein Bildhauergarten. Der Lehrer von Michelangelo war Bertoldo di Giovanni, der vor allem Miniaturskulpturen schuf«, ergänzte Miotti lebhaft.

»Dann hatte Michelangelo, was er wollte, und war glücklich«, sagte Boger und räkelte sich.

Na also, alles in Butter. Geschichten mit Happy End langweilten ihn.

»Vielleicht«, meinte die Weller und fügte hinzu: »Er hatte viele Talente, aber das zum Glücklichsein?«

Erstaunt sah Boger sie an. Talent zum Glück? Komischer Ausdruck. Er sah, wie sie die Krümel auf dem abgegessenen Tischtuch hin und her schob, Häufchen bildete und sie dann wieder zerstörte.

»Haben Sie dieses Talent?«, fragte sie ihn unvermittelt.

»Nein. Aber er hat es.« Mit einer Kopfbewegung deutete Boger zu Michael Hauser.

Es stimmte. Hauser hatte das Talent. Irgendwie schaffte er es, immer da zu sein, im Jetzt, im Moment. Wenn er da an sich und Gregor dachte … Gregor, den musste er unbedingt anrufen. Hatte schon Wochen nichts mehr von ihm gehört.

»Wie auch immer«, unterbrach der Vatikan, und auch Hauser rutschte ungeduldig auf seinem Stuhl.

»Michelangelo arbeitet mit Stein, lernt am Stein. Er ist erfolgreich, und bei Lorenzo lernt er auch die Platoniker kennen.«

Boger verdrehte die Augen. Miotti hatte das wohl mitbekommen, denn zu ihm gewandt fuhr er fort: »Das war ein Kreis von Gelehrten, mit denen Lorenzo Diskussionen führte und durch die Michelangelo viel über die Antike lernte. Dort fand er Motive für seine Arbeit. Und er verliebte sich.«

»Achtung, Achtung! Hier betreten wir das Reich der Spekulationen«, meinte Marie Weller. »Möchte vorher noch jemand etwas trinken?«

Sie hatte sich halb vom Stuhl erhoben und blickte auffordernd in die Runde, aber alle winkten ab.

Miotti seufzte und streichelte über ihre Hand. »Du bist herzlich unsentimental, aber natürlich hast du recht.« Er wandte sich den beiden Männern zu. »Trotz Quellenstudium und historisch Belegbarem bleibt immer eine Grauzone. Aber das, was ich Ihnen jetzt erzähle, ist nicht das Hirngespinst eines alten Kunsthistorikers. Bedeutendere Wissenschaftler, als ich einer bin, haben mir den Weg gewiesen.«

Marie Weller zwinkerte Boger zu. »Lassen Sie sich bloß nie einschüchtern, wegen Ihres Randwissens. Die mit dem wirklichen Wissen wissen wirklich wenig. Die tun nur so.« Damit setzte sie sich wieder.

»Kann ich weitermachen?«, fragte der Vatikan höflich. Mit großer Geste erteilte ihm die Weller das Wort.

»Michelangelo verliebt sich in die jüngste Tochter von Il Magnifico, in die zarte, leicht kränkliche Contessina. Natürlich ist eine Verbindung aussichtslos, sie ist Piero Ridolfi versprochen und heiratet ihn auch. Mit gebrochenem Herzen schenkt ihr Michelangelo zur Hochzeit eine Skulptur. *Kreugas und Damoxenes*.«

Nach dieser Eröffnung lehnte sich der Vatikan wieder in seinem Stuhl zurück und sah erwartungsvoll in die Runde. Marie Weller, die bei ›gebrochenem Herzen‹ vielsagend das Tischtuch beäugt hatte, verzog skeptisch die Mundwinkel. Hauser schien nachzudenken, und Boger wartete auf das Rätsel. Eine nette Geschichte. Wo war das Problem?

Schließlich räusperte sich Hauser. »*Kreugas und Damoxenes?* Von einer Skulptur Michelangelos mit diesem Namen habe ich nie gehört.«

»Sie ist umstritten und wird nur von wenigen Kritikern Michelangelo zugeschrieben.«

Wie jetzt? Die war doch nicht von Michelangelo? »Aber es gibt sie? Die Skulptur, meine ich?«, fragte Boger verwirrt.

Bevor Miotti antworten konnte, wandte die Weller ein:

»Du sagst, die Skulptur ist neunundvierzig Zentimeter hoch. Michelangelo hat nie Miniaturskulpturen gemacht.«

»Er hat vierhundertfünfundneunzig Briefe, Aufzeichnungen und Verträge hinterlassen. Es ist bewiesen, dass er Contessina seinen ›Herkules‹ zur Hochzeit schenken wollte, eine Monumentalskulptur. Alle haben ihm abgeraten, weil dieses Geschenk ›zu groß‹ sei«, antwortete Miotti.

»Und?«

»Er hat ein kleineres gemacht.«

Marie lachte kurz und verächtlich.

»Sein Lehrer, dieser Berthold Dingsbums, der hat Miniaturskulpturen gemacht, oder?«, fragte Boger, der immer noch versuchte, das Problem zu verstehen.

Er erntete von Marie ein Kopfschütteln und von Hauser einen erstaunten Blick. Nur der Vatikan nickte befriedigt und anerkennend in seine Richtung. »Siehst du, Marie. Sogar Herr Boger erkennt die Möglichkeit.«

»Sogar Herr Boger« – was sollte das denn? Niemand kümmerte sich um seine beleidigte Miene. Sogar die Weller meinte nur: »Ich sage nicht, dass es nicht möglich ist. Es ist unwahrscheinlich. Wieso zwei Krieger?«

»Die Symbolik ist klar.« Leicht gereizt schloss der Vatikan die Augen. Aha, Widerspruch vertrug er nicht.

»Entschuldigen Sie«, warf Hauser ein. »Was ist das für eine Geschichte mit *Kreugas und Damoxenes*?«

»Pausanias, ein griechischer Geschichtsschreiber, erwähnt die beiden. Damoxenes aus Syrakus und Kreugas aus Epidamnos kämpften bei den Nemeischen Spielen gegeneinander, das war eine Art Olympiade. Damoxenes verletzte Kreugas so schwer, dass dieser starb. Die Argeier erkannten ihn aber nicht als Sieger an. Sie verliehen Kreugas posthum den Sieg.«

»Da hat er nicht viel von gehabt«, warf Boger ein, aber wieder beachtete ihn niemand.

»Der besiegte Sieger – also wenn das keine klare Symbolik ist! Michelangelo war der Sieger über Contessinas Herz, sie blieben übrigens ihr Leben lang Freunde. Aber heiraten musste sie Piero Ridolfi.«

Plötzlich setzte sich die Weller aufrecht. Boger konnte ihre Augen blitzen sehen, als sie mit ausgestrecktem Zeigefinger auf den Vatikan zeigte und sagte: »Jetzt hab ich dich! Michelangelo sprach kein Griechisch, geschweige denn, dass er es lesen konnte. Er konnte noch nicht einmal Latein lesen. Woher soll ein ungebildeter Bildhauer die Geschichte der beiden Krieger kennen?«

Unbeeindruckt hielt Miotti ihrem Blick stand und schmetterte: »Pico della Mirandola!«

Wer war das schon wieder? Langsam verlor Boger bei all den italienischen Namen den Überblick.

Aber Marie Weller schien der Name etwas zu sagen. Besiegt lehnte sie sich in ihrem Stuhl zurück und nagte an der Unterlippe. »Möglich ...«

»Getroffen, versenkt!«, gab der Vatikan triumphierend zurück.

Die beiden tauschten ein Lächeln, während ihm und Hauser nur blieb, von einem zum anderen zu schauen. Endlich hatte die Weller ein Einsehen und erklärte den merkwürdigen Schlagabtausch: »Pico della Mirandola war einer der vier Platoniker, die sich in Lorenzos Palast aufhielten. Obwohl erst siebenundzwanzig Jahre alt, sprach er zweiundzwanzig Sprachen. Er hat tatsächlich den Pausanias übersetzt. Gut möglich, dass er Michelangelo davon erzählt hat.«

»Getroffen, versenkt! Sag ich doch«, feixte Miotti wie ein kleiner Junge.

»Angeber!«, sagte die Weller abfällig, und zu Boger und Hauser gewandt: »Wenn er sich einbildet, bei einer Diskussion gewonnen zu haben, sagt er das immer. Dabei ist gar nichts bewiesen.«

»Ich kann es nicht beweisen, niemand kann das. Aber ich kenne die Skulptur. Sie ist perfekt, ein Meisterwerk. Und der Bildhauer hatte anatomische Kenntnisse, die er nur durch Sezieren erlangen konnte. Spricht für Michelangelo.«

Boger horchte auf. Das war ja ein Tausendsassa, dieser Bildhauer. »Arzt war der auch?«

Die anderen drei blickten ihn erstaunt an.

Hatte er Quatsch geredet? Eine Sekunde lang war er verunsichert. »Haben Sie gerade gesagt, dass er Leichen zerschnippelt hat wie ein gottverdammter Pathologe, oder?«

»›Leichen zerschnippeln‹ – interessanter Ausdruck«, bemerkte Miotti.

Boger kam sich noch blöder vor und bedachte den Katholen mit einem bösen Blick.

»Aber treffend«, gab die Weller streitlustig zurück. »Das Sezieren war damals verboten und wurde mit dem Tod bestraft«, erzählte sie Boger. »Trotzdem war es für Künstler zwingend zu wissen, wie der menschliche Körper aufgebaut ist. Ein Bildhauer muss Bewegungen darstellen. Er muss wissen, wie die einzelnen Glieder und Organe des Körpers zusammenarbeiten, welche Wechselbeziehungen zwischen Knochen und Muskeln bestehen.«

Jetzt schien sich auch Hauser für das Thema zu erwärmen. »Es gab Leichen, die zugänglich waren«, gab er zu bedenken. »Gut, die Toten der Reichen wurden in Familiengrüften bestattet. Aber die Armen, die Bettler, die Verbrecher, die die Straßen von Florenz bevölkerten? Die blieben unbeachtet.«

»Leichenraub«, meinte Miotti und goss sich aus der großen Kanne Kaffee nach. »Eine gefährliche Möglichkeit. Man muss die Leiche ausgraben, sie in einen nahe gelegenen heimlichen Raum transportieren, sie wieder zum Friedhof zurückbringen. Die Gefahr, mit einer verstümmelten Leiche erwischt zu werden war groß. Und der Henker fackelte nicht lange …«

»Da haben es die Künstler heute leichter.« Boger grinste. Das Thema gefiel ihm. Jedenfalls mehr als das Geschwätz über Männer, die zweiundzwanzig Sprachen konnten. »Die gehen in eine Buchhandlung und kaufen ein Anatomiebuch.«

»Die gab es damals nicht«, sagte die Weller. »Aber Michelangelo fand eine Möglichkeit.«

»Wahrscheinlich durch den Prior von Santo Spirito, einem Kloster mit Bibliothek und Armenhospital«, erzählte Miotti, der bedächtig in seiner x-ten Tasse Kaffee rührte. Boger hatte bei sechs aufgehört zu zählen.

»Die Armen wurden ins Hospital gebracht, und wenn sie starben, blieben sie über Nacht in der Leichenkammer bis zur Beerdigung am nächsten Morgen. Michelangelo hat Santo Spirito ein hölzernes Kreuz geschnitzt. Zum Dank. Zum Dank für was? Dafür, dass alle wegsahen, wenn er nachts die Leichenkammer besuchte?«

»Wie es dort ausgesehen hat?«, fragte Marie versonnen und baute neue Krümeltürmchen auf dem Tisch.

»Das kann ich dir sagen«, antwortete Miotti. »Die Leichenkammer von Santo Spirito war ein kleiner, fensterloser Raum, weißgetünchte Wände, ein Steinfußboden, in der Mitte ein grober Tisch mit Holzplatte, auf dem die Leiche lag.«

»Die Leichen wurden in Grabtücher gehüllt, oder?«, fragte Hauser. Als Miotti nickte, fuhr er fort: »Allein schon das Auswickeln stelle ich mir gruselig vor.«

»Er wusste nicht, was ihn erwartete«, ergänzte die Weller. »Ein Pestkranker mit aufgedunsenem Gesicht und Beulen? Eine junge Frau, die bei der Geburt gestorben war? Ein verhungertes Kind?«

»Flackerndes Kerzenlicht«, spann Hauser den Faden weiter, »das die Schatten der Nacht kaum durchdringt. Welche Geräte hat er benutzt?«

»Ein Messer, Scheren, irgendetwas«, antwortete Marie.

Schweigen breitete sich am Tisch aus.

Ganz schön makaber, die Gesellschaft, auch wenn sie so gebildet taten. Boger dachte an seine erste Leiche. Immer noch verfolgte ihn das ausdruckslose Gesicht, der halboffene Mund, die grünliche Haut. Seitdem hatte er viele Leichen gesehen, aber die erste hatte er nie vergessen. Und sie dann noch zerschneiden? Konnte er sich nicht vorstellen. Bis heute sah er weg, wenn der Rechtsmediziner den ersten Schnitt setzte.

»Warum?«, brach er das Schweigen. »Warum machte Michelangelo so was? Ich meine, er musste doch nicht.«

»Er musste, um zu wissen«, antwortete der Vatikan. »So, wie vielleicht auch Sie als Kriminalist.«

War das so? Hörte sich gut an, schmeichelhaft. Er schüttelte den Kopf. »Ich mache den Job, weil ich ihn kann. Aber ich hab einen Kollegen. Einen Freund. Ich glaube, der macht es, um zu wissen.«

Kurz sah er Gregor vor sich, den hageren Körper in irgendeinem seiner blöden Anzüge, die braunen Augen zusammengekniffen. Gregor, der manchmal wie eine pikierte Hausfrau guckte und nie locker ließ. Dem würden all die Geschichten heute Abend gefallen. Der müsste auch nicht dauernd blöde Fragen stellen, der kannte sich aus. Gregor sollte den Job machen, nicht er. Bilder, Skulpturen, alte Geschichte, das wäre was für ihn.

Er selbst war höchstens brauchbar, um irgendwelche Kriminellen auszuquetschen, hinter Dealern herzurennen. All das Gerede, die vielen Namen. Bis er nach Hause kam, hätte er das Meiste vergessen, würde höchstens behalten, dass der Fürst aus Florenz nicht riechen konnte.

»Fassen wir zusammen«, ergriff Hauser das Wort: »Aus den vatikanischen Museen ist eine Miniaturskulptur verschwunden. Sie vermuten, sie ist von Michelangelo.«

Mit dem Vatikan ging eine Veränderung vor, er wurde steif, als hätte ihm jemand einen Stock durchs Rückgrat getrieben, seine Gesichtszüge wirkten versteinert. »Wie kommen Sie darauf, dass die Skulptur verschwunden ist?«

»Warum erzählen Sie uns sonst den ganzen Scheiß?«, fragte Boger verblüfft.

Marie Weller kicherte, und Hauser warf ihm einen bösen Blick zu. »Entschuldigen Sie die Ausdrucksweise meines Kollegen, aber unrecht hat er nicht.«

Miotti hüstelte. »Es ist eine schwierige Situation, nicht nur für mich als Verantwortlichen, sondern für das Museum, für den ganzen Vatikan. Jeder Hauch eines Skandals muss vermieden werden. Gerade jetzt, wo der Papst selbst ins Kreuzfeuer der Kritik geraten ist. Wenn jetzt noch Zweifel am Vatikanstaat oder einem seiner Organe aufkommt … Sie verstehen?«

»Warum vertuschen Sie's nicht einfach? Dann sind Sie den Ärger los«, fragte Boger.

Als alle am Tisch ihn musterten, zuckte er mit den Schultern.

»Auch diese Möglichkeit wurde an mich herangetragen«, sagte Miotti zur allgemeinen Verblüffung. Jetzt sah er eindeutig unglücklich aus. »Von einer nicht zu unterschätzenden Stelle. Diebstahl ist für jedes Museum ein Imageschaden. Und natürlich gibt es gerade in diesem Fall, sagen wir mal: besondere Interessen. Noch mehr schlechte Presse kann sich der Vatikan nicht leisten. Nicht nach all dem Trubel um die Piusbruderschaft. Aber …« Er seufzte. »Ich bin Museumsdirektor. Es handelt sich – vielleicht – um einen Michelangelo, der mir anvertraut ist.«

»Herr Boger hat recht«, sagte Marie besorgt zu ihrem Freund. »Wenn die dich sogar von oben auffordern und du lässt trotzdem nicht locker, kostet das deinen Kopf.«

Er lächelte sie an. »Mein Kopf gegen einen Michelangelo. Gott, Marie, das ist keine Frage, oder?«

»Respekt«, sagte Hauser und nickte.

Boger wusste nicht, was er denken sollte. Miotti war kein junger Mann mehr, trotzdem ließ er sich nicht einschüchtern. Das war okay, aber alles wegen eines Bildhauers, der schon ewig vermodert war? Na ja, ihm konnte es recht sein.

»Sie verstehen, dass alle Ermittlungen streng vertraulich ablaufen müssen. Ich kann Sie nicht offiziell engagieren, Sie können nicht offiziell agieren.«

»Das gibt es bei Kunstdiebstahl öfters«, sagte Hauser ungerührt.

»Die Bezahlung. Ich weiß, dass es üblich ist, einen bestimmten Prozentsatz des Wertes der ›Ware‹ zu vereinbaren. Ich habe Privatvermögen, aber nicht genug für einen Michelangelo.«

»Es ist nicht sicher ein Michelangelo. Und bei unschätzbaren Werken gibt es spezielle Regelungen«, sagte Hauser begütigend.

»Dann werden wir uns einig.«

»Wann ist das Ding verschwunden?«, fragte Boger, dem Verhandlungen über Geld peinlich waren.

»Im Juli vergangenen Jahres«, antwortete Miotti.

Hauser pfiff durch die Zähne.

»Natürlich haben wir Ermittlungen angestellt, anfangs«, warf der Vatikan ein, als müsse er sich für den langen Zeitraum entschuldigen. »Bemerkt wurde das Fehlen am Dienstag, dem 28. Juli. Montags war ein Teil der *Galleria dei Candelabri* gesperrt wegen Ausbesserungen an der Alarmanlage. Dort stand die Skulptur.«

»Natürlich wurde nichts bemerkt?«, hakte Hauser nach.

»Am Sonntag davor war freier Eintritt«, antwortete Miotti. »Ein unwahrscheinliches Gedränge, wie Sie sich sicher vorstellen können. An solchen Tagen haben wir bis zu 180000 Besucher. Trotzdem hat einer der Angestellten etwas beobachtet, einen Mann, der mitten im Gedränge und Geschiebe vor *Kreugas und Damoxenes* stehen geblieben war. Er hat ihn als ›hypnotisiert‹ beschrieben und gab an, der Unbekannte habe mindestens eine Viertelstunde unbeweglich vor der Skulptur verbracht. Der Museumswärter ließ ihn nicht aus den Augen, und als der Unbekannte die Figur berühren wollte, hat er ihn zurückgepfiffen.«

»Haben Sie eine Beschreibung des Mannes?«

»Wir haben seinen Namen und seine Adresse«, gab Miotti

zurück. »Stefan Uhl, ein deutscher Staatsbürger, der seit zwei Jahren in Rom lebt. Am Mittwoch, dem 29. Juli, hat er mit einem Billigflug Rom verlassen. Er ist in Rom/Ciampino ins Flugzeug gestiegen. Das Flugzeug ist in Frankfurt/Hahn gelandet. Aber Stefan Uhl ist dort nicht ausgestiegen. Er ist nie in Frankfurt/Hahn angekommen.«

10.

Wütend wirbelten die Flocken. Vor dem Immobilienbüro stand ein kahler Baum, an dessen Äste sich eine frierende Krähe duckte. An diesem dunkelgrauen Morgen hatte der Schnee nichts Kontemplatives, nichts Verzauberndes. Schmutzig weiß und nass griff er die Schaufensterscheibe des Stehcafés an, hinter der Büchner saß und sich wie die einsame Krähe fühlte. Der Schnee tobte, als wolle er eindringen, das bisschen Wärme vernichten, das Neonlicht auslöschen und alles dem grauen Selbstmörderhimmel einverleiben.

Büchner fröstelte. Seine Hände umklammerten die Tasse mit dem braungefärbten Wasser, das sich Kaffee schimpfte. Die Bedienung, die ihn eingelassen hatte, bereute ihre Gnade. Muffig und hustend schlurfte sie hinter der Kaffeetheke herum, jeder Schritt, jeder Handgriff ein Vorwurf an den ungebetenen, weil zu frühen Gast.

Nette Stadt, dieses Merzig! Aber wahrscheinlich tat er der Stadt unrecht, und es lag an diesem Stehcafé. Auch ein Zwischenort, wie Bahnhofshallen oder Rastplätze. Eine Durchgangsstation für verlorene Seelen. Und wenn man keine war, sorgte spätestens der Aufenthalt an einem Zwischenort dafür, sich wie eine zu fühlen.

Auf der anderen Straßenseite eilte ein roter Mantel näher, hantierte an der Tür von Immobilien-Baumann, huschte hinein. Licht flammte auf. Na also. Fehlte nur noch Michaux.

Statt des Luxemburgers näherte sich die Bedienung.

»Danke«, sagte er abwehrend. Sie stellte sich vor seinen

Tisch. An ihrem Kinn prangte ein eitriger Pickel, auf der weißen Schürze prangte ein brauner Fleck in Taillenhöhe. Zumindest hielt er den dritten Ring für ihre Taille. Irritiert sah er sie an. Was wollte sie? Ihm noch so ein Gesöff andrehen, das Kaffeebohnen nur vom Hörensagen kannte?

»Ich habe noch. Danke!«

Sie wich und wankte nicht, stand da und sah ihn an. Sollte er zahlen? Gehen?

Die Glocke an der Eingangstür verkündete einen neuen Gast. Erleichtert sah Büchner in das jugendlich-frische Gesicht von Henri Michaux, der sich gutgelaunt und frierend die Hände rieb. »Wunderbar, es ist schon geöffnet. Chère Mademoiselle, kann ich einen Kaffee haben?«

Die merkwürdige Bedienung verwandelte sich in ein strahlendes Mädchen, das eifrig nickte und elfengleich zu ihren Automaten schwebte.

»Schön, Sie zu sehen«, wandte sich der Kommissar an Büchner. Er wirkte, als meine er es, und sofort war der Morgen weniger grau.

Mit Blick zum Fenster bemerkte Michaux. »Ah, unser Vögelchen ist eingeflogen.«

Büchner verkniff sich die Bemerkung, dass Vögelchen vielleicht aus –, keinesfalls jedoch einflogen, zumal die Bedienung samt Tasse zu ihnen trat. Errötend stellte sie das Gebräu vor den jungen Kommissar, lächelte lieblich und entschwand. Verblüfft sah Büchner ihr nach.

Dass Lächeln zu ihrem Repertoire gehörte, hätte er nicht vermutet. Natürlich, wer verschwendete schon ein Lächeln an kleine, knittrige Männer? Bevor der Missmut wieder nach ihm greifen konnte, sagte er schnell: »Der Kaffee ist gewöhnungsbedürftig.«

Vorsichtig nahm sein Kollege einen Schluck. »Aber nein. Fantastisch.«

Büchner spähte in die Tasse, aus der tatsächlich Dampf aufstieg. Auch die Flüssigkeit darin hatte eine satte braune Farbe und nicht das müde Wassergelb seines Aufgusses.

Das Leben war ungerecht.

»Sollen wir?«, fragte er und wies mit dem Kopf zur gegenüberliegenden Straßenseite.

Auch diese Tür verkündete das Eintreten mit leisem Gebimmel. Der graublaue Teppichboden dämpfte ihre Schritte, die sie zu einem chromfarbenen Schreibtisch mit passenden Besucherstühlen lenkten. Vornehme Leere war das herausragende Merkmal des Raumes. Hinter dem Schreibtisch trat der rote Mantel aus einer angelehnten Tür, nur dass er nun, statt des Mantels, das passende rote Kleid nebst langen Beinen und schulterlangem blonden Haar trug. Einzig die leicht geröteten Augen störten.

»Meine Herren?«

»Gregor Büchner, LKA, und mein Kollege Henri Michaux. Wir ermitteln im Mordfall Severin Baumann.«

Ein leises Schlucken, ein gefasster Blick. »Ich habe Sie erwartet.«

»Sie sind die Geschäftsführerin?«

Tränenumflortes Nicken. »Anja Kraus. Ich arbeite seit zwei Jahren für Severin.« Wieder ein trockenes Schlucken.

»In welcher Beziehung standen Sie zu Herrn Baumann? Außer dem rein Geschäftlichen versteht sich.«

»Wir … Wir waren zusammen. Severin …« Sie brach ab.

Also die Freundin, entsprechend mitgenommen. Sollte er ihr sein Beileid aussprechen? Sie trösten? Vermutlich würde sie dann endgültig in Tränen ausbrechen. Lieber die offizielle Variante. »Was können Sie uns über Severin Baumann erzählen? Bei einer Mordermittlung ist alles von Belang.« Er lächelte entschuldigend. »Geschäftliches und Privates.«

Sie nickte, griff nach dem Papiertaschentuch, das Michaux

ihr über den Tisch hinweg reichte. Vorsichtig betupfte sie ihr Näschen.

»Lassen Sie sich ruhig Zeit, Madame«, gurrte der Taschentuchspender.

Büchner kam sich roh und ungalant vor.

»Severin war ... wie soll ich sagen? Der perfekte Partner. Höflich, gutgelaunt, großzügig. Seine Geschäfte liefen gut. Wir vermitteln vor allem an die Gastronomie, er hatte dort viele Bekannte. Wir gingen oft aus, in Restaurants, Bars. Wir haben Städtetrips gemacht, Madrid, Rom, Venedig. Wir waren regelmäßig in Mondorf, im Kasino ...« Sie brach ab.

»Er hat gespielt?«, fragte Büchner alarmiert.

Sie nickte.

»Verloren?«

»Manchmal. Aber Severin machte das nichts, er blieb fröhlich. Wenn er verlor, tranken wir Champagner auf bessere Zeiten. Er nahm alles leicht.« Überwältigt senkte sie den Kopf und tupfte wieder.

Büchner sah auf das gepflegte Blond, das sie ihm darbot. Eine gutaussehende Frau. Nicht ganz jung, aber mit den Mitteln der Kosmetikindustrie hervorragend konserviert. »Bei ihm zuhause waren Sie nie?«, fragte er.

»Wegen der Oma«, schniefte sie leise.

»Wie bitte?«

»Seine Großmutter. Sie wohnt bei ihm. Haben Sie die nicht befragt?«

»Frau Vollaro?« Büchner sah zu Michaux, der ungläubig zurücksah.

»Ja. Ich glaube die Großmutter mütterlicherseits. Sie ist Italienerin, katholisch, sehr fromm. Und wir waren ja nicht ... Also noch nicht.«

Der Handkehrer war die Großmutter? Vom Alter her könnte das hinkommen. Wieso wussten sie das nicht? Wie konnte das Michaux durch die Lappen gehen?

Als hätte sein Kollege Gedanken gelesen, überzog ein leichtes Rot seine Wangenknochen, und er zuckte mit den Schultern.

Wieso hatte die Alte nichts gesagt? Besonders erschüttert hatte sie nicht gewirkt, dafür, dass es ihr eigener Enkel war. Keine Träne, keine Erwähnung der verwandtschaftlichen Beziehungen. Falls Baumann die ›Oma‹ nicht erfunden hatte, um seine Freundin fernzuhalten.

Mit einer gemurmelten Entschuldigung stand Michaux auf und verließ den Raum. Büchner wandte sich wieder Anja Kraus zu. »Sie wollten heiraten?«

»Wir hatten keinen direkten Termin. Severin hatte schon viel erlebt, war schon oft enttäuscht worden. Aber mit mir … Eine Frau merkt so etwas, verstehen Sie?«

Büchner hatte keine Ahnung, was Frauen merkten. Gehorsam nickte er.

»Hatte Severin Baumann Feinde?«

»Feinde? Wie kommen Sie darauf?«

Ihr Ton war so entsetzt, dass er unwillkürlich zuckte. Immer dasselbe. Jeder Mensch hatte Feinde, ob er wollte oder nicht. Und in den seltensten Fällen wurde jemand ermordet, weil alle ihn liebten. »Vielleicht Geschäftspartner, die sich übervorteilt fühlten? Jemanden, den er entlassen hat und der sich rächen wollte? Eine ehemalige Freundin? Irgendetwas in der Art?«

Heftig schüttelte sie den Kopf. »Alle mochten ihn. Er hat gerne geholfen, Leuten unter die Arme gegriffen. Gerade in der Gastronomie gibt es oft Schwierigkeiten. Gäste bleiben aus, Umsätze brechen ein oder die Lage eines Restaurants erweist sich als schwierig. Sie glauben nicht, wie viele unserer Klienten sich da an Severin wandten.«

»Könnte ich von diesen Leuten eine Liste haben?«

»Nun …«

»Keine Sorge, Sie brechen kein Geschäftsgeheimnis. Ich

möchte mich mit ihnen unterhalten, mir ein Bild von Severin Baumann machen.«

Sie schluckte. Er lächelte. Dann nickte sie.

Büchner stand auf und reichte ihr die Hand. »Das wäre es schon. Fürs Erste. Vielen Dank für Ihre Kooperation.«

»Sie sagen mir Bescheid, wenn …?«

Er nickte und drehte sich zum Gehen.

»Es muss ein Verrückter gewesen sein«, sagte sie in seinen Rücken.

Er drehte sich um.

»Ganz bestimmt. Niemand könnte Severin so etwas antun. Ein Verrückter.«

Er winkte kurz und verließ den Raum.

Merkwürdig. Die Idee eines mordenden Irren schien die Leute zu trösten. Ihn beunruhigte die Vorstellung eher. Und wenn er an die Art des Mordes dachte, hatte er allen Grund zur Beunruhigung.

Vor der Tür war Michaux dabei, aufgeregt in sein Handy zu sprechen. Als er Büchner sah, bellte er etwas auf Lëtzebuergesch, das Büchner nicht verstand, dann würgte er seinen Gesprächspartner ab.

»Ich weiß nicht, wie uns das entkommen konnte.«

»Entgehen.«

Michaux stutzte. »Entgehen? Nicht entkommen?«

»Menschen entkommen, Informationen entgehen.«

»Das sage ich doch. Seine Großeltern sind entkommen«, beharrte der Luxemburger. »Wir haben alles überprüft. Seine Mutter hieß nicht Vollaro! Eine Italienerin, das ist korrekt, Anna Fava. Severin Baumanns Eltern sind tot, keine Geschwister. Meine Leute kümmern sich darum.«

»Merkwürdig, dass die Großmutter uns nichts gesagt hat«, meinte Büchner und betrachtete den bleigrauen Himmel.

»Der ganze Handkehrer ist merkwürdig«, bestätigte Michaux. »Was jetzt? Immobilien-Baumann in Saarlouis?«

Als Büchner nickte, sagte Michaux wieder fröhlicher: »Sie fahren vor«, und stapfte zu seinem Wagen.

Büchner riss sich vom Himmel los. Er hasste es, alleine zu fahren. Die Autofahrten mit Kollegen waren eine gute Gelegenheit, Informationen zu wechseln, Eindrücke auszutauschen. Er hätte jetzt gerne mit Michaux über den Immobilienmenschen geredet. Objekte für die Gastronomie zum Mieten oder Kaufen. Ein undurchsichtiges Feld. Grundstücksspekulationen. Und was sollte heißen: Er hat Leuten unter die Arme gegriffen? Die trauernde Freundin, die er nie mit zu sich genommen hatte, die Besuche im Spielkasino, sein Tod. Die Bestrafung, wie Michaux gesagt hatte.

Sein Auto parkte vor dem Stehcafé. Als er die Tür aufschloss, sah er, dass die Bedienung hinter der Scheibe stand und zu ihm herübersah. Er hob grüßend die Hand. Stutzte.

Sie streckte ihm die Zunge heraus. Stand da, sah ihn an und streckte ihm die Zunge heraus!

Schnell stieg er ein, ließ den Motor an und fuhr los.

Immobilien-Baumann in Saarlouis hatte die Geschäftsräume auf dem großen Markt. Die Kommissare stellten ihre Autos auf dem Parkplatz ab und stürzten sich ins vormittägliche Gewimmel. In Saarlouis war immer Betrieb.

Büchner mochte die Stadt, er fühlte sich hier ein wenig wie in Frankreich. Die Kassematten, die den Eingang zum Zentrum bewachten, die Gässchen mit Hunderten von Kneipen und Restaurants, die kleinen Läden und vor allem die Leute, die, schwer mit Tüten bepackt, hin und her eilten, sich Grüße über die Straße zuriefen, sich zum Essen trafen oder in Grüppchen vor den Buden am großen Markt standen und die erste Currywurst des Tages verzehrten.

Auch wenn die üblichen Tische und Bänke vor jeder noch so winzigen Kaschemme fehlten, die im Sommer aus Saarlouis eine einzige Kneipe machten, hatte die Stadt etwas Vitales. Selbst der Himmel war hier ein Stückchen höher.

Michaux sah sich interessiert um, während sie unter kahlen Platanen den Markt umrundeten.

Immobilien-Baumann war ein einziges Déjà-vu. Dieselbe vornehme Leere, derselbe Chromschreibtisch mit Stühlen. Nur die Frau, die ihnen entgegensah, war nicht blond, sondern schwarzhaarig, und das rote Kleid war durch ein blaues Kostüm ersetzt. Aber die roten Augenränder waren identisch, und nach der obligatorischen Vorstellung outete sie sich als Marianne Fuchs, Freundin des Verstorbenen.

»Wir waren sozusagen verlobt«, bekannte sie unter Schluchzen.

»Sozusagen?«, fragte Büchner, leicht benommen von der Enthüllung.

Sie lehnte sich soweit vor, dass ihre Kostümjacke auseinander triftete und den Blick auf ihr sehenswertes Dekolleté lenkte. Irritiert sah Büchner nach oben, in ebenso sehenswerte blaue Augen, die in raffiniertem Kontrast zu den seidenschwarzen Haaren standen.

»Severin war ein gebranntes Kind. Frauen können grausam sein, glauben Sie mir«, vertraute sie dem Kommissar an.

Er glaubte ihr aufs Wort.

»Bei mir war er angekommen. Wir waren seelenverwandt, und es war nur eine Frage der Zeit, bis er sein Trauma überwunden hätte. Eine Frau spürt so etwas.« Sie schenkte ihm einen tiefen Blick unter schweren Lidern, nicht ahnend, dass Büchner keinen Schimmer hatte, was Frauen spürten.

»Bei ihm zuhause waren Sie nie?« »Nicht direkt«, antwortete sie zögernd.

Erwartungsvoll schwieg er.

»Er wollte nie, wegen seiner Großmutter. Übertriebene Rücksichtnahme, wenn Sie mich fragen. Schließlich war er ein erwachsener Mann.«

Irrte er sich, oder war da wirklich eine Anspielung, die er nicht verstand, in dem gehauchten »ein erwachsener Mann«?

»Einmal bin ich hingefahren. Einfach so. Aber die alte Hexe hat nur durch die geschlossene Tür mit mir geredet und behauptet, er sei nicht da. Dabei stand sein Wagen in der Einfahrt! Sogar Blumen hatte ich ihr mitgebracht, die hat sie mir nachgeworfen, können Sie sich das vorstellen?«

Er konnte. Mitfühlend fragte er: »Und was hat Herr Baumann dazu gesagt?«

Statt einer Antwort drehte sie den dicken Goldring an ihrer linken Hand. Das kapierte sogar er.

»Natürlich hätte er mich ihr vorgestellt. Aber ich habe nicht gedrängt.« Das Dekolleté rückte wieder ein Stück näher und ein vertrauliches »Männer fühlen sich so leicht in die Enge getrieben« wehte über den Tisch.

In Büchners Fall traf das definitiv zu. Er lehnte sich unauffällig ein Stück zurück. Bei aller Trauer vergaß Marianne Fuchs nie, dass ihr ein Mann gegenübersaß. Und sei er noch so unspektakulär.

Ansonsten schien Baumann mit der zweiten Freundin so verfahren zu sein wie mit der ersten. Restaurantbesuche, Besuche im Spielkasino, diesmal Baden-Baden, Kurzurlaube und Übernachtungsvisiten immer nur bei ihr. Auch sie beschrieb ihn als gutgelaunt, spendabel, und im Gegensatz zur Merzigerin rühmte sie voll Trauer seine Fähigkeiten als Liebhaber.

Büchner wurde immer unbehaglicher zumute, Michaux dagegen hatte Mühe, sein Dauergrinsen zu unterdrücken.

Auch Marianne Fuchs wies die Idee, ihr Severin könne Feinde gehabt haben, weit von sich und vermutete den obligatorischen Irren hinter der Tat.

Als sie nach gefühlten fünf Stunden wieder auf der winterkalten Straße standen, atmete Büchner tief durch. Michaux pfiff durch die Zähne. »Oh lálá.«

Irritiert musterte Büchner seinen Kollegen, der sich plötzlich wie ein Kabarettfranzose benahm und auch noch ein »Geschmack hat er« hinzufügte.

Gut, über Geschmack ließ sich streiten, und er war eindeutig nicht kompetent, sich über Frauen auszulassen.

»Sie ist viel älter als Sie«, sagte er mürrisch.

»Wetten, dass die dritte rothaarig ist?«, fragte sein Kollege und grinste vor sich hin.

»Bevor wir das feststellen, muss ich was essen.«

»Immer eine gute Idee.«

»Kommen Sie, fast zwölf, und ich kenne hier ein nettes Restaurant.«

11.

Der *Maréchal Ney* war gut besucht, trotzdem ergatterten sie einen Tisch am Fenster. Im Gegensatz zu anderen Lokalen war die Weihnachtsdeko eingemottet, man bereitete sich auf den Frühling vor. Kleine Töpfchen mit duftenden Zwerghyazinthen schmückten die Damasttischdecken, ein Tulpenstrauß zierte den Eingang. Die mit rotem Samt bezogenen Stühle standen eng, aber gemütlich, und ein freundlicher Kellner brachte die Karten. Nach einem flüchtigen Blick bestellte Büchner ein Wasser und das Kressesüppchen, während Michaux Steak und einen Roten orderte. Mit Blick zu Büchner sagte er: »Meine Frau ist Französin.«

Büchner war nicht sicher, ob die französische Ehefrau die Entschuldigung für das üppige Essen oder den frühen Alkohol war. Während sie warteten, stützte Michaux den Kopf auf den Arm, sah aus dem Fenster und meinte versonnen: »Manche Männer verstehen es einfach.«

Verstehen was? Was beneidete der Luxemburger? Das Geld? Die Frauen? Das leichte Leben?

Als hätte Michaux seine Gedanken erraten, sagte er schnell: »Ich bin glücklich mit meiner Frau. Aber man wird älter, das Leben läuft im gleichen Schritt, da fragt man sich …«

»Sie sind jung.«

»Ich bin fünfunddreißig. Wir haben ein Haus, das bezahlt ist, wenn ich achtzig bin. Mein Sohn ist sieben. Er geht zur Schule, wird studieren. Vielleicht noch ein Kind, dann macht es ›Piff‹, und das Leben ist vorbei.«

Was sollte er da sagen? Er hatte keine Frau, kein Haus,

keinen Sohn. Nicht, dass er das jemals hätte haben wollen. Aber er marschierte immerhin schon auf die fünfzig, und das Einzige, zu dem er es gebracht hatte, war eine Mietwohnung und ein Schrank voll feiner Anzüge. Manchmal konnte er die Sorgen seiner Tanten verstehen.

»Möchten Sie das ernsthaft? Ein Leben wie Baumann? Frauen, die nichts voneinander wissen und die Sie mit Lügengeschichten über religiöse Großmütter fernhalten? Immer gutgelaunt? Immer spendabel? Immer unterwegs? Was ist, wenn Sie traurig sind? Oder müde? Sorgen haben? Mit wem reden Sie darüber?«

»Vielleicht war es eine seiner Frauen?«

»Wenn es Gift gewesen wäre, ein Messer, eine Pistole. Aber dieser Mord ist zu gewalttätig für eine Frau.«

Der Kellner brachte die Getränke, und Michaux hob sein Glas und prostete ihm zu: »Auf die Frauen!«

Das Mineralwasser schmeckte fade und abgestanden. Genau so fade wie sein Gesülze über Baumanns Leben. Was wusste er schon? Vielleicht hatte der Luxemburger ja recht, aufzubegehren, etwas anderes zu wollen als die ausgetretenen Pfade, in denen sich das Leben normalerweise bewegte. Vielleicht quatschte er, der Alleswisser Gregor Büchner, nur die gängigen Ängste der Spießer nach. Vielleicht war er genau das: ein Spießer.

Der Kellner brachte das Essen.

War das nicht symptomatisch? Ein blassgrünes Süppchen für ihn und das blutige Steak für den Jungen? Allerdings schmeckte das Süppchen fantastisch.

Die Tür öffnete sich. Die mittelblonden Haare, der geschmeidige Körper, der etwas verträumte Blick …

Jetzt hatte der Eintretende ihn gesehen, lächelte und trat an den Tisch.

»Gregor Büchner? Was machen Sie in Saarlouis?«

Natürlich, Hans Müntzer, Kommissar der Mordkommission Saarlouis. Bei einer Fortbildung in Wiesbaden hatten sie sich kennengelernt und auf Anhieb verstanden.

Büchner legte seinen Löffel ab, stand auf und schüttelte dem Kollegen die Hand. Er freute sich.

»Der Kollege Michaux von der Police Grand-Ducale. Wir arbeiten zusammen. Wollen Sie?« Einladend wies er auf den freien Stuhl.

Müntzer schüttelte den Kopf. »Danke, aber ich warte auf Holger. Holger Nass, mein Kollege. Wir wollten uns zum Essen treffen, der *Maréchal* ist quasi unsere Kantine.«

Michaux war aufgestanden und schüttelte Müntzer die Hand. »Gute Wahl. Das Steak ist super.«

Wieder öffnete sich die Tür, und ein dickleibiger Mann trat ein, dessen Falten Büchners locker übertrumpften.

»Ah, Holger. Kommissar Büchner vom LKA, sein Kollege Michaux aus Luxemburg.«

Misstrauisch zog der Ältere die Falten zusammen. »LKA? Wildern Sie?«

»Ein Mord in Luxemburg. Der Tote hat hier ein Geschäft, eine Niederlassung. Immobilien-Baumann«, beeilte sich Büchner zu erklären. Es gab zwar keine direkten Animositäten zwischen den einzelnen Behörden, aber viele Kollegen reagierten sauer, wenn das LKA sich in ihre Belange mischte.

Der ältere Kollege, dessen Anzug so verknittert war wie sein Gesicht, hob die Brauen. »Baumann?« Er wandte sich an Müntzer. »War da nicht die Geschichte mit dem Erdrosselten?«

Büchner horchte auf, Michaux, der sich gesetzt hatte und nach dem Besteck greifen wollte, hielt inne.

»Vielleicht wollen Sie sich zu uns setzen?«, fragte Büchner und wies einladend auf die leeren Stühle.

»Natürlich«, antwortete der Knittrige. »Wir setzen uns gerne zu Ihnen und berichten. Nach dem Essen!«

Müntzer grinste zu Nass. »Regel Nummer zwei?«

Kollege Nass nickte und sagte zu Büchner gewandt: »Er ist zwar aus Norddeutschland, aber lernfähig. Bis gleich.« Damit wandte er sich um und steuerte einen Tisch im Hintergrund des Lokals an.

»Was ist das für eine Regel?«, wollte Büchner wissen.

»Die kennen Sie nicht? Ist etwas Saarländisches, das mir Holger beigebracht hat. Regel Nummer zwei: Keine Spur wird so schnell kalt wie ein gutes Essen.« Er klopfte Büchner leicht auf die Schulter und folgte seinem Kollegen.

»Eine gute Regel«, meinte Michaux und schob sich ein Stück Steak in den Mund.

Büchner war nicht so begeistert. Diese saarländische Gemütlichkeit, dieses Komm-ich-heut-nicht-komm-ich-morgen fiel ihm auf die Nerven. Seiner Ansicht nach gab es genau zwei Typen seiner Landsleute: die schnellen und die langsamen, bedächtigen. Und aus Essen machte er sich sowieso nicht viel. Mit einem Seitenblick sah er, dass der Kellner den beiden schon die Getränke gebracht hatte. Wenn sie Stammgäste waren, würde das Essen hoffentlich nicht lange dauern.

Ein Erdrosselter? Das musste ein älterer Fall sein und konnte unmöglich mit Baumann direkt zu tun haben, sonst hätten sie das in den Akten. Aber dass die Vollaro Baumanns Großmutter war, hatten sie ja auch nicht gewusst.

»Schmeckt es nicht?«, fragte Michaux besorgt.

Jetzt erst merkte Büchner, dass er in seiner Suppe rührte, ohne einen Löffel zu nehmen. »Doch, doch. Danke«, gab er zurück.

»Aus welcher Abteilung sind die Kollegen?«, wollte Michaux wissen.

»Müntzer ist bei der Mordkommission, seinen Kollegen Nass kenne ich nicht, dürfte aber derselbe Laden sein.«

»Als Erstes sollten wir Baumanns Geschäfte bei den Füßen nehmen«, sagte Michaux zwischen zwei Bissen.

»Bei den Füßen nehmen?«

»Bei den Füßen nehmen und auf den Kopf stellen.«

»Auf jeden Fall sollten wir uns die Leute vornehmen, denen Baumann unter die Arme gegriffen hat.«

»Und sie auf den Kopf stellen?«

Langsam wurde Büchner die Begriffsverwirrung zu viel. Wenn er jetzt noch ›durchleuchten‹ im Gegensatz zu ›auf den Kopf stellen‹ erklären müsste, wäre der Luxemburger mit Sicherheit überfordert.

Michaux' Handy klingelte. Mit einer entschuldigenden Kopfbewegung nahm er das Gespräch an. Büchner vertiefte sich in seine Suppe. Deswegen mochte er die Dinger nicht. Das gezwungene Mithören. So unbeteiligt konnte man gar nicht gucken wie erforderlich, um dem Telefonierer einen Rest Privatsphäre zu lassen.

Aber das Gespräch war dienstlich. Michaux nickte und grunzte und warf Büchner immer wieder Blicke zu. Büchner hörte etwas, das wie: *»Knéi dech dohannert«* klang und *»Wat e Schäiss«*, das er automatisch mit »Was für eine Scheiße« übersetzte.

Endlich legte der Luxemburger auf. »Sie ist die Großmutter. Fava ist ihr Mädchenname. Sie hat erst nach der Geburt von Baumanns Mutter geheiratet, also heißt sie wie ihr Mann Vollaro, ihre Tochter dagegen Fava.«

»Soviel zur katholischen Sittenstrenge und dass man der Großmutter den Anblick von Beischlaf vor der Ehe nicht zumuten kann.«

»Vielleicht gerade deshalb«, meinte Michaux und kaute schon wieder. »Sie selbst hat einen Fehltritt gemacht und ist dann moralisch geworden.«

Könnte sein, aber Büchner glaubte nicht daran.

»Eine strenge Großmutter ist bequem, vor allem, wenn man mehrere Frauen gleichzeitig hat.«

Michaux überlegte kurz, dann stimmte er zu. »Und es ist gut für das Private. Baumann hatte einen Ort, wo ihn die vielen Frauen nicht in Bedrängnis bringen konnten. Eine Oase. Sagt man so?«

»Genau. Schließlich sind nicht alle Frauen so einfühlsam, ihren Partner nicht in die Enge zu drängen ...«

Michaux hob die Augenbrauen und grinste. »Frau Fuchs? Sie hat Sie in die Enge gedrängt.«

»Mich?«

»Sie haben ihr gefallen.«

»Ich?«

»Warum nicht? Sie sind distinguéiert. So sagen wir auf Lëtzebuergesch.«

Was sollte das denn? Misstrauisch sah er zu seinem Kollegen, der großäugig zurücksah. Unbehaglich rührte er in seiner mittlerweile kalten Suppe.

»Einen Espresso?«, fragte es hinter ihm. Er drehte sich um und sah in Müntzers schokoladenbraune Augen.

»Sie sind fertig?«

Holger Nass setzte sich neben Michaux. »Wir haben nur ein halbes Stündchen. Und wenn wir mittags hier sind, essen wir fast immer dasselbe.«

»Hummerspaghetti«, ergänzte Müntzer und nahm neben Büchner Platz. »Wie sieht es aus? Espresso?«

Als alle nickten, hob er vier Finger in Richtung Kellner.

»Also Baumann hat es erwischt«, eröffnete Hauptkommissar Nass.

»Sie kennen ihn?«, fragte Büchner.

»Vor drei Jahren hatten wir hier eine Geschichte. Kurz, nachdem du hergekommen warst, oder?«, wandte sich Nass an Müntzer.

»Der Erdrosselte«, bestätigte der. »Wurde mit einer Drahtschlinge erwürgt.«

»Und wie passt Baumann da rein?«

Die beiden Saarlouiser Kommissare wechselten einen Blick. Dann fuhr Holger Nass fort: »Volker Döring, so hieß der Erdrosselte, hat bei Immobilien-Baumann ein Praktikum gemacht. Ein halbes Jahr später lag er tot in der Saar. Wir haben alles überprüft, auch Baumann. Hat aber nichts gebracht.«

»Wir haben wenig unaufgeklärte Morde«, ergänzte Müntzer. »Döring ist einer.«

»Baumann wurde also ermordet?«, hakte Nass nach.

»In Remich. Noch dazu besonders scheußlich«, bestätigte Büchner.

»Richtig, Baumann war Luxemburger. Wir hatten ihn auf dem Kommissariat. Sehr kooperativ, sehr betroffen. Aber unter uns: ein Windhund.«

Interessiert horchte Büchner auf.

»Nicht, dass wir uns falsch verstehen. Er war völlig korrekt. Ist nur meine private Meinung. Ich habe ein Näschen für falsche Fuffziger.«

»Falsche Fuffziger?«, erkundigte sich Michaux interessiert.

Hastig ging Büchner dazwischen. »Sie haben nichts Auffälliges gefunden?«

Wieder dieser Blickwechsel zwischen den beiden Mordermittlern. »Nein«, sagte Müntzer schließlich zögernd.

»Dass Baumann ermordet wurde, gibt natürlich zu denken«, ergänzte Nass. »Bisschen viel Zufall, oder? Immerhin sind wir nicht gerade in der Metropole des Verbrechens.«

»Sie haben mit Marianne Fuchs geredet?«, fragte Büchner.

»Wer soll das sein?«

»Die Geschäftsführerin.«

Nass winkte ab. »Die hieß damals anders. Seine Geschäftsführerinnen hat der gewechselt wie die Hemden.«

Beunruhigt sah Büchner, dass der Luxemburger bei dem Ausdruck die Ohren spitzte. Irgendwann würde er ihm einen Vortrag über Redewendungen, Doppeldeutigkeiten und Konnotationen halten müssen. Aber nicht jetzt.

»Wir sollten in Verbindung bleiben«, meinte Hans Müntzer und sah die anderen drei auffordernd an.

Der Kellner brachte die Espressi und stellte sie vor ihnen ab.

»Unbedingt«, bestätigte Büchner.

»Wir knüpfen uns die Akte noch mal vor, was, Hans?«, meinte Nass.

Michaux hob seine Tasse. »Noch eine Frage.«

Alle sahen erwartungsvoll zu ihm.

»Was ist die Regel Nummer eins?«

12.

Bingo! Sie war rothaarig. Ein Porzellanpüppchen im grauen Hosenanzug. Ohne rote Augenränder. Ansonsten unterschied sich Immobilien-Baumann/Saarbrücken nicht von den Niederlassungen in Merzig oder Saarlouis.

Mit charmantem Lächeln forderte die rothaarige Thérèse Freitag die Kommissare auf, Platz zu nehmen.

»Wie lange arbeiten Sie als Geschäftsführerin für Severin Baumann?«, fragte Büchner nach den Begrüßungsfloskeln und den Erklärungen für ihren Überfall.

»Seit dreieinhalb Jahren. Also bin ich überfällig«, antwortete sie gelassen.

»Überfällig?«

Sie lehnte sich in ihrem Stuhl zurück und schlug die langen Beine übereinander. »Normalerweise wechselt Severin seine ›Geschäftsführerinnen‹ spätestens nach zwei- bis zweieinhalb Jahren. Bei mir hätte es auch nicht mehr lange gedauert.«

Büchner hob die Brauen.

»Jetzt gucken Sie doch nicht so.« Sie lachte. »Sie waren doch bestimmt in den anderen Zweigstellen und haben meine Kolleginnen kennengelernt. Dann wissen Sie Bescheid.«

»Bescheid?«, fragte Büchner und kam sich dämlich vor.

»Severins Geschäftsführerinnen haben vielfältige Aufgaben. Das Hauptgeschäft läuft über Remich, das macht er selbst. In den Zweigstellen hockt jede allein, ab und an mal mit einem pickligen Praktikanten. Wir arbeiten uns nicht tot. Also beschäftigt uns Severin ... anderweitig.«

»Und womit beschäftigt er Sie?«

Wieder antwortete sie zunächst mit einem Lachen. »Ich wette, Sie sind auf rotgeweinte Augen und rührselige Geschichten über wunderbare Essen, kleine Reisen und Kasinobesuche gestoßen.«

Büchner räusperte sich.

»Ein besserer Hostessen-Job. Bezirzen der Kunden und ein wenig Privatservice für Severin. Nachts.«

Verwundert betrachtete Büchner ihren Porzellanteint, die grüngrauen Augen, die feinen Gesichtszüge und die rote Mähne. Sie sah jünger aus als ihre Kolleginnen. Und gab sich abgebrühter. Oder war sie realistischer? Trotzdem konnte er sich nicht verkneifen zu fragen: »Das hat Sie nicht gestört?«

Verwundert sah sie ihn an. »Warum denn? Severin war lustig und im Bett nicht einmal schlecht. Gut, seine Spielchen waren durchsichtig. Dass Getue von wegen Spätere-Heirat-nicht-ausgeschlossen und die geheimen Verletzungen durch böse Frauen …« Kurz überlegte sie. »Vielleicht hat er mal irgendwo gelesen, dass das gut ankommt.«

»Ihre Kolleginnen haben ihm geglaubt.«

Wieder lachte sie. »Kann ich mir nicht vorstellen. Sie wollten ihm glauben.«

»Hatte Severin Baumann Feinde?«, mischte sich Michaux ins Gespräch.

»Ach! Ich dachte schon, Sie seien stumm«, wandte sie sich an den jungen Kommissar, dem sofort eine leichte Röte ins Gesicht schoss. Büchner gönnte es ihm, wenn er daran dachte, wie der Kollege über seine eigene Verlegenheit bei Marianne Fuchs gefeixt hatte. Aber der Luxemburger hatte sich schnell wieder im Griff. »Madame?«, beharrte er.

»Einen Feind hatte er auf jeden Fall. Sonst wäre er nicht ermordet worden«, antwortete sie sachlich.

Büchner lächelte. Doch, Thérèse Freitag gefiel ihm. Auch wenn sie aussah wie ein Püppchen, hatte sie jede Menge Grips. Und Sentimentalität konnte man ihr kaum vorwerfen.

»Auf jeden Fall muss sein Tod etwas mit seinen Geschäften zu tun haben«, fuhr sie nachdenklich fort. »Ich meine, uns hatte er im Griff, seine Häschen haben ihm keine Schwierigkeiten gemacht.«

Auch das gefiel Büchner, dass sie sich mit den anderen Frauen Baumanns in einen Topf warf, nicht besser sein wollte.

»Erzählen Sie uns etwas über seine Geschäfte«, forderte Michaux sie auf.

Die Rote überlegte kurz, dann meinte sie: »Immobilien sind spannend. Sie fahren, grob vereinfacht, zwei Schienen: Entweder Sie haben ein Objekt, für das Sie einen Mieter oder Käufer suchen, oder Sie haben einen Interessenten, für den Sie nach dem passenden Objekt fahnden. Sie sind auf der Jagd.«

»Und was ist das Gefährliche daran? Dass, was einen Mord möglich macht?«, fragte Büchner.

Thérèse Freitag erhob sich von ihrem Stuhl, schob die Hände in die Hosentaschen und ging zur Schaufensterscheibe. Groß und schlank stand sie da, kehrte den Kommissaren den Rücken zu und sah auf die wintergrauen Straßen. Schließlich drehte sie sich wieder ihnen zu: »Schwer zu sagen. Natürlich geht es um Geld. Bei manchen Objekten sogar um sehr viel Geld. Da gibt es Möglichkeiten … Wertsteigerungen durch Renovierungen, billige Renovierungen, sprich Schwarzarbeiterfirmen.«

»Sie meinen, Zusammenarbeit mit dem organisierten Verbrechen?«, hakte Büchner nach. Schwarzarbeiterfirmen, damit hatten sie beim LKA zu tun und stießen im Saarland dabei oft auf die Russenmafia.

Die Freitag zuckte mit den Schultern, um anzudeuten, dass alles möglich sei. Dann fuhr sie fort: »Stadtplanung ist ein Feld. Möglichst frühzeitig wissen, welches Viertel sich in nächster Zeit lohnen wird, wo Baugründe ausgewiesen werden, wie die Finanzierungen laufen. Das heißt, Sie müssen die entsprechenden politischen Strömungen kennen.«

»Bestechung?«, fragte Büchner.

Wieder ihr Schulterzucken, das alle Möglichkeiten offen ließ. »Oder durch ein entsprechendes Objekt wird plötzlich ein ganzes Viertel aufgewertet. Mit wem arbeiten Sie zusammen? Es gibt öffentliche Aufträge und private. Mit welchen Mitteln kommt man dran?«

Langsam fing Büchner Feuer. »Was ist mit Langzeitmietern, die den Wert eines Objekts mindern und die man loswerden muss? Auch das ist ein Feld für fragwürdige Geschäftsverbindungen.«

Thérèse Freitag nickte ihm anerkennend zu. »Sie haben es kapiert! Nicht, dass Severin jemals etwas in der Art getan hätte. Zumindest weiß ich nichts davon. Aber all das ist mit ein wenig krimineller Energie in unserem Gewerbe möglich. Und gefährlich.«

»Und hatte Severin Baumann diese kriminelle Energie?«

Sie presste die Lippen zusammen, überlegte einen Moment, lächelte und sagte: »Unbedingt!«

13.

Er hob den Kopf, inhalierte Nachtluft gemischt mit Autoabgasen und Regengeruch. Nieselfäden, die sein Gesicht streichelten.

Auf der Brücke blieb er stehen, lehnte sich über das Geländer, unter ihm der Fluss, in dem sich Lichter spiegelten. Die Nacht war mild nach den letzten Frosttagen. Vielleicht schlich sich der Winter endlich davon.

Das Brückengeländer schnitt ihm in die Magengrube.

Er hätte etwas essen sollen, diese Treffen machten ihn immer fertig.

Die Lichter im Fluss tanzten, hüpften auf den Wellen, die der Wind zauberte.

Wenn das Kind größer wäre, würde er mit ihm herkommen, es über das Geländer sehen lassen. Gut festhalten, damit es keine Angst bekam, das Kind. Nicht abends, ach was, ganz sicher nicht abends. Ein Kind durfte so spät gar nicht mehr draußen sein.

Er hielt das Brückengeländer umklammert, bis seine Hände schmerzten.

Schritte, eine Stimme. Verwirrt drehte er den Kopf.

»Alles in Ordnung mit Ihnen?«

Eine sanfte Stimme, nicht aufdringlich, jederzeit bereit die Intimsphäre zu wahren, sich nicht einzumischen. Einfach ein Angebot mitten in der Nacht auf einer Brücke.

Er räusperte sich, stellte sich aufrecht. »Danke.«

Herablassend und kühl. Seine Bankstimme, wie Jule sie nannte. Die Stimme, die sie hasste, hinter der er sich verstecken konnte, alle auf Abstand hielt, offiziell war, unangreifbar.

Der Mann mit der sanften Stimme ging weiter.

Er sollte nicht hier stehen. Männer, die nachts auf Brücken stehen, wirkten leicht, als wollten sie etwas Dummes machen.

Nicht mit dem Kind. Jules Kind. Seinem Kind.

Es wird schon, sagte Jule immer. Du gewöhnst dich dran. Wenn es erst größer wird.

Aber auch ohne Kind würde er so etwas nicht tun. Es wäre Sünde. Das Leben kam von Gott, nur er durfte es nehmen.

Noch diese Sache heute, dieses Treffen, dann könnte er nach Hause gehen. Oft wollten sie ihn nicht sprechen. Er hätte danach wieder monatelang Ruhe.

Entschlossen stieß er sich vom Geländer ab, zog die Schultern gegen den Wind hoch, steckte die Hände in die Taschen seines Wollmantels.

Gleichmäßige Schritte. Gar nicht einfach, immer dieselbe Schrittlänge hinzukriegen. Den Körper spüren, den Wind, den Regen im Gesicht, die Kälte.

In der Gegenwart sein, wie Jule sagte. Vergangenheit, Gegenwart, Zukunft. Die Zukunft hatte ein rotes Gesicht und plärrte den ganzen Tag. Das durfte er nicht denken, denk etwas anderes!

Das Kopfsteinpflaster unter seinen Füßen. Durch die dünnen Ledersohlen konnte er die Buckel spüren, regenglitschig, ungleichmäßig.

Am Ende der Fußgängerbrücke ließ der Wind nach. Die Ampel zeigte rot. Sonderbar, dass sie jetzt noch angeschaltet war. Eine Nebenstraße, kein Grund für eine Ampel, keine Autos, keine Fußgänger um diese Zeit. Der Mann mit der sanften Stimme, wo der hinwollte, mitten in der Nacht?

Vor ihm die Schulmauer. Ganz plötzlich ragte sie auf. Wie lange war er nicht mehr hier gewesen? Zwanzig Jahre, mindestens.

Ein merkwürdiger Treffpunkt. Wie oft hat er das heute gedacht? Eigentlich ein merkwürdiger Treffpunkt …

Jetzt, wo er hier stand, fiel ihm vieles wieder ein. Vergessen war es nie, nur weggesperrt, verdrängt, von der Gegenwart überlagert. Wenn er die Augen schloss, konnte er sie sehen, die Gymnasiasten von damals.

Gelächter und Gerede über Dinge, von denen er keine Ahnung hatte. Die Jungs, lässig eine Tasche über die Schulter geworfen, in der bestimmt ein Butterbrot von Mama lag. Die Mädchen mit der schönen Haut, den weißen Zähnen. Weiße Zähne hatten sie alle, auch die Jungs. Weiß und regelmäßig. Von Anfang an vom Zahnarzt betreut, mit Zahnspangen und Klammern gehegt, mit teuren Putzmitteln gepflegt. Nur mit solchen Zähnen gelang so ein Lachen, so unbeschwert. Für dic Sorglosigkeit hatte er sie am meisten gehasst. Gott, hatte er sie gehasst.

Jetzt saßen sie manchmal vor ihm, die Jungen von damals, bettelten um einen Kredit, einen Aufschub, bettelten um die Sorglosigkeit von damals. Er gewährte sie ihnen. Meistens. Mein ist die Rache, redet Gott.

Er schüttelte den Kopf, schüttelte die Erinnerungen ab, lästig wie Fliegen.

Er drückte sich an die Mauer. So hatte er vor Jahren auch gestanden, im Schatten, allein an der Mauer. Das Schultor quietschte, als er es öffnete.

Vorsichtig ging er um die Ecke. Dunkel war es, der Schulhof geteert, unwirtlich lang gestreckt. Ganz am Ende stand jemand, schwarz gegen Schwarz. In der Stadt ist die Nacht nie ganz dunkel.

Der Schatten, der Jemand drehte sich zu ihm. Winkte er, oder war das Einbildung? Bei jedem Treffen war es ein anderer. Damit er sie nicht wiedererkannte?

Mit entschlossenen Schritten ging er zu dem Jemand. Schritte, mit denen er die Schalterhalle durchquerte, in die oberen Etagen ging, die Bank betrat oder verließ. Feste, zuverlässige Schritte, ohne Zweifel.

Wieso bestellten sie ihn her, um diese Zeit, an diesen Ort? Unverschämt, ihn derart zu belästigen.

Der Asphalt unter den Fußsohlen war uneben. Auf der Straße fuhr ein Auto vorüber. Unwillkürlich drehte er den Kopf zur Schulmauer.

»Kommen Sie.«

Die Stimme von eben, von der Brücke. Eine angenehme Stimme, freundlich, sanft. Er kannte sie nicht.

»Ziehen Sie den Mantel aus.«

»Was soll das?« Die eigene Stimme fremd, brüchig. Den Mantel aus? »Wer sind Sie?«

»Geben Sie sich keine Mühe, Sie kennen mich nicht. Den Mantel bitte.«

Nichts Bedrohliches. Einfach eine Aufforderung.

Mitten in der Nacht auf dem Schulhof sollte er den Mantel ausziehen?

»Wieso bestellen Sie mich hierher? Wenn es neue Anweisungen oder Aufträge gibt, dann gefälligst an einem angemesseneren Ort!« War das seine Bankstimme gewesen? Nicht ganz. Ein wenig höher als sonst. Wieso schwieg der Mann?

Dann sah er die Augen.

Egal, wie ruhig der Mann stand, wie nett die Stimme klang, die Augen verrieten ihn. Tote Augen, verwandt mit der Nacht, dem kalten Wind, dem Asphalt. Da war nichts, eine helle, stumme Wand, aber gerade diese Leere machte sie furchterregend. Die Augen Gottes schoss es ihm durch den Kopf.

»Was wollen Sie von mir? Was soll das?«

»Ziehen Sie den Mantel aus!«

Die sanfte Stimme hatte sich kaum verändert. Freundlich, unbeteiligt. Trotzdem lag eine Warnung in der Wiederholung, so dass er sich beeilte, aus dem Mantel zu kommen. Sollte er ihn fallen lassen? Die Arme ausbreiten, um zu zeigen, dass er nichts dabei hatte?

»Legen Sie den Mantel zusammen. Er verknittert. Sie wollen ihn doch wieder anziehen.«

»Ich habe keine Waffen. Sie können mich durchsuchen.«

»Jackett und Hemd auch.«

»Wie bitte?«

Statt einer Antwort nur dieses helle Starren.

»Es ist kalt. Warum soll ich mich ausziehen? Ich hab nichts dabei. Keine Waffen, kein Aufnahmegerät. Das ist es? Sie befürchten, ich könnte unser Gespräch aufzeichnen?«

Er redete zu viel. Zu schnell. Immer noch keine Antwort. Ein stummer Schritt auf ihn zu, ein Schritt, der ihn zurückweichen ließ, ihm Angst machte. Verdammt, was war los? Also gut, das Jackett. Das Hemd.

Kurz verhedderte er sich, als er das Hemd, nur halb aufgeknöpft, über den Kopf streifte. Eine Sekunde lang die denkbar schlimmste Situation. Blind und hilflos vor dem Fremden.

Sorgfältig faltete er alles zusammen. Ein ordentlicher Kleiderhaufen, Kleider, die er gleich wieder anziehen würde. Das war tröstlich. Sobald der Fremde sich davon überzeugt hatte, dass er ihn nicht betrügen würde. Dann würde er alles wieder anziehen.

Mit nacktem Oberkörper stand er da, zu ängstlich zum Frieren. Die Augen musterten ihn, glitten über seinen bleichen Oberkörper, den eingefallenen Brustkorb, den kleinen Bauch, diese harte Wölbung, die er verabscheute und die nicht zu seinem Körper passte.

»Sie sehen, ich habe nichts dabei. Kann ich mich anziehen? Bitte …«

Eine heiße Welle schoss in seine Kehle. Tränen, die hochdrängten, brannten.

Mühsam schluckte er sie hinunter. Was tat er hier auf dem Schulhof? Warum zog er sich aus, bloß weil ein Typ mit irren Augen es sagte? Der Kerl hatte nicht einmal eine Waffe. Zumindest hatte er ihm keine gezeigt. Gott, wieso ließ er sich das gefallen, sich Angst machen?

»Hören Sie, es reicht. Ich gehe jetzt.«

»Nein.«

»Versuchen Sie doch, mich zu hindern.«

»Sie werden nirgends hingehen.«

Diese Stimme. So nett. Derselbe Ton, in dem man einem widerspenstigen Kind etwas erklärte.

»Sie werden nie mehr irgendwohin gehen.«

»Aber … Sie haben gesagt, ich kann mich wieder anziehen. Später …«

Er hörte selbst, wie schwachsinnig er klang. Trotzdem konnte er nicht aufhören. »Sie haben gesagt, der Mantel soll nicht verknittern.«

Ein sanftes Lachen. »Habe ich das?«

»Ja, weil ich ihn wieder anziehen soll. Sie haben gesagt, ich kann gehen.«

»Oh, dann habe ich gelogen.«

14.

Sorgfältig hängte Büchner sein Jackett über den stummen Diener neben dem Kleiderschrank. Als er die Krawatte löste, merkte er die Verspannung im Nacken. Vom Seidenstrick den ganzen Tag gebändigt, brachen sich die Schmerzen, befreit von ihrem Wärter, endlich Bahn. Er öffnete die Hemdknöpfe, legte den Kopf zurück und bewegte die Schultern auf und ab. Alles tat weh.

Kein Wunder nach einem Tag im Auto und auf unbequemen Stühlen, immer angespannt, immer auf dem Sprung.

Die Jungs vom Betrug würden sich Baumanns Geschäft ansehen. Wenn es etwas gab, würden sie es finden. Auch das Luxemburger Betrugsdezernat arbeitete auf Hochtouren.

Der Handkehrer. Die würden sie sich morgen vorknöpfen, die trauerlose Großmutter.

Er warf das Hemd in den Wäschekorb, schlüpfte aus seiner Hose, die er penibel zusammenlegte und dem Stummen anvertraute. Ein freier Abend. Selten genug!

Die Schiebetüren des Schrankes glitten auseinander und der Anblick seiner aufgereihten Anzüge, Hemden und Hosen wirkte, wie meist, beruhigend. Er zog eine braune Wollhose vom Bügel und ließ seine Finger genüsslich über das Sortiment der Kaschmirpullis streifen. Er liebte das weiche Material, das Gefühl von Luxus, das er mit dem Pullover überstreifte.

Kein Wunder, nach einer Jugend in kratzenden Jutehosen und festgestrickten, ungebleichten Baumwollpullis, deren kleine Knötchen einen Ausschlag wie Nesselfieber auf der

Haut verursachten. Der Sommer ging noch, aber der Winter war immer furchtbar gewesen. Nicht nur wegen ihrer Kleidung, für die er und sein Bruder in der Schule verspottet wurden. Auch Aufstehen in den ungeheizten Räumen, Waschen mit eiskaltem Quellwasser, der qualmende Küchenofen und gemahlene Kleie zum Frühstück verursachten ihm bis heute Albträume. Er könnte wetten, dass es seinem Bruder genau so ging. Nicht, dass sie darüber geredet hätten, sie sprachen nie über ihre Kindheit.

Er streifte sich den Pullover über. Der genaue Bericht des Rechtsmediziners stand noch aus. Morgen wahrscheinlich. Michaux war ein netter Kerl. Interessant, seine Abneigung gegen Thérèse Freitag. Der Luxemburger fand sie abgebrüht und zynisch. Er war jung, wünschte sich, dass das Äußere und das Innere bei Menschen übereinstimmten. Eine romantische Vorstellung, dass schöne junge Frauen nur von schönen, unbedarften Gedanken erfüllt sein sollten. Lieber eine schöne Dumme als eine schöne Gescheite. Jetzt war er selber zynisch.

Seufzend bückte er sich und musterte die aufgereihten Schuhe, glänzend und mit leichtem Ledergeruch. Vielleicht sollte er sich doch einmal Pantoffeln kaufen, das Zugeständnis ans Alter, bequem durch die Wohnung schlappen … Nein, keinesfalls!

Es klingelte. Überrascht fuhr er hoch. Auch das noch.

Er schlüpfte in ein paar Halbschuhe und ging zur Tür.

Es klingelte schon wieder. Sturm.

»Ja, ja, ja!«

Als er öffnete, lehnte Boger grinsend im Rahmen und hielt ihm eine Flasche Wein entgegen. »Statt Blumen.«

Eine Sekunde lang war er versucht, den massigen Kerl in der ewig speckigen Lederjacke zu umarmen. Stattdessen trat er einen Schritt zurück und grinste. »Komm rein.«

Boger löste sich von der Tür. »Glück für dich, dass du da

bist. Sonst hätte ich mich in dein Treppenhaus gesetzt und alleine gebechert.«

Büchner schauderte. Das hätte Manfred vermutlich wirklich getan und seine alte Vermieterin, die ein Stockwerk über ihm wohnte, in Angst und Schrecken versetzt.

»Hast du was zu futtern da? Ich verhungere«, fuhr er fort.

»Wie wär's mit Pizza?«, fragte Büchner. »Könnten wir uns bringen lassen.«

»Quatsch. Ich will was halbwegs Anständiges. Mal sehn, was sich in deinem Kühlschrank rumtreibt.« Mit diesen Worten steuerte Boger zielstrebig zur Küche.

»Ich weiß nicht, ob ...« Keine Chance, er redete nur mit dem breiten Rücken seines Freundes. Als er seine Küche betrat, hatte Boger schon die Kühlschranktür aufgerissen.

»Du setzt dich gemütlich auf einen deiner grässlichen Barhocker, ich koche.«

»Die sind nicht grässlich, die sind von Bulthaub.«

»Schicki-Micki-Schnickschnack! In eine anständige Küche gehört ein Tisch, bequeme Stühle und so 'n bulliger Ofen. Tresen und Barhocker, Gregor, das ist Firlefanz!«

Beleidigt schwang sich Büchner auf einen der geschmähten Hocker. Er mochte seine Küche, außerdem hatte sie verdammt viel Geld gekostet. »Tut mir leid, dass ich mit Großmutter-Idylle nicht dienen kann.«

»Neulich war ich mit Hauser in so 'ner Küche. Ein Traum! Und die Großmutter dort macht die beste Linsensuppe, die du dir vorstellen kannst. Aber die ist gar keine Großmutter, also nicht so richtig.«

Nicht richtige Großmütter – damit hatte er es auch gerade. Kurz schoss Büchner der Handkehrer durch den Kopf, die schwarzen Bürstenhaare, der verkniffene Mund ...

»Wie läuft es mit Hauser?«, fragte er, während er besorgt beobachtete, wie Boger seinen Kühlschrank ausräumte.

»Was soll das denn?«, fragte Boger und hielt ein Päckchen Flusskrebsschwänze hoch.

Büchner hatte keine Ahnung. Seine Putzfrau kaufte das Nötigste für ihn. Und entsorgte die abgelaufenen Lebensmittel, wenn er doch nicht zum Kochen kam. Was Flusskrebsschwänzchen sollten, war ein Mysterium.

»Petersilie, das ist gut.« Boger schwenkte triumphierend ein grünes Sträußchen. »Muscheln in der Dose? Kein Fleisch … Na ja.«

»Erzähl von Hauser«, unterbrach Büchner sein Wüten. Boger stapelte wahllos Zutaten auf dem Küchentresen, zumindest kam es Büchner wahllos vor.

»Willst du nicht wenigstens die Jacke ausziehen?«

Sein Freund blickte hoch und strich sich eine Haarsträhne aus dem Gesicht. »Hauser ist in Ordnung. Neigt zu Alleingängen und ist ein bisschen irre mit seiner Tochter.«

Büchner nickte.

»Dauernd schleppt er Fotos von ihr an. Niedlich ist sie, wenn man was für Kinder übrig hat. Fängt gerade an zu plappern. Ich bin Onkotee. Ihre Mutter behauptet steif und fest, das heißt Onkel Teddy.«

»Onkotee? Hört sich eher an wie Monsterteddy. Wäre auch passender.«

Der Monsterteddy bewarf ihn mit dem Petersiliensträußchen, das Büchner geschickt auffing. »Bevor du gewalttätig wirst, mach ich den Wein auf.«

Er entkorkte die Flasche, Boger zog endlich sein Jackenungetüm aus und ließ sich auf einem Barhocker nieder. Im Gegensatz zu Büchner brauchte er nicht zu klettern, sondern hob einfach sein Bein. »Ich bin zu dämlich, weißt du«, stieß er unvermittelt vor.

Büchner füllte ihre Gläser, sagte aber nichts. Er wusste, dass Schweigen die beste Methode war, Manfred zum Reden zu bringen.

»Ich hab immer gedacht, ich bin ganz okay. So im Kopf. Aber was die alle wissen! Über Kunst und Geschichte und all den Kram. Ich meine, Hauser ist geduldig, schleppt mich in Museen, erklärt mir jede Menge Zeugs. Aber für 'ne Detektei für gestohlene Kunstschätze bin ich nicht geboren. Das wär was für dich. Du wärst super. «

Büchner setzte einen Topf Wasser auf und schälte Knoblauch. »Mich haben sie grade an einen Mord gesetzt. Üble Sache. Dauernd denke ich, dass du dafür viel geeigneter wärst als ich.«

»Wir können ja tauschen«, meinte Boger und hob sein Glas.

Büchner prostete ihm zu. Beide tranken.

»Was ich sagen will: Das passiert dauernd. Du wirst in ein fachfremdes Gebiet gesetzt, musst lernen und hast anfangs ständig das Gefühl, nicht zu genügen.«

»Das ist kein Gefühl, das ist Tatsache«, stieß Boger düster hervor und sah Büchner zu, der die Muscheln und die Krebsschwänze unter fließendem Wasser abspülte. »Was wird das?«, fragte er interessiert.

»Spaghetti mit Muscheln und Krebsschwänzchen.«

»Sag bloß?«

»Eine Art Frutti di Mare.«

»Siehst du, sogar Italienisch kannst du.«

»Mensch, Manfred, mein Italienisch beschränkt sich auf Speisekarten. Jetzt spinn nicht. Sieh mal, Hauser ist der Kunstspezialist, du der Ermittler. Das reicht, und als Ermittler bist du richtig gut.«

Manfred Boger hob den Kopf, ein zögerndes Lächeln setzte sich in seinen Augen und Mundwinkeln fest.

»Du warst der beste Partner, den ich je hatte«, bekräftigte Büchner.

»Mach mal halblang«, sagte Boger und senkte den Kopf.

»Tatsache! Mit Hamm komme ich überhaupt nicht klar.«

»Kein Wunder, der ist der Fürst der Galle.«

»Der was?«

»Ich hab ein Bild gesehen, ich glaube von Hieronymus Bosch. Da waren alle Laster drauf, Völlerei, Lüge, Trunksucht und so und ganz vorne ging der Neid. Der Fürst der Galle, so wurde der genannt. Sah aus wie Hamm, ehrlich. Nur der Dreitagebart hat gefehlt.«

»Hey!«, Büchner ließ sein Messer sinken, mit dem er den Knoblauch hackte. »Du lernst doch. Fürst der Galle – wusste ich nicht.«

»Komm, ich schneide das Grünzeug«, sagte Boger verlegen. Büchner reichte ihm Messer und Petersilie, und beide konzentrierten sich auf ihre Holzbrettchen.

Neid, der Schlüssel zu Hamms Missgunst? Aber worum sollte er ihn, Büchner, denn beneiden? Gut, er hatte einen Ruf als Ermittler, wurde von den Dezernatsleitern geschätzt. Das war bei Hamm nur bedingt der Fall. Und er hatte seine Zeit und sein Geld für sich. Hatte Hamm nicht von einer gescheiterten Ehe und einem Sohn geredet, für den er »nur blechen« durfte, wie er sich ausdrückte? Möglich, dass er von Hamm beneidet wurde. Sogar der Luxemburger Auftrag hatte Hamms Neid erregt, als wäre Büchner irgendwie auserwählt.

Er stellte das Wasser an, eine Pfanne auf den Herd und gab drei Esslöffel Olivenöl zu. Es wurde warm in der Küche, die Lampe über dem Küchentresen erhellte Manfreds Gesicht. Die zu langen, blonden Haare hingen ihm in die Stirn, vor Konzentration biss er sich auf die Lippe und seine riesenhaften Pranken häckselten hingebungsvoll Grünzeug. Zum ersten Mal an diesem grauen Tag fühlte Büchner sich gut.

»Ein Mädchen hat mir heute die Zunge rausgestreckt«, erzählte er unvermittelt.

Boger grinste, ohne aufzusehen. »Hast du sie geärgert?«

»Nein, einfach so. Eine Bedienung in einem Stehcafé. Ich

hab durchs Fenster geschaut, da stand sie und streckt mir die Zunge raus.«

»Frauen«, sagte Boger abfällig. »Die riechen, dass du nichts von ihnen willst.«

Büchner dachte an Marianne Fuchs.

»Mir geht die heilige Familie auf den Nerv«, gestand Boger. »Vielleicht fühle ich mich deshalb so mies. Dieser ganze Hetero-Scheiß, den Hauser abzieht.«

»Der ›zieht nichts ab‹, er ist ein Hetero. Mit Familie. Du hast gesagt, seine Kleine sei niedlich.«

»Wenn man was für Kinder übrig hat!«

Das Öl war heiß, Büchner ließ den Knoblauch glasig werden, fügte ein paar kleingeschnittene Sardellen zu und eine Dose geschälter Tomaten. Manfred reichte ihm das Grünzeug. »Wahrscheinlich bin ich auch ein Fürst der Galle. Ich komme mir dauernd wie das fünfte Rad vor, weißt du. Ich bin neidisch.«

Büchner goss einen Schluck Weißwein aus einer angebrochenen Flasche in die Soße, fügte Pfeffer und Salz zu und rührte. Langsam roch es richtig gut. »Ich habe einen Kollegen, einen Luxemburger«, erzählte er. »Henri Michaux, netter Kerl, jung. Den beneide ich. Einfach weil er noch alles vor sich hat. Überhaupt scheinen in letzter Zeit alle um mich herum immer jünger zu werden, nur ich werde immer älter und knittriger.«

»Weil du kein Privatleben hast«, stellte Boger ungerührt fest. »Du vertrocknest.«

»Vielen Dank. So, die Soße muss kurz einkochen. Woran arbeitet ihr denn?«

Boger goss ihnen nach und hielt sein Glas gegen die Lampe. Rot und verheißungsvoll schimmerte der Wein im Licht. »Darf ich nicht sagen. Unser Auftraggeber ist … na eben ein hohes Tier. Für den suchen wir was Bestimmtes. Ein Kunstwerk.«

Büchner hob die Augenbrauen. »Was du nicht sagst!«

»Sei nicht sauer, ich darf wirklich nicht quatschen. Und du?«

»Mord an einem Immobilienmakler in Remich mit Zweigstellen hier im Saarland.«

»Wieso befasst sich das LKA mit einem stinknormalen Mord? Ist doch nicht unser Job.«

»Erstens wegen der Grenze und zweitens …« Er trank.

»Zweitens?«

»Das war kein stinknormaler Mord. Das Opfer wurde abgeschlachtet. Der Mörder hat ihm den Bauch aufgeschlitzt und die Gedärme rausgezogen.«

Manfred Boger verzog den Mund. »Hört sich appetitlich an. Solltest du mir besser nach dem Essen erzählen. Wie weit ist es überhaupt?«

»Fresssack!« Büchner stieg von seinem Hocker und ließ die Spaghetti in das kochende Wasser gleiten.

»Hör mal«, sagte Boger. So zögerlich, dass Büchner aufsah. »Ich hab mir was überlegt. Ich meine, jetzt, wo wir nicht mehr zusammenarbeiten, ich meine, da gehen wir uns doch nicht auf den Geist, was?«

Büchner nickte und gab die Meeresfrüchte zum Warmwerden in die Soße.

»Das ist schön, so quatschen, zusammen kochen. Könnten wir doch öfters machen?«

»Klar.«

»Ich meine, was hältst du davon, unseren Krempel zusammenzuschmeißen? Wir könnten ein Haus mieten oder 'ne richtig große Wohnung.«

Büchner schloss die Augen. O Gott!

»Musst nicht gleich umkippen, ist ja nur so 'ne Idee.«

Zusammenwohnen? Mit Manfred? Dieser Naturkatastrophe auf zwei Beinen? Diesem Berg von Mann, der keinerlei Ordnungssinn hatte? Unorganisiert und chaotisch, vermutlich auch nicht besonders sauber, wenn er die Lederjacke, die ewig gleichen Jeans und die Auswahl von zwei karierten Baumwollhemden und einem Pulli betrachtete. In etwas anderem hatte er Manfred nie gesehen. Sie mochten nicht einmal die gleiche Musik. Oder die gleichen Filme. Immer diesen riesenhaften Kerl um sich, der es schaffte, nach zwei Minuten jede Küche in ein Schlachtfeld zu verwandeln? Und dann ihn kochen ließ. O Gott!

Das Telefon klingelte. Galgenfrist.

»Das … du … Ich geh mal an den Apparat.« Er floh ins Wohnzimmer, holte Luft, meldete sich. Die Stimme am anderen Ende klang aufgeregt. Er hörte zu, blieb noch eine Weile mit gesenktem Hörer stehen, nachdem der Andere schon aufgelegt hatte.

»Was passiert?«, fragte Boger, der ihm nachgekommen war.

Büchner nickte. »Tut mir leid, ich muss weg. Wir haben noch einen Mord!«

Boger verstand sofort. »Dieselbe Methode?«

Büchner nickte.

15.

Der altvertraute Weg. Im Gehen streckte Büchner die Hand aus, ließ die Fingerspitzen über die Steine der Schulhofmauer gleiten. So wie er es tausendmal gemacht hatte, vor tausend Jahren.

Ein Mord, mitten auf seinem alten Schulhof! Fast nahm er das persönlich. Nicht, dass er seine Schulzeit in besonders guter Erinnerung hatte. Es gab widerliche Lehrer, und gemobbt wurde auch damals. Er und sein Bruder als klassische Außenseiter konnten ein Lied davon singen, aber das hatte er eher seinen Eltern als der Schule angekreidet. Ob sein Geschichtslehrer noch lebte? Unsinn, bestimmt war er tot, obwohl er zum Wohl nachfolgender Generationen Unsterblichkeit verdient hätte.

Im Laufschritt bog Büchner um das Tor, stieß auf einen Uniformierten, der ihn erkannte und durchließ. Die Kollegen hatten Scheinwerfer aufgebaut und den Teil des Hofs, der zur Eingangstür der Schule führte, mit Bändern abgesperrt. Büchner blinzelte in das grelle Licht, das sich scharf vom Nachthimmel abhob. Die Spurensicherer in weißen Schutzanzügen kniete in der Mitte des abgesperrten Areals. Zwei Mann durchkämmten jeden Millimeter des übrigen Hofes. Ein paar Techniker, unterstützt von Kollegen der Bereitschaft, stellten zusätzliche Lampen auf, andere waren damit beschäftigt, im Zentrum des Geschehens eine Art Zelt zu bauen, ein Regendach über dem Opfer.

Die Kälte der letzten Tage und der Schnee waren verschwunden, als hätten sie nie existiert. Stattdessen fiel Nieselregen, der im Licht der Scheinwerfer wie dünne Silberfäden glänzte.

Ein Mann in Regenjacke löste sich vom Geschehen und kam auf ihn zu. Im Näherkommen erkannte Büchner seinen Kollegen Martin Bremer. Mit dem Rücken zum Tatort stellte Bremer sich neben ihn und rieb sich mit der Hand über die Stirn.

»Scheußlich?«, fragte Büchner.

Bremer nickte. Unter seinen grauen Augen lagen Schatten, und er hielt die Regenjacke um seinen hageren Körper geschlungen, als würde er frieren.

Büchner wusste, dass er sofort zum Tatort gehen sollte, sich die Leiche ansehen, mit dem Arzt reden. Aber seine Beine waren aus Blei.

»Meine alte Schule. Hieß früher Knabenrealgymnasium, aber das haben sie geändert«, plapperte er, nur um irgendetwas zu sagen, einen Aufschub herauszuschinden, bevor er zum Regendach musste.

»Guter Ort«, sagte Bremer. »Abgeschieden, trotzdem mitten in der Stadt. Nach vorn die Straße, die Autobahn und die Saar, hinten das Schulgebäude.«

Bremer hatte recht, hier würde niemand Schreie hören. Abgesehen von zufälligen Passanten, die um diese Uhrzeit in der Gegend rar waren.

Bremer rieb sich die müden Augen. »Der Staatsanwalt meint, du übernimmst, du kennst das von Remich.«

Büchners Mund wurde trocken. In Remich hatte er das Opfer nicht gesehen. Nur Fotos, das hatte ihm schon gereicht.

Er nickte, fragte: »Wisst ihr, wer es ist?«

»Er hatte seinen Führerschein dabei. Gerhard Henninger. Soll ich die Familie benachrichtigen?«

Dankbar legte er Bremer kurz die Hand auf die Schulter. Die Angehörigen verständigen, kein Kollege tat das gerne, und nur die wenigsten konnten es. Verdammt anständig von Martin, ihm das abzunehmen.

Der Kollege nickte und ging. Büchner atmete durch, zwang seine Beine zu den ersten Schritten, kletterte unbeholfen unter dem Absperrband durch und blieb erst einmal stehen.

Der Geruch war überwältigend. Er war einmal in einem Schlachthaus gewesen, das hatte ähnlich gerochen. Der Anblick war auch nicht besser. Sein Magen hob sich, und er versuchte, flach und durch den Mund zu atmen.

Einem der uniformierten Kollegen war das nicht gelungen. Er lehnte ein paar Meter entfernt an der Schulhofmauer und kotzte sich die Seele aus dem Leib.

»Junge, Junge, versau mir bloß meine Spuren nicht«, knötterte Thomas Lücke, als er an dem unglücklichen Polizisten vorbeikam, und ein anderer Techniker, der mit einer Art Handstaubsauger das weitere Tatumfeld bearbeitete, rief: »Das Geschenk vom Kollegen nehmen wir nicht mit, oder?«

Niemand ging auf den lockeren Spruch ein. Das Entsetzen über das, was da vor ihnen lag, brachte selbst die kaltschnäuzigen Profis zum Schweigen.

Das Opfer hatte versucht, sich die herausgerissenen Därme wieder in den Leib zu stopfen, und der Arzt war dabei, die verkrampften Hände aus den Darmschlingen zu lösen.

Wenn es Büchner nicht so gehen wollte wie dem jungen Kollegen, blieb nur Flucht. Da er weder weglaufen noch hinsehen konnte, konzentrierte er sich auf den halb kahlen Hinterkopf des Arztes, den Asphalt neben dem Toten, die Füße, die seltsam verkrümmt auf dem Boden lagen.

Schöne Schuhe. Halbschuhe aus dunkelbraunem Leder, das geschmeidig aussah. Zu leicht für das Wetter, bekannte Marke. Etwas Italienisches mit ›A‹, verdammt, wieso fiel ihm das nicht ein? Weltbekannt … Armani, genau. Sein Magen beruhigte sich.

Jetzt konnte er einen Blick in das Gesicht riskieren. Der Tote war schätzungsweise Anfang vierzig. Schon schütteres blondes Haar, eine scharfe Nase, ein ausdrucksstarker Mund. Die Augen blickten starr ins Nichts, die Züge verkrampft. Büchner wusste, dass der Tod sie lösen, den Ausdruck von Angst und Entsetzen zumindest abmildern würde. Der Oberkörper war nackt, haarlos und bleich.

Sofort suchte sein Blick die Kleider. Da! Ein sorgfältig geschichtetes Häufchen, das der Fotograf aus verschiedenen Blickrichtungen ablichtete.

»Wer hat ihn gefunden?«, fragte er in die Stille.

»Der Hausmeister«, antwortete der Arzt. »Dem hab ich ein Beruhigungsmittel verabreicht.«

»Vernehmungsfähig?«

»Wie man's nimmt.«

»Können Sie etwas über den Toten sagen?«

Der Arzt hatte sich nicht umgedreht, jetzt tat er es und sah Büchner mit hochgezogenen Augenbrauen an. »Sie sehen doch, was das für eine Sauerei ist. Der Mann ist tot, mehr weiß ich nicht.«

Damit drehte er sich wieder zur Leiche.

»Ich möchte, dass Sie Doktor Alexander Wiesner zuziehen. Er hat vor kurzem eine ähnliche Leiche untersucht.«

Der Arzt brummte Undefinierbares.

Einer der weißen Spurensicherer trat neben ihn. »Hallo, Gregor, schönen Fall hast du dir ausgesucht.«

Büchner verzog den Mund, Aussuchen ging anders. »Hallo, Peter. Die Kleider habt ihr?«

Peter Schiele wies auf den Haufen. »Sieh's dir an, der Fotograf ist fertig.«

Gemeinsam näherten sie sich dem Kleiderhaufen.

»Sorgfältig zusammengelegt, als wollte er gleich wieder reinschlüpfen. Ist der gezwungen worden, sich auszuziehen, und hat es selber gemacht? Oder war es der Täter?«

»Das war er selbst.« Büchner starrte auf den verlassenen Haufen. Mantel und Pullover waren zusammengelegt, das Hemd locker darüber gebreitet, damit es nicht knitterte. Alles so, als hätte der Tote gleich wieder hineinschlüpfen wollen. Er hatte nicht mit dem Tod gerechnet. Genauso wenig wie Baumann. Falls die Spurensicherung bestätigte, dass Gerhard Henninger es selbst getan hatte.

»Seine Papiere waren im Geldbeutel in der Hosentasche«, erklärte Schiele.

»Gerhard Henninger, ich weiß.«

»Das Tollste ist: ein Bankdirektor! Stand zumindest auf der Karte, die wir bei ihm gefunden haben. Jetzt sag mir mal, warum ein Bankdirektor sich nachts auf einem einsamen Schulhof zerfleischen lässt?«

»Was ist mit dem Hausmeister?«, fragte Büchner.

Schiele schüttelte den Kopf. »Warte bis morgen, der ist fertig. Kam gerade vom Kino, er wohnt zwei Straßen weiter.«

Also nicht mehr der alte Hausmeister, der gemeinsam mit seiner Frau in der Pause Kaffeestückchen und belegte Brötchen verkauft hatte.

»Da sieht er, dass das Schultor aufgebrochen ist. Geht rein und findet ihn.«

»Das ist meine alte Schule«, erzählte Büchner und wusste selbst nicht warum.

»Sauerei«, bestätigte Schiele. Dann griente er. »Wenn man sich früher jemanden tot auf dem Schulhof gewünscht hat, dann nicht einen Bankdirektor, sondern den Schuldirektor, was?«

Büchner hatte seinen Direx gemocht, aber es war sinnlos, mit Schiele zu reden, wenn der kalauerte. Wahrscheinlich waren die dürftigen Witze, die in dieser Nacht fielen, so ähnlich wie lautes Singen im Keller oder Gequatsche über die alte Schule. Zahnlose Versuche, das Grauen fernzuhalten.

Zwei Männer mit Bahre liefen an ihnen vorbei. Wieso beeilten die sich so? Sein Blick fiel wieder auf den Kleiderhaufen. Woran erinnerte ihn das? Dort die Leiche, hier das Häufchen Kleider. Schon auf den Fotos von Remich hatten ihn die Kleider irritiert. Ein Bild versuchte sich in sein Bewusstsein zu drängen, kam bis kurz vor die Oberfläche, prallte wieder ab.

»Büchner!«, rief eine Stimme vom Mittelpunkt des Geschehens.

Widerstrebend ging er zurück. Die Leiche war mittlerweile im Totensack und wurde gerade auf die Bahre gehievt. Der Kriminaltechniker Thomas Lücke hockte an der Stelle, an der sie gelegen hatte, und hielt eine langstielige Pinzette nach oben. Büchner kniete sich neben ihn und betrachtete das Ding, das zwischen den Zangen klemmte. Es war ein runder Ring aus Metall, an dem ein ovales Metallteil wie ein spitzer Fingernagel befestigt war.

»Ein Plektrum«, erklärte Lücke. »Kenne ich von meinem Sohn, der spielt Gitarre. Stülpt er sich über die Finger, weil die Dinger härter sind als Nägel und einen anderen Sound machen.«

Ein Plektrum, klar, das kannte Büchner. Auf einem Schulhof kein sensationeller Fund, Gitarrenspieler gab es unter den Schülern sicher massenweise. Aber irgendetwas Besonderes musste dran sein, sonst würde Lücke das Ding nicht so fasziniert anstarren.

»Und?«, fragte er deshalb.

»Das ist angefeilt, scharfgemacht, siehst du? Also, zum Gitarrenspielen wurde das nicht benutzt.«

Die Tierkrallen. Büchners Magen hob sich wieder.

16.

Vom Nach-oben-Gucken tat ihm schon der Nacken weh, aber der Vogel saß ganz still. Warum der nicht wegflog? Ganz still saß er, das weiße Gesicht über dem braungestreiften Brustgefieder unbeweglich, den scharfen Schnabel gesenkt, die gelben Augen starr auf den Jungen unter ihm gerichtet.

Als wollte der ihn auswendig lernen, schoss es Julian durch den Kopf.

Vor einer halben Stunde hatte er den rätselhaften Vogel im Kastanienbaum entdeckt. Vielleicht saß der sogar noch länger da. Völlig unbeweglich, war direkt unheimlich. Bloß nicht weggucken, selber ganz stillstehen, sonst flog der fort. Saß einfach da, dunkel gegen den Himmel, der aussah, als könnte es jederzeit losregnen.

Das Gartentor quietschte, aber Julian drehte sich nicht um. Eine Bewegung, und der Vogel würde abhauen. Vorsichtige Schritte näherten sich.

»Das ist ungewöhnlich.« Eine sanfte Stimme.

Vorsichtig wandte Julian den Kopf. Bernd Hibou stand hinter ihm und sah, wie er, nach oben. Er hatte die hellen Augen zusammengekniffen, den Mund zu einem Lächeln verzogen. Julian dachte, dass er Bernd noch nie hatte lächeln sehen. Komisch für einen Erwachsenen. Normalerweise setzten die immer ein Dauergrinsen auf. Vor allem, wenn sie mit Kindern redeten.

»Der sitzt schon da, seit ich aus der Schule bin. Ein Falke glaub ich«, vertraute er seinem Freund an.

Der grauhaarige Mann hinter ihm schüttelte den Kopf. »Kein Falke. Etwas viel Selteneres. Eine Sperbereule.«

Er hatte gewusst, dass Bernd sich auskannte. Trotzdem wandte er ein: »Sieht gar nicht aus wie eine Eule.«

»Siehst du den Bartfleck im Gesicht und den langen, keilförmigen Schwanz? Sperbereulen sind seltene Gäste in Deutschland. Normalerweise leben sie in Finnland, Skandinavien, Nordrussland.«

»Mann, ist der weit geflogen. Deswegen sitzt der jetzt still, der ruht sich aus.«

»Eulen sitzen gerne auf freien Aussichtspunkten, da haben sie den Überblick. Unheimlich, oder?«

Julian mochte Bernd. Er redete mit ihm wie mit einem Erwachsenen, ohne Gesumse, als wären Kinder zu blöd, klare Sätze zu kapieren. Und außerdem wusste er Bescheid. Konnte Vögel erkennen und zeichnen. Ziemlich gut sogar, fand Julian. Ein paar Zeichentricks hatte Bernd ihm schon beigebracht.

Einträchtig sahen beide zu dem Vogel. Bernd war ein Kumpel, mit dem er über alles reden konnte. Besser als mit Papa. Oder Lucas, dem Blödmann.

»Aber Eulen sieht man nur nachts«, wandte Julian fachmännisch ein.

»Sperbereulen sind tagsüber und in der Dämmerung aktiv. Im Gegensatz zu anderen Eulenarten, da hast du recht. Die sind Nachtvögel.«

Irgendetwas schien den Vogel zu irritieren. Er drehte seinen Kopf um 180 Grad, sein Schwanz zuckte, und er stieß seltsame Laute aus.

»Kuwitt, Kuwitt, hörst du?«, fragte Bernd. Er klang aufgeregt, und Julian warf ihm einen Seitenblick zu. Normalerweise war Bernd ziemlich cool, den konnte nix so schnell aus der Fassung bringen. Aber die Eule hatte es ihm angetan.

»Komm mit, komm mit – so haben die Menschen im

Mittelalter den Ruf verstanden. Sie dachten, die Eule wäre ein Totenvogel und würde sie mit dem Ruf auffordern, ihr ins Jenseits zu folgen.«

Totenvogel hörte sich spannend an. »Wieso haben die das gedacht?«

»Damals war es dunkler, es gab kein elektrisches Licht, keine Straßenbeleuchtung. Die Nacht war schwarz, und die Menschen blieben lieber daheim. Im Dunklen lebten Dämonen und Geister. Die Nacht war böse, und Eulen sind die Vögel der Nacht.«

»Harry Potter hat auch eine Eule, Hedwig. Die ist aber nicht böse, sondern klug.« Dann fiel ihm etwas ein. »Aber man kann klug und böse zusammen sein. Voldemort zum Beispiel. Der ist böse, aber klug.«

Bernd antwortete nicht. Julian löste seinen Blick kurz von der Eule und sah zu ihm hoch. Der Mann hielt den Blick auf den Vogel gerichtet. Als Julian schon dachte, er hätte seine Frage nicht gehört, sagte er: »Gnade dir Gott, wenn du klug und böse bist.«

Das taten Erwachsene oft, dass sie was sagten, was gar nicht zum Gespräch passte. Bernd guckte so komisch, das er sich nicht traute zu fragen, was er damit meinte. Also sah er wieder zum Vogel. Aber der hatte wohl genug. Ohne Vorankündigung breitete er die Flügel aus, stieß sich vom Ast und erhob sich in die Luft. Lautlos. Das war toll.

»Wann kann ich wieder zu dir kommen?«, fragte Julian. »Ich weiß jetzt, wie ich die Beine von dem Hund besser hinkriege.«

Bernd starrte weiter in den Himmel, als wollte er sich den Anblick des Vogels keine Sekunde entgehen lassen. Dabei war der nur noch ein Pünktchen. Dann sah er zu Julian, als hätte er ihn noch nie gesehen. Die Augen starr wie die von der Eule.

»Hey, Bernd?«

»Was?«

«Ich würde gerne den Hund wieder abzeichnen. Ich weiß …«

»Nein!«

Julian zuckte zurück.

Das schien zu Bernd durchzudringen. Er guckte zumindest normal, und seine Stimme klang sanft, als er sagte: »Das ist keine gute Idee. Du solltest nicht zu oft mit mir zusammen sein.«

17.

»Ist der Vatikan abgereist?«

»Der Vatikan?«

Boger wurde es warm. »Also, der Herr Miotti.«

Marie Weller lehnte sich im Autositz zurück und lachte. Zum ersten Mal an diesem nebligen Morgen. »So nennen Sie ihn?« Wieder lachte sie.

Boger fasste das Steuer fester und sah geradeaus. Mist, war ihm rausgerutscht. Er riskierte einen Seitenblick. Sie wirkte nicht sauer, im Gegenteil, sah sogar wesentlich besser aus als heute Morgen, als er sie in ihrem Kaff abgeholt hatte. Da war er erschrocken, wie blass sie war, beim Gang zum Wagen hatte sie gehinkt. Sie müsse sich morgens »einlaufen«, hatte sie erklärt. Wenn das im Alter normal war, konnte er Gregors Angst davor verstehen. Ihm selber war das Älterwerden schnuppe. Hatte keinen Zweck, sich verrückt zu machen.

Schade, dass das Telefon ihr Essen unterbrochen hatte. Richtig glücklich war Gregor nicht über den Vorschlag, ihren Krempel zusammenzuschmeißen. Hing wohl mit den Morden zusammen, er war angespannt, die machten ihm zu schaffen, klar. War nicht Gregors Ding, Blut und Gewalt.

»Vatikan! Vito ist nicht einmal sonderlich religiös«, kam es vom Nebensitz.

»Aber er arbeitet für den Verein.«

»Schlägt Ihr Herz für die Kunst, Herr Boger?«

Schon gut, er hatte kapiert.

Ludwigshafen-Süd, die Rheinbrücke kam in Sicht, und er schaltete in den vierten Gang. Hier musste er sich konzentrieren, zwischen Ludwigshafen und Mannheim verfuhr er sich dauernd. Welche Spur musste er nehmen?

»Salve, Pater Rhene.«

Irritiert warf er einen Blick zum Beifahrersitz.

»Ich grüße dich, Vater Rhein«, erklärte Marie. »Es müsste natürlich ›Salute‹ heißen, aber ›Salve‹ ist schöner.« Sie winkte aus dem Fenster dem Fluss zu.

Sie sollte sich besser mal auf den Weg konzentrieren und ihm sagen, wo er hinmusste. Schließlich hatte sie die Fahrt zu Karl Kornstädt angeleiert.

»Hier sollten Sie sich links halten.«

Scharf riss er den Wagen auf die andere Spur. Der Hintermann hupte.

»Is ja gut, du Pfeife«, schnauzte er in den Rückspiegel und zu ihr gewandt: »Wäre nett, wenn Sie mir früher sagen würden, wo ich abbiegen muss.« Statt dämliche Gespräche mit dem Fluss zu führen, fügte er im Stillen hinzu.

»Haben Sie in Hahn etwas Neues herausgefunden? Vorn an der Ampel rechts!«

»Wie man's nimmt.« Er setzte den Blinker.

Zum Glück hatten sie in Frankfurt/Hahn einen Kollegen getroffen, der nicht wusste, dass Boger nicht mehr im Polizeidienst war. Und er hatte den Teufel getan, ihn mit der Nase draufzustoßen. Schweigen ist Gold war in seinem Fall goldrichtig. Also konnten sie, dank Vermittlung der Flughafenpolizei, mit den Jungs vom Zoll und den Sicherheitskontrollen quatschen.

»Ist zu lange her, dass sich noch jemand erinnert. Aber wir haben eine Vorstellung, wie er das Ding von Rom nach Deutschland gebracht hat.«

»Da vorne wieder rechts.«

»Wo vorne?«

»Dem Weißen nach.«

Gehorsam folgte er dem weißen Mercedes.

»Wie hat er es gemacht?«, hakte sie nach.

»Nehmen wir an, der ominöse Uhl ist mit Handgepäck geflogen. Wird natürlich durchleuchtet. Dabei sieht der Beamte die Skulptur, Uhl muss auspacken …«

Jetzt immer noch dem Weißen nach? Da vorne war wieder eine Kreuzung. In dem Scheiß-Mannheim war alles in Quadraten angelegt.

»An der Kreuzung links.«

»Er packt also aus, und ein buntes Teil kommt raus, die Typen, also der Kreugas und …?«

»Damoxenes.«

»Genau. Die sind schweinchenrosa angemalt, vielleicht noch in schwarzen Trikots, und ein Aufkleber von einem Souvenirladen klebt dran, eventuell ein Preisschild. Die perfekte Tarnung. Die Jungs vom Zoll kriegen jede Menge Touristenkitsch zu sehen, da gucken die gar nicht mehr hin. Zuhause wischt er die Farbe ab, fertig!«

»Hier können Sie anfangen, nach einer Parkmöglichkeit zu suchen.«

»Der Identitätswechsel ist noch leichter. Bei der Ankunft in Hahn werden die Flugscheine nicht kontrolliert, nur die Pässe. Unser Mann geht bei Ankunft aufs Klo, klebt sich einen Bart an, ein falscher Pass – und Stefan Uhl ist verschwunden. Puff!«

»Da, da ist ein Parkplatz!«

Er setzte den Blinker und manövrierte das Auto in die Lücke. Gelernt war gelernt. Er hatte die Hand am Türgriff, die Weller kramte in ihrer Tasche. »Wo ist …? Ah.«

Sie zog ein schmales Etui vor und klappte die Sichtblende am Beifahrersitz nach unten. »Kein Spiegel?«

Boger beugte sich herüber und öffnete den Spiegelschutz.

»Nobel«, war ihr Kommentar. Sie beugte sich über das Etui, zog etwas heraus und stocherte an ihrem Ohr herum.

»Was wird das?«, wollte Boger wissen.

»Mimikry«, antwortete sie ächzend. »Wie die bemalte Skulptur. Die Leute sehen, was sie sehen wollen. Kornstädt und ich kennen uns von *Christie's* in Paris, wo ich ein-, zweimal für Kunden mitgesteigert habe. Trotzdem weiß er, dass ich nur ein kleiner Fisch bin, nicht sein Kaliber. Ich muss ihm weismachen, dass ich für einen bedeutenden Kunden unterwegs bin.«

Während sie redete, hatte sie den zweiten Ohrring angebracht und steckte eine Brosche mit weißem Frauenkopf an ihren Mantel.

Boger sah ihr fasziniert zu. »Den Schmuck kapiere ich trotzdem nicht.«

»Ein Kellner sieht sich die Armbanduhr an, um Kunden zu beurteilen, ein Schneider die Schuhe, ein Antiquitätenhändler den Schmuck.«

»Der macht nicht viel her«, sagte Boger und besah den Ring, den sie über den Finger zog. Wenig Gold, geschweige denn was Glitzerndes. Ein komischer brauner Stein mit weißen Köpfen. Wenn das was Besonderes sein sollte …

Sie hatte seinen skeptischen Blick bemerkt. »Das ist was für Kenner«, erklärte sie, leicht verärgert. »Es zählt nicht Materialwert, sondern das Alter, die Arbeit. Das sind die Kameen meiner Ururgroßmutter. Steinkameen! Aus Achat. Dafür zahlen sie im Handel.«

»Sieht gut aus«, log er besänftigend. Na ja. Die Hängeohrringe hatten was. »Sollten Sie öfters tragen.«

»Um Gottes Willen! Ich bin Allergikerin. In einer Stunde sind meine Ohren rote Klumpen.«

»So lange wird's nicht dauern. Hoffentlich.« Er stieg aus dem Wagen.

Der Nebel hatte sich gelichtet und einem trüben Tag Platz gemacht. Ihr Hinken hatte sich gelegt, sie war »eingelaufen«, so dass sie die Hauptstraße, an der sie entlanghasteten, schnell hinter sich ließen. Einmal nach links, und sie standen vor einer imposanten Villa mit stuckverzierter Fassade. Die gab es nicht oft in Mannheim. Das Erdgeschoss zierten große Bogenfenster, auf die in Gold die Buchstaben *KK* in verschnörkelter Schrift gemalt waren. Die Eingangstür gab kein ordinäres Gebimmel von sich, sie öffnete sich lautlos. Über einen roten Teppich, ebenfalls mit goldenem *KK*, traten sie ein.

Eine Dame in grauem Kostüm und langer Perlenkette eilte zu ihnen. Ihr Blick streifte Bogers abgewetzte Lederjacke, glitt über Marie Wellers Jeans, den nicht mehr taufrischen Kamelhaarmantel und hellte sich erst auf, als er an der dicken Brosche hängen blieb. Die Dame zeigte Zähne im selben Perlmuttton wie die Kette, und Boger merkte erst nach einer Weile, dass sie dieselbigen nicht angriffslustig fletschte, sondern ihnen ein Begrüßungslächeln schenkte.

»Zu Herrn Kornstädt«, knarrte es neben ihm.

Verblüfft sah er zu Marie. Mit ihr war eine Veränderung vorgegangen. Sie wirkte größer, schaute auf die grinsende Perlenkette herunter. Ihr Gesicht war hochmütig verzogen und der Ton unfreundlich. Kein »Ich möchte« oder »Wäre es möglich«, sondern eine Anweisung.

Das Zähnefletschen wurde eine Spur aggressiver. »Ich weiß nicht, ob Karl Zeit hat.«

»Ich denke doch!«

Die Perlenkette machte keine Anstalten, dem Befehl zu folgen, als hinter ihr ein vertrocknetes Männlein auftauchte.

»Was gibt es, Elisabeth?«, kam es erstaunlich kräftig aus dem kleinen Körper, der Boger fatal an seine Kastanienmännchen von früher erinnerte. Zwei Kastanien zusammengesteckt, zwei Streichhölzer als Beinchen, fertig.

»Ach, gnädige Frau. Wie schön, Sie in meiner bescheidenen Hütte begrüßen zu dürfen.«

Das Männchen stakste auf Marie zu, und Boger blieb kurz die Luft weg, aber tatsächlich: Er küsste ihr die Hand! So etwas hatte er noch nie gesehen, zumindest nicht life.

Gelassen empfing die Weller seine Gunstbezeugung und lächelte auf den kahlen Schädel hinunter, der sich ungefähr auf Ihrer Hüfthöhe befand.

Die Perlenkette schnappte nach Luft, fing sich und verstärkte das Fletschen.

»Womit kann ich dienen?«, wollte das Kastanienmännchen wissen.

»Ein Gespräch unter vier Augen?«, schlug die Weller vor. Boger räusperte sich. Er hatte nicht vor, den stummen Chauffeur zu spielen und sich die Zeit mit der Perlenkette zu vertreiben.

»Beziehungsweise unter sechs«, korrigierte sich Marie prompt.

Der Blick, der ihm Kornstädt zuwarf, war wach und scharf. Bei Boger schrillten die Alarmglocken. Das Männlein war nicht zu unterschätzen, trotz Handkuss und Getue.

»Darf ich die Herrschaften ins Büro bitten?«

Mit einladender Geste wies Kornstädt in die Tiefen des Raumes, in den sich der rote Eingangsteppich schlängelte, verbreiterte und schließlich den ganzen Boden bedeckte. Als sie seinem Lauf folgten, musterte Boger die bescheidene Hütte. Ausgewählte Bilder an den Wänden, indirekt beleuchtet, Möbel, die vornehm und unbeteiligt herumstanden, eine deckenhohe Glasvitrine mit Silber eingefasst, aus der es blinkte und glitzerte. Eindeutig ein Laden für das gehobene Portemonnaie.

Auch Kornstädts Büro glänzte nicht durch Schlichtheit. Von der Größe eines Konferenzsaales, mit Stilmöbeln und alten Bildern ausgestattet, war es die perfekte Fortsetzung seines Ladens.

Sie nahmen in breiten Sesseln unter hohen Fenstern Platz, Kornstädt lächelte erwartungsvoll, Marie lächelte zurück.

Boger überlegte, ob er sich dem Dauergrinsen anschließen

sollte, ließ es aber bleiben. Vielleicht war es sinnvoller, den grimmigen Bodyguard zu mimen, der er nach Größe und Gewicht gut hätte sein können. Da Marie ihn nicht vorgestellt hatte, war es besser abzuwarten, welche Rolle sie ihm zugedacht hatte.

Nach gefühlten zwei Stunden Gegrinse sah die Weller aus dem Fenster und seufzte: »Ein langer Winter dieses Jahr.«

»Und hart«, stimmte das Männchen zu.

»Die armen Vögel finden kaum etwas«, fuhr Marie fort. »Ich füttere sie. In meinem Garten.«

»Sie interessieren sich für Ornithologie?«, wollte Kornstädt wissen.

Marie lächelte. »Wissenschaftlich ausgebildet bin ich nicht, das wissen Sie.«

Das Männchen nickte, und Boger wunderte sich. Gespräche über Wetter und Vögel? Na, ihm sollte es recht sein.

»Aber ich interessiere mich für Vögel. Neulich habe ich über Adler gelesen. Der Kronenadler soll ja der physisch stärkste Greifvogel sein. Er erbeutet Tiere, die sein Eigengewicht weit übertreffen.«

»Was Sie nicht sagen!« Interessiert beugte sich Kornstädt vor. »Darf ich Ihnen etwas zu trinken anbieten?«

Boger konnte sich nicht erklären, woran es lag, aber das Kastanienmännchen wirkte seit Erwähnung dieses Kronenadlers deutlich serviler.

»Nein, danke«, wehrte Marie ab. »Welche Vögel bevorzugen Sie?«

»Ich finde Kronenadler faszinierend. Stammen die nicht aus Afrika?«

»Im Land des Lächelns findet man sie eigentlich nicht. Im Gegensatz zu Elstern. Die werden dort als Glücksboten verehrt. Kennen Sie Elstern?«

Jetzt hatte Boger einen Faden. Elster, diebische Elster. Sie fragte, ob das Männlein Kontakt zu Kunstdieben hatte.

Karl Kornstädt überlegte. »In der Tat«, meinte er nach einer Weile. »Ich beherberge in meinem Garten diese Gattung.«

»Sehr schön«, antwortete Marie.

»Scheue Vögel mit aggressivem Brutverhalten«, fügte er hinzu.

Marie nickte, und Boger bemühte sich um eine besonders grimmige Miene.

»Ihre Beute ist Kleinzeug, Spinnen und Insekten?«, fragte Marie.

»Auch Größeres. Zum Beispiel kleine Wirbeltiere«, berichtigte das Männchen.

»Das interessiert mich. Nehmen wir an, da sind zwei Wirbeltiere, die spielen oder kämpfen. Und dann kommt eine Elster und erbeutet sie.«

»Zwei?«, wollte Kornstädt wissen.

»Wenn sie im Kampf ineinander verhakt sind, könnte die Elster sie für eins halten«, gab Marie zu bedenken. »Kleine Wirbeltiere gibt es ja seit Jahrhunderten.«

»In der Tat. Ich habe gerade ein wunderbares botanisches Buch aus dem Barock. Soll ich nachsehen?«, fragte der Händler.

»Haben Sie so etwas auch aus der Renaissance?«, wollte Marie wissen.

»Berühmt?«

»Sehr berühmt.«

In Kornstädts Augen glitzerte es. Merklich interessiert musterte er die Weller, nickte langsam und meinte: »Ich kann mich umhören.«

»Tun Sie das!« Mit Schwung erhob sich Marie und streckte die Hand aus. »Wir hören voneinander. Leider müssen wir uns verabschieden, wir wollen zum Essen. Ein gutes Stück Fleisch, Carne, nicht wahr?«

»Ein schimmerndes Vergnügen«, bestätigte das Männchen, glitt von seinem Sitz und begleitete sie zur Tür.

»Sie sagen es.« Mit hocherhobenem Kopf verließ Marie Weller das Büro und stolzierte an der Perlenkette vorbei, die davor lungerte.

Boger war sicher, dass sie gelauscht hatte. Aber wenn sie soviel verstanden hatte wie er, war das nicht weiter tragisch.

Erst als sie um die Ecke bogen, fragte Boger: »Nun?«

Marie stieß kurz Luft aus. »Pfff! Ein gewiefter Hund.«

»Sie sind auch nicht ohne«, meinte Boger trocken.

Die Weller neigte hoheitsvoll den Kopf. »Vielen Dank.«

»Seien Sie kein Spielverderber. Der Code waren Vögel, oder?«

»Darauf hat er angebissen«, sagte sie vergnügt. »Zum Glück ist mir der blöde Kronenadler eingefallen.«

»Gibt es den?«, fragte Boger.

»Klar gibt es den. Sehen Sie mal, ein Café. Ich habe mir einen Cappuccino verdient.«

»Wenn Sie mich aufklären, sogar zwei!«

Das Café war eine der Eckkneipen, die sich nur Café schimpften, weil sie einen röchelnden Automaten beherbergten und es sich dort ab morgens unverdächtig trinken ließ, was die belagerte Bar bestätigte. Umrahmt von illuminierten Weinlaubketten und Trinkern mit und ohne Schnauzbart, war sie der dominante Teil dieses »Cafés«. Ein paar Tische mit staubigen Kunstprimeln mopsten sich in den Ecken.

Als sie einen davon enterten, schoss die sehr schwarzhaarige Bedienung im lila Hosenanzug hinter der Bar vor und schenkte ihnen ein Nicken, das Boger sowohl als Begrüßung als auch als Bestellungsaufforderung interpretierte. Damit lag er richtig. Er orderte zwei Cappuccino, sie verließ kommentarlos den Tisch.

Marie Weller, die sich suchend und schnuppernd umgesehen hatte, stieß plötzlich eine Art Kieksen aus und deutete auf die armselige Plastikprimel. »Ein Rauchercafé! Ich dachte, das sei ausgestorben.« Sofort kramte sie in ihrer Handtasche herum.

Tatsächlich entpuppte sich der Primeluntersetzer als Aschenbecher, und Boger registrierte die schwachen Nebelschwaden, die über der Bar schwebten und sie, vorhöllengleich, in leichten Dunst hüllte.

Auch das noch!

Die Lilane brachte auf schwankendem Tablett den Kaffee, die Weller hatte ein zerknautschtes Päckchen aus den Untiefen ihrer Tasche gezogen und zündete sich eine an.

Boger stöhnte innerlich. Als Exraucher nicht gegen verbotene Gelüste gefeit, machten ihn Raucher aggressiv. Aber er beherrschte sich und stieß muffig vor: »Und?«

Die Weller blies Rauch aus den Nüstern und kicherte dämlich. »Der Kronenadler ist mein angeblicher Auftraggeber. Auf Nachfrage habe ich zugegeben, dass er aus Japan stammt, dem Land des Lächelns. Etwas Besseres ist mir nicht eingefallen. Ich hoffe, dass sich Kornstädt bei den japanischen Sammlern nicht allzu gut auskennt.«

»Die Elstern sind Diebe?«

Sie rührte in ihrer Tasse, nahm einen genüsslichen Schluck und zog an dem Teufelszeug. »Genau«, stieß sie mit einer Rauchwolke hervor. »Mit der Beute der Elstern habe ich ihm klargemacht, dass ich etwas Großes suche. Keine Insekten, sondern Wirbeltiere, ein bedeutendes Kunstwerk. Zwei Kämpfer aus der Renaissance.«

»Aber er weiß nicht genau was?«

Sie hatte die Zigarette abgelegt und fummelte sich den Schmuck aus den Ohren. »Nein. Das geht nicht, wenn wir Vito nicht bloßstellen wollen. Also können wir nicht genau erzählen, was wir suchen. Aber er wird die Skulptur erkennen, wenn sie ihm angeboten wird. Zwei Kämpfer!«

»Woher weiß er, dass es eine Skulptur ist und kein Gemälde?«

»Durch das Fleisch. Carne. So nennen die Florentiner den Stein, Fleisch der Erde. Das hat er kapiert, er hat uns ein ›schimmerndes Vergnügen‹ gewünscht hat. Marmor wird als schimmernder Stein bezeichnet.«

Wider Willen war Boger beeindruckt. Ohne konkret zu werden, hatte die Weller deutlich gemacht, was sie wollte. Jetzt saß sie stillvergnügt vor ihm und rieb sich ihre Ohrläppchen, die tatsächlich rot und geschwollen waren.

»Als Erstes brauchen wir Kontakt zu den Dieben, eventuell zu ihren Auftraggebern«, sagte Boger und zog heimlich ein Rauchwölkchen durch die Nase.

»Kornstädt ist eine gute Adresse.« Sie nahm einen langen Schluck. »Ah. Das tut gut, zu wenig Kaffee morgens, und der Tag ist im Eimer. Der Kleine wird sich fleißig umhören. Falls mein Kronenadler anziehend genug ist.«

»Und er hat gute Kontakte?« Das Männchen hatte ihn nicht sonderlich beeindruckt.

Die Weller sah versonnen über den Rand ihrer Tasse. »Es gibt in Deutschland kein krummes Geschäft auf dem Kunstmarkt, das nicht irgendwann durch Kornstädts Hände geht oder über das er nicht informiert ist. Der Mann ist kriminelles Schwergewicht.«

»Wollen wir hoffen, dass die Skulptur auch in Deutschland ist.«

»Der Antikmarkt ist international. Solange es sich um Europa dreht, können wir eine Spur der Kämpfer finden. Amerika und Asien werden schwierig, aber nicht unmöglich. Da muss Herr Hauser ran.«

Wütend schob Boger seine Tasse von sich. »Wie denn? Wenn er nicht sagen darf, was er sucht? Wir können die

Skulptur nicht beim Art Loss Register als gestohlen melden, wir können nicht als interessierte Ankäufer auftreten, wir können gar nichts, verdammter Mist!«

Wortlos hielt sie ihm das zerknautschte Zigarettenpäckchen entgegen.

»Was soll das denn?«, fuhr er auf.

»Sie sind mies gelaunt, und ich bin der Teufel.« Sie lächelte zuckersüß.

18.

»Meine Herren, darf ich um Ruhe bitten?« Fat Man Memmler hatte die Stimme kaum gehoben, aber alle reagierten. Die Männer ließen sich auf ihren Plätzen nieder und spitzten die Ohren.

Büchner fand, dass Memmler als SOKO-Leiter eine gute Wahl war. Wesentlich besser als er selber, das hatte er Rainer Liebs und dem LKA-Direktor unmissverständlich klargemacht. Büchner hasste es, am Schreibtisch zu koordinieren, während Fat Man schon wegen seines Gewichts das Herumrennen verabscheute. Und die Männer mochten ihn. Unter seiner Körpermasse, der er den Spitznamen verdankte, steckte ein kluger und durchsetzungsfähiger Kollege.

»Wir haben uns für den Namen ›SOKO Werwolf‹ entschieden, entsprechend der Natur der Verletzungen«, begann Memmler.

»SOKO Werwolf, muss man sich auf der Zunge zergehen lassen.« Hauptkommissar Schneider von der Fahndung klang wie immer atemlos und brachte es fertig, stets ungekämmt und halb angezogen auszusehen. Er wirkte, als wäre er auf der Flucht, obwohl er wie alle anderen ruhig auf seinem Hintern saß.

»Werwolf. Is wie im Märchen!«, schloss sich Schiele an. »Passt zu unserem märchenhaften Job.«

»Passend zum Märchen kannst du gleich ein blaues Wunder erleben, wenn du dich nicht konzentrierst, Schiele«, kam es gelassen von Memmler.

Büchner bemerkte, dass Michaux neben ihm den Kopf

reckte. Bevor der Luxemburger den Mund aufmachen und nach dem »blauen Wunder« fragen konnte, legte Büchner die Hand auf seinen Unterarm und schüttelte den Kopf. Durch die Bewegung aufmerksam geworden, fuhr Memmler fort: »Ich möchte euch Kommissar Michaux vorstellen. Er vertritt die Luxemburger Kollegen.«

Begrüßungsgemurmel, und Michaux nickte freundlich bemüht in alle Richtungen.

»Des Weiteren begrüße ich Alexander Wiesner. Er wird uns über die Tötungsart informieren.«

Der Rechtsmediziner, gelassener als bei ihrem ersten Treffen, sah abwesend von seinem Laptop auf, das er aufgeklappt vor sich stehen hatte. Dann beugte er sich wieder darüber und begann: »Der Name Werwolf ist treffend. Eine ungewöhnliche Tötungsart, grausam und mit mehr oder weniger bloßen Händen erfolgt.«

»Was ist denn mit dem Plektrum, das wir gefunden haben?«, wollte Schiele wissen.

Der Rechtsmediziner zeigte auf eine Leinwand, die hinter Memmler an der Wand hing. »Schaltet jemand das Licht aus?«

Der Raum tauchte in abendliches Dämmergrau, das erste Bild erschien. Übergroß sahen die Polizisten das gefundene Plektrum. Einen Ring, hinten geöffnet, ähnlich einem normalen Fingerring. Nur kleiner, so dass der auf dem ersten Fingerglied, direkt unter dem Fingernagel getragen werden konnte, mit einem ovalen Metallnagel, der den eigenen Nagel überdeckte. An der breitesten Stelle waren Buchstaben eingestanzt, mit dem Blut des Opfers beschmiert. Trotzdem konnten sie *DUNLOP,* darunter *PAT.PEND*, dann eine dreistellige Zahl mit einer Zwei am Anfang und *USA* entziffern.

»Das Original vom Tatort«, begann Doktor Wiesner. »Ein Standard-Plektrum oder Fingerring, den sie in jedem Laden für Musikerbedarf kaufen können. Er wird von Gitarristen benutzt, ist stabiler als der eigene Fingernagel und erzeugt beim Schlagen oder Zupfen der Gitarre einen härteren Sound. Wenn Sie genau hinsehen, können Sie feststellen, dass der Metallfingernagel angespitzt wurde.«

Das Ding sah unheimlich aus, Tierkralle war kein schlechter Vergleich.

»Der Täter trug an allen fünf Fingern der Hand solche Fingerringe. Wir haben das nachgestellt.«

Ein neues Bild füllte die Leinwand. Eine Hand, jeder Finger bewaffnet mit einer Kralle. Beim nächsten Bild war die Hand gekrümmt, und die metallenen Fingernägel schienen auf den Betrachter zuzukommen.

Ein Bild von der geöffneten Bauchdecke eines der Opfer folgte, zum Vergleich war die Krallenhand dazu montiert, wie sie sich gerade in die Wunde zu bohren schien.

»Sie sehen, die Art der Bewaffnung passt perfekt zur Wundöffnung. Die Vergrößerung der Wunde entsteht durch das erneute Herausziehen der Hand und der Eingeweide.«

Irgendjemand stöhnte im Dunkeln.

»Die Nägel sind scharf genug, um die Bauchwand zu öffnen, das Peritoneum, also das Bauchfell, und das Omentum Majus, das Bindegewebsnetz über den Organen, zu durchtrennen.«

»Aber da sind doch Muskeln«, wandte Schneider ein.

»Bei dir nicht«, meinte Schiele, aber niemand reagierte.

»Natürlich«, antwortete Wiesner. »Der Musculus rectus abdominis, der von den Rippen zum Schambein läuft, der musculus obliquus externus abdominis, also der äußere schräge Bauchmuskel, der mittlere schräge Bauchmuskel und der innere, horizontal verlaufende platte Bauchmuskel, der musculus transversus abdominis. Alle sauber durchtrennt«

»Mit bloßen Händen«, murmelte Johann Brand und starrte wie hypnotisiert auf die Leinwand. Büchner bemerkte kleine Schweißperlen auf seiner Stirn. Sogar diesen alten Mordspezialisten ließ die Sache nicht kalt.

»Nicht ganz«, berichtigte der Rechtsmediziner, ein neues Bild füllte die Leinwand.

Jetzt trug die Hand einen durchsichtigen Handschuh und war von den Fingerwurzeln bis zum Unterarm mit weißem Band umwickelt.

»Ich denke, er trug chirurgische Handschuhe und hatte sich die Finger getapt, ähnlich wie das Balletttänzer mit ihren Füßen tun. Das stabilisiert die Hand, verringert die Verletzungsgefahr für den Täter. Wir haben bei Severin Baumann Faserspuren gefunden, die auf ein Tape-Band hinweisen.«

Wieder wechselte das Bild. Die Hand, geisterhaft bleich durch den durchsichtigen Latexhandschuh, unförmig durch das Tape und mit Krallen bewehrt, sah nicht menschlich aus. Sie war ein Monstrum, eine teuflische Waffe.

»Et hale Keng zéng Päerd mech dovunner ot je mengen, datt …«, rief Michaux aufgeregt.

Alle wandten sich zu ihm. Schiele kicherte, als habe der Luxemburger einen unanständigen Witz gemacht oder sich sonst wie daneben benommen.

»Saarländisch ist auch nicht schöner«, knurrte Büchner ihn an.

Michaux war rot geworden. »Ich wollte sagen, zehn Pferde bringen mich nicht davon ab, dass mich das Tape an etwas erinnert.«

Schiele kicherte lauter und konnte auch durch den bösen Blick Memmlers nicht gebremst werden. Der gab auf und wandte sich zu Michaux. »Nur zu«, ermunterte er ihn. »Die Abendsitzungen sind dazu da, zu diskutieren, auch zu spekulieren.«

Hauptkommissar Kruse, der neben Memmler saß und, wie meist, für die inneren Abläufe der SOKO zuständig war, räusperte sich. »Also, ich weiß nicht …«

»Aber ich«, unterbrach ihn Fat Man. »Natürlich stehen

Informationsaustausch und Verteilung der Aufgaben an erster Stelle, aber Brainstorming kann nützlich sein.«

»Brainstorming!«, meinte Kruse, und seine lange Nase zeigte abfällig nach unten, doch Memmler beachtete ihn nicht weiter. »Herr Michaux?«

»Es ist vielleicht nicht relevant, aber die Bänder um die Hand, das sieht aus wie bei Faustkämpfern. Früher natürlich. Da waren es Lederbänder, die so gewickelt wurden.«

»Stimmt!«, fiel Kommissar Rehn vom Diebstahl ein. »Im Lateinbuch meiner Tochter ist ein attischer Faustkämpfer abgebildet, der solche Bänder trägt.«

»Ist eventuell von Bedeutung«, stimmte Brand zu.

Memmler machte sich Notizen, und auf ein Zeichen hin fuhr der Rechtsmediziner fort: »Abriebspuren vom Handschuh haben wir an den Därmen von Gerhard Henninger gefunden. Damit erhärtet sich die Bestimmung des Tatwerkzeugs – falls man von Werkzeug sprechen kann.«

»Moment«, unterbrach Büchner. »Der Täter stößt mit der Hand zu und durchtrennt die Bauchwand?«

Ein weiteres Bild wurde eingeblendet. Die Verletzung des Opfers, wiederum vergrößert, wirkte schrecklicher, als Büchner sie in Erinnerung hatte. Kurz bedauerte er seine Nachfrage. Aber es half nicht, sie mussten es wissen.

»Die Abstände der Metallklingen sind klein, das heißt, er benutzt seine Hand wie eine Messerklinge«, erklärte der Rechtsmediziner. »Sehen Sie! Die Wundränder sind klar abgegrenzt. Der Schlag muss mit ungeheurer Wucht geführt worden sein. Die Hand fasst Dünndarm und Dickdarm, reißt sie nach draußen, dabei reißen auch die Wundränder, weil jetzt eine geballte Faust durch die Öffnung muss. Er reißt ein Stück der Milz mit, die wird perforiert, also durchlöchert, und das Opfer verblutet.«

»Definitiv derselbe Täter?«, hakte Memmler nach.

»Identische Tötungsart, identische Handgröße. Eine Männerhand oder eine sehr große Frauenhand. Die Öffnung beträgt in beiden Fällen fünfzehn Zentimeter.«

»Ein Serientäter«, murmelte Memmler resigniert. Im Raum wurde es still.

Natürlich war das bei allen der erste Gedanke gewesen. Büchner hatte ein flaues Gefühl im Magen. Ein Serientäter, das war das Menetekel an der Wand, der aufziehende Sturm. Das hieß Druck der Medien und der Öffentlichkeit. Vor allem erhöhte ein Serientäter den Stress, die eigene Angst. Wann würde er wieder zuschlagen? Wer war das nächste Opfer? Konnten sie die nächste Tat verhindern, oder kämen sie zu spät? Das Gefühl der Schuld, wenn der Täter trotz aller Bemühungen schneller wäre. Der Wettlauf mit der Zeit. Büchners flaues Gefühl wurde stärker.

Irgendjemand schaltete das Licht an, und die Beklemmung wich. Zumindest ein wenig.

Memmler straffte sich. »Morgen schickt uns Wiesbaden einen Profiler. Ich habe keine Erfahrung mit einer solchen Zusammenarbeit, aber wir werden sehen. Der erste Ermittlungsansatz sind die Opfer. Kommissar Michaux?«

»Severin Baumann, 43 Jahre alt, Luxemburgische Staatsangehörigkeit, Einwanderer der zweiten Generation«, schnarrte Michaux. »Die Mutter Italienerin, der Vater Deutscher. Lebt mit seiner italienischen Großmutter, die uns die familiäre Situation verschwiegen hat, in Remich. Erfolgreicher Immobilienhändler mit Zweigstellen in Merzig, Saarlouis und Saarbrücken. Seine Geschäfte scheinen sauber. Aber da sind wir dran.«

»Auffälligkeiten, Büchner?«

»Einige. Aber ob die etwas mit der Tat zu tun haben? Da ist erst einmal die italienische Großmutter, Felicetta Vollaro.«

»Ich habe sie mir vor die Brust geknöpft«, erklärte Michaux stolz.

Schiele lachte, ließ sich diesmal aber durch einen Blick Memmlers stoppen. Trotzdem wandte sich Michaux verunsichert Büchner zu. Der erklärte leise: »Man kann sich jemanden zur Brust nehmen oder sich jemanden vorknöpfen. Beides zusammen geht nicht.«

»Ah ja.« Der Luxemburger speicherte die Information, dann fuhr er fort: »Als ich sie frage, warum sie nicht traurig ist über den Tod, sagt sie nur: ›*Un diavolo caccia l'altro*‹, das heißt: Ein Teufel jagt den anderen weg. Mehr war nicht herauszukriegen. Ich glaube, sie mochte ihren Enkel nicht. Als ich frage, warum sie uns verschwiegen hat, dass sie verwandt sind, sagt sie, sie hat es nicht verschwiegen, wir haben nicht gefragt. Eine schwierige Person.«

»Vielleicht solltet ihr diese Großmutter noch mal ins … vorladen.«

Büchner war sicher, dass Memmler ursprünglich »ins Gebet nehmen« sagen wollte, es sich aber in letzter Sekunde verkniffen hatte. Er nickte und ergänzte: »Baumanns Privatleben ist ungewöhnlich. Er hatte mehrere Freundinnen, denen er allen die Ehe nicht versprochen, aber in Aussicht gestellt hat.«

»Eine drunter mit extrem großen Händen?«, fragte Rehn. Der Kollege vom Diebstahl war so stoisch, dass Büchner nie genau wusste, ob er ernst war oder scherzte. Jetzt sah er, ohne eine Miene zu verziehen, über seinen Brillenrand zu ihnen herüber.

»Entschuldigung«, mischte sich der Rechtsmediziner ein. »Die Frau mit den großen Händen habe ich pro forma erwähnt. Ein weiblicher Täter ist bei der Vehemenz des Schlages unwahrscheinlich.«

Alle registrierten seine Aussage mit Erleichterung. Ein weiblicher Täter war so eine Sache. Damit taten sich die Ermittler schwer.

Büchner fuhr fort: »Baumann war regelmäßiger Gast in verschiedenen Spielkasinos. In Mondorf und Saarbrücken haben wir nachgefragt, dort ist er seit Jahren bekannt. Keine auffälligen Gewinne, keine auffälligen Verluste – laut Kasino. In seinen Büchern sind dagegen regelmäßig hohe Gewinne verbucht, aber keine Verluste. Das ist bisher alles.«

»Das zweite Opfer?«, fragte Memmler.

Hauptkommissar Brand, der Dienstälteste in ihrer Runde, räusperte sich und ordnete die Papiere vor sich. Büchner mochte den Kollegen trotz dessen gnadenloser Anbetung der Ratio. Brand sagte gerne, er sei zu lange im Dienst, um noch mystische Anwandlungen zu haben oder an Intuition zu glauben. Trotzdem war er ein verdammt guter Polizist und hatte von allen die längste Erfahrung mit Mord. Bevor er zum LKA kam, war er jahrelang bei der Mordkommission gewesen.

»Gerhard Henninger«, las Brand von seinen Papieren ab. Niemals hätte er Infos frei weitergegeben, wie es Michaux tat. Da schlich sich zu leicht ein Fehler ein, eine Ungenauigkeit. Und Büchner wusste, dass Ungenauigkeit für Brand einer Todsünde gleichkam.

»39 Jahre alt, verheiratet mit Giulia, geborene Maresca.«

Mit einem Fingerschnipsen unterbrach Schiele, das Wieselgesicht rot vor Aufregung: »Die Verbindung! Italienische Großmutter, italienische Ehefrau. Die Verbindung zwischen den Opfern!«

»Haben wir registriert«, meinte Memmler und mit einer Kopfbewegung: »Weiter, Johann.«

Brand fuhr fort: »Ein Kind, einen Sohn, ein Jahr alt. Henninger war Direktor der Sparkasse, Geschäftsstelle Bahnhofsstraße. Führt ein sehr geordnetes Leben, keine Unregelmäßigkeiten. Nur eine Sache gibt es ...«

»Schieß los«, ermunterte ihn Memmler.

»Das sind Gerüchte. Bis jetzt haben wir keinen Beweis, aber Henninger soll Mitglied bei *Opus Dei* sein.«

»Das is ein Ding!« Schiele schlug sich auf die Oberschenkel. »Das habe ich neulich im Kino gesehen, irre spannend. So eine katholische Sekte.«

»Quatsch«, knurrte Brand. »Ich hab recherchiert. *Opus Dei* heißt übersetzt *das Werk Gottes* und ist Bestandteil der modernen katholischen Kirche.«

»Keine Sekte?« Schiele schien enttäuscht.

»Schwierig zu sagen. In manchen Ländern werden die Opus-Leute schon so gesehen. Ihnen werden sektenähnliche Strukturen vorgeworfen. Also Gehirnwäsche und Ähnliches. Andererseits ist Joseph Ratzinger Mitglied bei *Opus Dei*.«

»Wie? Mein Ratzinger? Mein Papst?« Jetzt wirkte Schiele geradezu entsetzt.

»Als Präfekt der römischen Glaubenskongregation war er es zumindest. Und Ratzinger ist Ehrendoktor der Opus-Universität von Pamplona. Der Gründer von *Opus Dei* war übrigens ein Spanier. Moment …« Brand blätterte in seinen Papieren. »Die große Zeit von *Opus Dei* war während der Franco-Ära. Sie nennen sich selbst die Soldaten Christi, rekrutieren ihre Mitglieder vor allem aus gesellschaftlichen Eliten und haben eine straffe Organisation. Also strikte Disziplin, Bußübungen und regelmäßige Selbstgeißelungen.«

»Das passt«, mischte sich Alexander Wiesner ein. »Der Tote, also Henninger, hat Narben auf dem Rücken, die von Geißelungen stammen könnten.«

»Heilige Scheiße«, murmelte Schiele, dessen katholisches Weltbild wohl Sprünge bekam.

Erstaunlicherweise ließ sich jetzt die näselnde Stimme von Kruse vernehmen. »Abgesehen von dem Schund, den man über die Geheimnisse der katholischen Kirche hört, ist *Opus Dei* tatsächlich eine autoritäre, geradezu fundamentalistische und manipulative ›Kirche in der Kirche‹. Sie wird auch von Katholiken mit Skepsis betrachtet. Mag der Papst dazu stehen, wie er will!«

Erstaunt betrachtete Büchner Kruse. Er wusste, dass der Kollege überzeugter Katholik war. Sein Spruch kam einer

Papstkritik verdammt nah, für Kruse bestimmt schmerzlich. Büchner war seinen Eltern dankbar, dass er gänzlich ohne Religion aufgewachsen war.

»Außerdem ist *Opus Dei* immer wieder in Finanz- und Politikskandale verwickelt. Sogar mafiose Machenschaften werden ihnen nachgesagt«, ereiferte sich Kruse und fuchtelte mit seinem Zeigefinger in der Luft.

Jetzt schlug Schiele nicht nur auf seinen Schenkel, sondern auf den Tisch. »Mafia! Hab ich es nicht gesagt? Erst die italienischen Frauen, jetzt das!«

»Mach mal halblang, Peter. Du siehst einfach zu viele schlechte Filme«, konnte sich Büchner nicht verkneifen. Die allzeit vorschnelle Art des Kriminaltechnikers ging ihm auf den Nerv.

Brand kratzte sich am Bart. »Giulia Henninger ist, bis auf ihren Namen, deutscher als meine Hilde.«

»Michaux, Büchner, ihr seht euch die Henninger an, ihr kennt auch die Vollaro«, ordnete Memmler an. Und zu Brand gewandt: »Unregelmäßigkeiten bei der Bank?«

Brand zuckte mit den Schultern. »Da müssen die Spezialisten ran. Auf den ersten Blick nicht, aber du weißt, wie wenig kooperativ Banken sind.«

»Ich setze die Jungs von der Wirtschaftskriminalität dran. Wir sind sowieso zu wenig Leute«, sagte Memmler. Dann lehnte er sich nach vorne, was bei seiner Abneigung gegen unnötige Bewegung einer Eruption gleichkam. »Das Wichtigste: Gibt es Verbindungen zwischen den Opfern? Büchner, Michaux, Brand und Rehn untersuchen den privaten Bereich. Gemeinsame Bekannte, Überschneidungen, gleiche Hobbys, was auch immer. Schneider, du koordinierst die Finanzspezialisten aus Remich und Saarbrücken. Ich will, dass ihr Baumanns Geschäfte von oben nach unten dreht, bei der Bank dito. Vom Staatsanwalt haben wir grünes Licht. Ein Serientäter, da geht dem der Arsch auf Grundeis.«

»Arsch auf Grundeis«, murmelte Michaux hingerissen. Büchner bedeckte sein Gesicht mit den Händen.

»Schiele, du koordinierst die Kriminaltechniker. An beiden Tatorten dreht ihr noch mal jeden Stein, jeden Zweig um. Alles klar?«

Die Männer nickten, einige machten sich Notizen. Fat Man Memmler lehnte sich in seinem Stuhl zurück und faltete die Hände über seinen ansehnlichen Bauch. »Gut. Morgen kommt der Profiler. Trotzdem will ich eure Eindrücke wissen. Nach was für einer Art Täter suchen wir?«

Büchner wusste, dass Memmler jetzt die Augen schließen würde. Tat er immer, wenn er sich konzentrierte, eine seiner gewöhnungsbedürftigen Angewohnheiten.

»Ein Irrer ist doch klar«, schoss Schiele vor.

Schneider nickte.

»Solche Morde sind mir noch nie untergekommen«, meinte Brand. »Der Täter kann nicht normal sein.«

Der Rechtsmediziner rieb sich die Stirn. »Wir haben seine DNA bei Henninger gefunden. Hautabrieb.«

Die Männer nahmen die Information ungerührt zur Kenntnis. Büchner seufzte. Das Wunderteil, die DNA, nutzte nur, wenn man Vergleichs-DNA zur Verfügung hatte. Offensichtlich war das nicht der Fall.

»Das Ganze wirkt wie ein Ritual«, nahm Rehn den Faden wieder auf. »Wir verstehen es zwar nicht, aber für den Mörder muss es eine Bedeutung haben. Spricht für einen Psychopathen.«

»Serienmörder sind oft Psychopathen«, mischte sich auch Kruse ins Gespräch.

»Herr Michaux?«, kam es von Memmler, der tatsächlich die Augen geschlossen hatte.

Der Angesprochene, der den SOKO-Leiter fasziniert beobachtete, zuckte zusammen, als er seinen Namen hörte. »Wenn ich mir vorstelle, ich fasse in den Leib eines lebendigen Menschen und hole Därme heraus ... Das muss krank sein.«

»Büchner?«

Der Kleiderhaufen, die Krallenhand. Ein Ritual. Aber grausam? Der Mörder hatte sein Opfer nicht beim Sterben beobachtet, sich nicht geweidet am Leid. Er war gegangen. Wenn man die persönliche Betroffenheit wegließ ... Die Art der Morde, so zu töten, das musste man können.

»Büchner?«, wiederholte Fat Man ungeduldig.

Büchner schüttelte den Kopf: »Ich will euch nicht widersprechen, aber meiner Meinung nach ist der Täter vor allem eins: Er ist ein Profi.«

19.

Das Wiesel war riesig. Es saß vor dem Xylofon und hielt die Schläger in der Hand, als würde es sie wiegen. Büchner wusste, dass etwas Schreckliches passieren würde, wenn es den ersten Ton anschlug.

Er wollte aufspringen, das Wiesel warnen, aber keine Chance, wie festgeklebt hockte er in dem Sessel. Wieso hatten sie ihm ausgerechnet diesen Platz gegeben? Das ganze Theater war leer, und er saß in dem verdammten Ohrensessel.

Das Wiesel hob sein kurzes Ärmchen, reckte den langen Hals und da … Das Fell zog sich in den langgestreckten Körper, die Knopfaugen trugen eine Lesebrille, und der kleine Kopf wurde zum Kopf von Peter Schiele.

Peter warnen! Er durfte nicht das Xylofon schlagen. Büchner schrie: Nein! Peter!

Zu spät. Ein dröhnender harter Ton, und aus dem Metallblättchen strömte Blut. Schiele schrie, aber das Instrument spielte weiter. Ganz von allein kamen neue Töne, begleitet von einem neuen Blutschwall. Es dröhnte und schwang, schwang und dröhnte …

Büchner schlug die Augen auf, blinzelte ins Dunkel. Das Xylofon spielte, leiser, piepsend. Der Wecker.

Anstrengend, den Arm auszustrecken und den Ausknopf zu drücken. Wieso hörte er den Wecker? Normalerweise war er Stunden vor dem Alarm wach und wälzte sich schlaflos im Bett.

Tatsächlich, die Leuchtziffern zeigten 6 Uhr 30. Sein Kopf tat weh, der Mund war trocken, und sein Hals fühlte sich an wie ein Reibeisen.

Mühsam schwang er die Bleigewichte, die gestern seine Beine gewesen waren, aus dem Bett und schaltete die Nachttischlampe an. Die Haare klebten an seinem Kopf und der Pyjama am Körper. Es hatte ihn erwischt, irgendein beschissener Virus machte sich in seinem Körper breit und tobte sich aus.

Auszugsweise lichtete sich der Nebel in seinem Kopf, und er schlug stöhnend die Hände vors Gesicht. Nicht nur, dass er krank wurde, zu allem Überfluss hatte er auch noch von Peter Schiele geträumt. Ausgerechnet von Schiele.

Er stand auf, sein Magen schwappte nach oben. Er ignorierte ihn und schleppte sich mit wattigem Gang ins Bad. Fieber natürlich, deshalb das Schwitzen. Er zog den Schlafanzug von seinem klebrigen Körper und fühlte sich gleich besser, als er unter der Dusche stand. Warm und hart prasselte das Wasser auf ihn herunter, massierte die schmerzenden Knochen, den dröhnenden Kopf. Nach zehn Minuten war er halbwegs wiederhergestellt und fähig, den Tag irgendwie zu überleben.

Beim Zähneputzen mied er den Spiegel, erst als er sich rasierte, riskierte er einen Blick. Der hohläugige Fremde, so weiß wie der Rasierschaum, den er über das Kinn geschmiert trug, wies nur eine entfernte Ähnlichkeit mit Gregor Büchner auf. Der Kerl war mindestens fünfzehn Jahre älter als er selbst.

Mit Gott, der Welt, dem Virus hadernd, schleppte er die müden Glieder ins Schlafzimmer zurück und hüllte sie in warme Klamotten. Heute weder Anzug noch Hemd, sondern eine dicke Flanellhose, Pulli, Strickjacke und die klobigen, aber warmen Treter.

In der Küche zwang er sich, eine Scheibe trockenen Toast herunterzuwürgen. Kaffee ging gar nicht, und Tee hatte er nicht im Haus. Aber Paracetamol und Freunde flutschten sowieso besser mit Leitungswasser.

Gestärkt wankte er zum Auto.

Natürlich saß ausgerechnet an diesem Morgen Kollege Hamm schon im gemeinsamen Büro.

»Du siehst beschissen aus«, war das erste, freundliche Wort an diesem lieblichen Januarmorgen.

Büchner, der sich unterwegs Halsspray und Hustensaft besorgt hatte, packte statt einer Antwort seine gesammelten Medikamente auf den Schreibtisch.

»Interessanter Fall, was?«, kam es lauernd von Hamm.

Büchner grummelte und studierte den ersten Beipackzettel.

»Habe ich das eigentlich dir zu verdanken, dass ich nicht in der SOKO bin?« Jetzt klang Hamm eindeutig angriffslustig.

Büchners Kopfschmerzen wurden stärker. Er ließ den Zettel sinken und fixierte den Kollegen, der ihm mit überkreuzten Armen gegenübersaß und feindselig starrte. »Noch bin ich nicht der Chef vom Ganzen. Aber ich sag dir Bescheid, wenn's soweit ist.«

»Wie? Der Chef ...«

»Mensch, Hamm! Du weißt, dass ich keinen Einfluss auf die Zusammensetzung der SOKO habe. Was soll der Quatsch?«

»Nicht gleich aggressiv werden, ja!«, kam es drohend von Gegenüber.

Jetzt hatte Büchner die Schnauze voll. Er packte seinen Kram, warf sich den Mantel über und ging in den Bereitschaftsraum. Dort saß sein Albtraum und mümmelte an einem Brötchen. »Mann, siehst du scheiße aus«, schmetterte Schiele ihm fröhlich entgegen.

»Ich habe nicht vor, an einem Model-Casting teilzunehmen«, stieß Büchner unter Husten vor.

»Ich meine nur, dass du krank aussiehst.«

»Wenn ich gesund bin, bin ich auch nicht schöner. Tu mir den Gefallen und halt einfach die Schnauze.«

»Ich würde im Bett bleiben, statt das gesamte LKA zu kontaminieren«, mümmelte es beleidigt zurück.

In der kleinen Teeküche, die an den Bereitschaftsraum anschloss, nahm Büchner sich ein Glas Wasser und schluckte die nächste Ladung Pharmazie. Rehn kam mit heruntergerutschter Brille und seiner Kaffeetasse in den Raum. »Du siehst nicht gut aus«, sagte er mitfühlend, als er Büchner entdeckte.

»Ist mir gar nicht aufgefallen«, knurrte es ihm entgegen.

»Nicht ansprechen!«, kam es von Schiele. »Der ist bissig heute Morgen.«

»Dein kleiner Luxemburger ist da. Wird gerade von Hamm ausgequetscht«, wagte sich Rehn trotzdem vor.

Wieder packte Büchner seinen Kram und ging zum Büro zurück.

»… heute die italienischen Frauen vornehmen …«, hörte er, als er die Tür aufriss. Michaux, der auf Hamms Schreibtischkante hockte, erstattete Bericht. Er bemerkte Büchner, schwang sich herunter und lächelte.

»Ich weiß, dass ich schlecht aussehe. Fahren wir?«, schnauzte Büchner ihn an. Als das Lächeln auf dem Gesicht des Luxemburgers erstarb, hätte er sich in den Hintern beißen können. Schweigend gingen sie zu Michaux' Wagen, schweigend fuhren sie los.

Nach fünf Minuten begann Büchner zu schwitzen, und die ohnehin unklare Außenwelt verlor ihre Konturen. Ab und an warf ihm der Luxemburger einen verstohlenen Seitenblick zu, sagte aber nichts. Büchner war das mehr als recht. Sein Hals und das Sprechen schmerzten. Er schloss die Augen. Als der Wagen plötzlich bremste, blinzelte er verwirrt. War er eingenickt?

»Besser?«, fragte sein Kollege.

Verwirrt rieb sich Büchner den Nacken. Er fühlte sich tatsächlich nicht mehr so fiebrig wie vorhin.

»Ich bin herumgefahren, damit Sie schlafen konnten«, erklärte der Luxemburger.

Tatsächlich zeigte die Uhr am Armaturenbrett plötzlich auf 10 Uhr 30, er hatte über eine Stunde geschlafen und es nicht bemerkt. Die Medikamente hatten gewirkt, und zumindest das Fieber war gesunken.

»Danke.«

»*De Rien*.«

Das Haus, vor dem der Wagen stand, war ein Neubau mit Flachdach und viel Glas, inmitten eines großzügigen Gartens, in dem an prominenter Stelle eine Schaukel, eine Rutschbahn und ein abgedeckter Sandkasten Winterschlaf hielten.

Giulia Henninger, eine große, nicht mehr junge Blondine im schwarzen Wollkleid, öffnete die Tür. Dass sie Italienerin war, konnte man höchstens an der ausgeprägten Nase erkennen. Höflich bat sie die Kommissare ins Wohnzimmer, dem anzusehen war, dass ein Kleinkind den Mittelpunkt des Hauses bildete. Überall lagen Stoffpuppen, bunte Bauklötze und Teile einer Holzeisenbahn, die Giulia im Vorbeigehen zusammenraffte. Eine bunte Wippe, ein hölzernes Schaukelpferd sowie Spieldecken waren ohne Rücksicht auf die ästhetische Wirkung im Zimmer verteilt, das ansonsten mit aufeinander abgestimmten Pastelltönen und passenden Designermöbeln durchaus innenarchitektonischen Gestaltungswillen verriet.

»Entschuldigen Sie das Chaos, aber es war alles ein bisschen viel die letzten Tage«, murmelte sie. »Nehmen Sie Platz.«

Büchner ließ sich schwer in einen Sessel fallen, sprang wieder hoch und zog ein Metallauto unter seinem Hintern vor, das er fast zerquetscht hätte.

Sie nahm das Auto und drehte es in der Hand, als habe sie es vorher noch nie gesehen. »Von Roberto. Er ist eigentlich zu klein für Autos, aber Gerhard …« Sie schluckte und sah die Kommissare mit ihren honigfarbenen Augen an, in denen Tränen schimmerten. »Wir haben so lange auf ein Kind gewartet, so viel versucht. Und jetzt …« Sie brach ab.

»Wo steckt denn der Kleine?«, fragte Michaux mit sanfter Stimme.

»Bei seiner Oma, Gerhards Mutter. Hier ist Trubel, die Vorbereitungen für die Beerdigung, dauernd rufen Leute an, Freunde, Kollegen von Gerhard. Es muss soviel organisiert werden.«

Michaux nickte verständnisvoll. »Das kann ich mir vorstellen. Es tut uns leid, Sie belästigen zu müssen, gerade jetzt. Aber wir haben ein paar Fragen.«

Immer noch mit dem Spielzeugauto in der Hand nickte sie und ließ sich in einem Sessel nieder.

»Frau Henninger«, übernahm Büchner, »Ihr Mann wurde auf brutale Weise ermordet ...« Er sah, wie sie zusammenzuckte, aber er konnte es ihr nicht ersparen. »Wir müssen wissen, ob er Feinde hatte. Ist Ihnen etwas aufgefallen? Bekam er Drohungen? Wirkte er bedrückt in letzter Zeit? Scheuen Sie sich nicht, uns alles zu erzählen, selbst wenn es nur Vermutungen ...«

Lautlos fing sie an zu weinen. Als hätte man einen Wasserhahn aufgedreht, tropften die Tränen, ohne dass sie den Versuch machte, sie zu stoppen. Betroffen hielt Büchner inne.

Michaux zog ein Paket Tempos aus seiner Tasche, ging zu ihr, hockte sich neben sie und legte ihr den Arm um die Schultern. Er murmelte etwas auf Lëtzebuergesch, und der weiche Tonfall schien sie zu beruhigen. Der Tränenstrom versiegte, sie griff sich ein Taschentuch, schnäuzte kräftig und hob den Kopf. »Ich bin schuld an seinem Tod. Ich allein.«

Die Kommissare tauschten Blicke, Michaux ging vorsichtig wieder zu seinem Platz.

»Wie meinen Sie das?«, fragte Büchner.

Ein erneutes heftiges Schneuzen, dann sagte sie mit belegter Stimme: »Ich wollte ein Kind. Immer habe ich mich nur halb gefühlt, ein halber Mensch, verstehen Sie?« Sie blickte so flehend zu den beiden Männern, dass sie automatisch nickten.

»Es hat nicht geklappt. Egal, wie oft wir es versuchten. Gerhard fand es nicht dramatisch, er hatte keinen ausgeprägten Kinderwunsch. Er war sehr religiös. ›Nur Gott gibt das Leben‹ – das hat er gesagt.

Aber ich … Ich wurde depressiv. Da entschloss er sich zu handeln. Wir sind von Arzt zu Arzt, haben alles mitgemacht. In-vitro-Fertilisation, intrazytoplasmatische Spermieninjektion, intrauterine Insemination und was alles noch. Jahrelang waren wir bei Ärzten, in Kliniken. Natürlich ist das teuer. Eine einzige Introzytoplasmatik kostet 12 650 Euro. Jedes Mal. Ich kann gar nicht mehr sagen, wie oft das gemacht wurde.« Sie senkte den Kopf und drehte das Spielzeugauto in ihrer Hand.

Büchner betrachtete die zusammengesunkene Frau. »Sie kamen in Geldschwierigkeiten?«, fragte er behutsam.

Sie nickte. »Ich konnte nicht aufhören. Immer dachte ich: Diesmal klappt es, diesmal bestimmt! Aber es hat nicht geklappt. Und Gerhard …«

Gerhard hat bezahlt, schoss es Büchner durch den Kopf. In jeder Hinsicht. Der Banker mit Bauchansatz, dem er zunächst nichts Sympathisches hatte abgewinnen können, tat ihm mit einem Mal leid. Henninger musste seine Frau sehr geliebt haben, wenn er sich gegen seine Überzeugung entschloss, es mit künstlicher Befruchtung zu versuchen. Ihr brennender Kinderwunsch, den er nicht einmal teilte, hatte ihn, langsam aber sicher, finanziell ausgeblutet. Wahrscheinlich sah er das Geld verschwinden, lag nächtelang wach und suchte einen Ausweg. Unterschlagung! Aber dafür kam man in den Knast und wurde nicht abgeschlachtet. Seine Geldquelle musste woanders sprudeln.

Michaux' Gedanken gingen in eine ähnliche Richtung, denn mit sanfter Stimme fragte er: »Können Sie sich vorstellen, wie Ihr Mann das Geld besorgt hat?«

»Er hat immer gesagt: ›Jule, mach dir keine Gedanken. Du bekommst dein Kind.‹ Und ich dämliche Kuh habe nicht nachgefragt ...«

»Hatte er auffällige Kontakte? Neue Bekannte? Telefongespräche, die Sie zufällig mitgehört haben? Ist er verreist, ohne Ihnen zu sagen wohin?«

Bei jeder Frage des Luxemburgers schüttelte sie den Kopf. »Ich war blind, verstehen Sie? Ich wollte blind sein. Ich dachte nur an das Kind. Ich wollte eine Familie. Eine richtige ... Und jetzt hat Roberto nicht einmal mehr einen Vater.«

20.

Büchner stieg aus dem Wagen und hielt sein Gesicht dankbar dem kalten Wind entgegen. Obwohl er auf der Fahrt nach Remich wieder geschlafen hatte, fühlte er sich fiebrig. Aber das Halsweh war besser. Michaux hatte ihm in einer Apotheke dicke rosa Halspastillen besorgt, die Büchner gehorsam im Mund hatte zergehen lassen. Zum Dank konnte er beschwerdefrei schlucken. Auch die Hühnerbrühe, die ihm der Kollege in der Raststätte aufgezwungen hatte, hatte gutgetan. So gewappnet traute er sich, trotz Fieber, es mit dem Handkehrer aufzunehmen. Der schien allerdings einer Konfrontation auszuweichen. Auf ihr Klingeln tat sich nichts. Die Märchenvilla duckte sich still und dunkel unter dem eisigen Januarwind.

Als sich die Kommissare zum Gehen wenden wollten, erklang in ihrem Rücken ein entnervtes »*Cielo!!! I crucchi.*«

»Auch Ihnen einen schönen Tag«, sagte Michaux und drehte sich zu der Alten, die in Strickjacke, Gummistiefeln und mit einem Beil in der Hand hinter ihnen stand.

»Mit ›*crucchi*‹ können übrigens nur Sie gemeint sein«, wandte er sich an Büchner. »Ein spezielles Schimpfwort, nur für Deutsche. Übersetzt heißt es soviel wie: Du-Stück-trockenes-Brot.«

»Zauberhaft«, meinte Büchner.

Felicetta Vollaro interessierte sich nicht für ihre Konversation. Sie drehte ihnen den Rücken und verschwand hinter dem Haus.

Ein kurzer Blickwechsel, und die Männer folgten.

Die Rückfront der Villa bot einen überraschenden Anblick. Statt gestutzter Hecken und sanfter Rasenflächen war hier ein zwar gepflegter, aber doch prosaischer Gemüsegarten angelegt, der nicht zu der hochherrschaftlichen Umgebung passen wollte. Krüppelige Obstbäume, mit Laub bedeckte Beete, umgegrabene Erdbeerfelder, leere Tomatenstangen, die drohend in den Himmel ragten, und sogar ein hölzerner Hackklotz bildeten das Ambiente. Und genau dieser Hackklotz war das Zentrum von Felicettas Aktivität.

Ohne sich um die Männer zu scheren, ging sie zu einem vergitterten Käfig, in dem drei Hühner froren. Sie packte eins davon und zog es trotz Protestgeschrei aus dem sicheren Gefängnis. Mit einer geschickten Drehung hielt sie das Huhn samt Schwungfedern an den Läufen, so dass es nicht flattern oder sich bewegen konnte. Mit der Rückseite der Axt schlug sie ihm sanft auf den Hinterkopf. Das Huhn wurde augenblicklich steif. Mit Schwung hievte sie es auf den Hackklotz, drehte das Beil und schlug ihm den Kopf ab. Augenblicklich zuckte das Tier und wand sich veitstanzähnlich.

Büchners Magen machte es genauso. Diesmal hatte er keine Chance, sich auf etwas anderes zu konzentrieren.

Er lief ein paar Schritte, bis er die Hausecke erreichte, dann konnte er das Würgen nicht mehr stoppen. Sein Körper bäumte sich auf, um die Freigabe von trockenem Toast und Hühnersuppe zu beschleunigen.

Nach kurzem Kampf war alles vorbei, er lehnte erschöpft und mit schweißnassem Gesicht an der Hauswand. Gott sei Dank war Michaux ihm nicht nachgekommen. Es war demütigend genug, beim Hühnerschlachten schlappzumachen. Da brauchte er nicht noch Beobachter beim Kotzen. Die widerliche Alte würde feixen!

Er kramte aus seiner Manteltasche ein Taschentuch, rieb sich über Stirn und Mund und versuchte, möglichst tief zu atmen. Langsam wurde es besser. Einen kurzen Moment war er versucht, sich umzudrehen und zum Wagen zu gehen. Ins warme Innere fliehen, die Augen schließen, sich den Fieberträumen überlassen.

Der Moment verging, und ergeben trottete er zurück. Der blutige Hackklotz lag verlassen, aber er hörte Stimmen aus der Küche, die auf der Rückseite der Villa gelegen war. Gut, die Vollaro war beschäftigt. Zeit, sich ein wenig umzusehen.

Neben dem Nutzgarten lag ein Gebäude mit Flachdach. Die Tore waren geschlossen, aber eine kleine Seitentür ließ sich ohne Probleme öffnen, und Büchner schlüpfte herein. Eine Garage. Ein klobiger Geländewagen und daneben – ein Jaguar. Eigentlich waren Büchner Autos gleichgültig, er scherte sich nicht darum. Die Kisten sollten fahren und fertig.

Aber ein Jaguar war kein Auto, ein Jaguar war Mythos. Er hatte als Kind keine Spielzeugautos besessen, aber der Freund seines Bruders hatte die Klassiker der 40er und 50er Jahre von Jaguar im Miniaturformat. Er erinnerte sich gut an die Fachgespräche der beiden älteren Jungs, ihre Anbetung des E-Typs von 1961, des ›aufregendsten Sportwagens aller Zeiten‹ der ›eisernen Faust im seidenen Handschuh‹.

Ehrfürchtig näherte er sich dem Gefährt, strich ihm bewundernd über die mattblau glänzenden Flanken. Auch die neuen Modelle waren perfekt. Klassische britische Eleganz. Das war ein Jaguar XK, Coupé. Neulich erst war ein Bericht darüber in der ADAC-Zeitung gewesen. Fast 300PS und für schlappe 85 000 Euro zu haben. Baumann hatte nicht nur einen exklusiven Geschmack, sondern auch das nötige Kleingeld.

Neben dem Jaguar stand ein dritter Wagen. Provozierend schäbig und abgefahren.

Ein italienischer Kleintransporter, kantig und kompakt,

der knallrote Lack mit Kratzern und Dellen verziert. Passte zum Jaguar wie die Faust aufs Auge. Wie die Vollaro zu Baumann. Er hätte darauf schwören können, dass es ihr Wagen war. Zumal auf dieser Seite der Garage nicht vornehme Leere, sondern ein wildes Sammelsurium von Gartengeräten, Schaufeln und Säcken voller Erde lagerten.

Zwei Welten, der Nutzgarten, bäuerlich- archaisch, und die Parkanlage mit Zierbrunnen. Wie die beiden wohl miteinander ausgekommen waren? Nicht gut, wenn er an die Gleichgültigkeit des Handkehrers beim Tod ihres Enkels dachte. Trotzdem hatten sie zusammengelebt. Warum?

»Herr Büchner?«

»Hier bin ich.«

Michaux hatte sich bestimmt Sorgen gemacht. Tatsächlich wirkte der Luxemburger erleichtert, als er seinen Kollegen gesund und wohlbehalten aus den Tiefen der Garage auftauchen sah.

»Alles in Ordnung?«

»Sehen Sie mal. Ein Jaguar!«

»Ah ja.«

Täuschte er sich oder hörte er pure Gleichgültigkeit? Interessierte sich Michaux nicht für einen Jaguar? Der Mann war Hetero! Waren die nicht alle scharf auf heiße Wagen? Der Luxemburger verblüffte ihn immer wieder.

»Dahinten steht das Auto der Vollaro. Ein Transporter.«

Michaux nickte wissend. »Ein Fiat Fiorino. *Déi zwee reide net op engem Päerd*.«

»Bitte?«

»Die zwei reiten nicht auf einem Pferd, soll heißen: Sie sind sehr unterschiedlich.«

»Ihr Luxemburger habt es mit Pferden!«

Michaux grinste. »Wir sprechen bildhaft, gebrauchen Ausdrücke aus dem bäuerlichen Alltag.«

Natürlich, im bäuerlichen Alltag waren Jaguare eher selten,

zumindest in diesen Breitengraden. Vielleicht daher die fehlende Begeisterung?

»Kommen Sie mit in die Küche«, unterbrach der Luxemburger Büchners boshafte Gedanken. »Für das, was der Handkehrer da zubereitet, braucht er einen Transporter.«

Die Küche war nicht wiederzuerkennen. Baumanns Schöner-Wohnen-Paradies war zu einer italienischen Großküche mutiert.

Auf der vornehmen Chromanrichte drängelten sich bündelweise Karotten, Kartoffeln, Sellerieknollen, Zwiebeln neben Tellern mit dicken, rohen Fleischbrocken. Alle Herdplatten waren mit Töpfen besetzt, die um die Wette dampften und eine Symphonie verführerischer Gerüche absonderten. Trotz Schnupfennase roch Büchner die betörenden Düfte von Thymian und Salbei, warmem Olivenöl, brutzelndem Speck und duftendem Gemüse.

Auch der Küchentisch bog sich unter der Last rot- und grünglänzender Paprika, Brettern mit geschnittenem Pancetta, kleinen Plastikeimern, in denen schneeweißer Mozzarella schwamm, roten Tomatenbergen, gewaltigen Parmesanstücken, und über den Stuhllehnen wanden sich verführerisch Knoblauch- und Chiliketten.

Unberührt von all dem Chaos saß der Handkehrer auf einem Stuhl, das Huhn zwischen die Knie geklemmt, und rupfte, was das Zeug hielt.

Sie hob ihren Unterarm, wischte sich den Schweiß von der Stirn, ein schiefes Grinsen zu Büchner: »*Dio ci manda il cibo, il diavolo i cuochi*.«

Ratsuchend blickte Büchner zu Michaux, aber der zuckte nur mit den Schultern.

Die Alte lachte. »Dafür reicht dein Italienisch nicht, Klugscheißer. Das heißt: Gott schickt uns das Essen, der Teufel die Köche.«

»Interessant«, sagte Michaux, den der ›Klugscheißer‹ offensichtlich nicht weiter berührte. »*Dio ci manda il cibo, il diavolo …*?«

«*Il diavolo i cuochi*«, half sie weiter.

Büchner konnte zusehen, wie Michaux speicherte. Der Luxemburger zog die Stirn in Falten, wandte den Blick nach innen und blinzelte zum Abschluss. Ein interessantes Phänomen, aber nicht halb so interessant wie die Aktivitäten des Handkehrers.

»Für wen kochen Sie die Massen?«, fragte er.

»Für die Kinder«, war die prompte, etwas erstaunte Antwort.

»Welche Kinder?«

Aber der Mitteilungsdrang der Alten war versiegt. Sie stand auf, räumte einen Teil des Tisches frei, legte das jetzt nackte Huhn auf den Rücken und griff sich ein Messer.

Büchner befürchtete für seinen Magen das Schlimmste. Michaux ebenfalls, denn geschickt stellte er sich halb vor seinen Kollegen und wiederholte: »Welche Kinder?«

Die Alte durchtrennte die Sehnen und Bänder am Fersengelenk des Huhnes und mit schrägem Schnitt die Sehnen unterhalb der Flügel.

»Ich habe zwei Söhne, sieben Enkel und zwölf Urenkel«, teilte sie den Kommissaren gnädig mit.

»Ihre Söhne, das sind Herrn Baumanns Onkel. Und die kommen zur Beerdigung?«, bohrte der Luxemburger weiter.

»*Ti manca una rotella*?«

«Nein, mir fehlt kein Rad«, antwortete Michaux höflich. »Ich habe auch keine Schraube locker und noch alle Tassen im Schrank. Ich habe gefragt, ob Ihre Familie zur Beerdigung kommt.«

Mit zwei Fingern fasste der Handkehrer die Haut des Huhnes direkt über dem Kropf, ein zarter Schnitt, sie riss die Haut weiter auf, legte den Kropf frei und holte mit den Fingern die Speise- und Luftröhre aus dem Tier.

»Ich fahre nach Hause«, sagte sie bestimmt und schnitt ein kleines Loch in den Bauch des Huhns. »Ich fahre immer nach Hause. Alle sechs Wochen. Vorher koche ich für die Familie.«

Mit dem Messer schnitt sie von innen die Bauchdecke auf und entnahm Leber und Magen.

Vor Büchners innerem Auge erschien das Bild des toten Severin Baumann mit herausgerissenen Gedärmen. Ihm wurde flau. Er kniff die Augen zusammen, als er sie wieder öffnete, lag da einfach ein Huhn.

Er atmete durch, was in der von Essen getränkten Luft der Küche nicht einfach war. Michaux schien unter ähnlichen Assoziationen zu leiden, denn als die Alte dem Huhn das Messer in den After schob, blickte er beiseite. »Wo sind Sie zuhause, Frau Vollaro?«, fragte er den Herd.

Die Alte musste sein Unbehagen gespürt haben, denn sie lächelte leicht, als sie dem Huhn die Därme durch die Öffnung zog. »Bei Neapel.«

»Ah! Neapel.«

»Ah, Neapel, ah, Neapel«, äffte sie den Luxemburger nach. »Neapel ist nicht die Mafia! Nach der Beerdigung fahre ich.«

»Frau Vollaro.« Michaux' Ton war sanft, aber bestimmt. »Das haben wir besprochen. Sie fahren erst einmal nirgends hin.«

Ihr Wutschrei zeriss die Luft, und Büchner war nicht sicher, ob er in einem Fiebertraum oder in der Realität war. Mit fuchtelndem Messer stürzte die Alte zu Michaux. Selbst wenn Büchner gewollt hätte, war keine Zeit zum Reagieren. Gott sei Dank stoppte sie kurz vor dem Luxemburger und schrie mit schriller Stimme: »*Vaffanculo a Lei, a sua moglie, a sua madre! Andate via in culo*! *In culo!*«

Beschwichtigend hob Michaux die Hände, doch das Gekreische riss nicht ab. Die Kommissare verständigten sich durch Blickwechsel, dann traten sie den Rückzug an.

Noch im Garten hörten sie die Alte schreien: »*Ma sei un porco! Vaffanculo*!«

»Was schreit sie?«, fragte Büchner.

Michaux sah ihn an. »Das wollen Sie nicht wissen, glauben Sie mir.«

21.

Verdammte Scheiße, wie konnte er sich das antun? Durchgeknallt, das war die einzige Erklärung. Das lächerliche Ding würde in Flammen aufgehen, explodieren, vom Himmel stürzen. Und er mit.

Die bescheuerte Pantomime der beiden Saftschubsen, die synchron im Gang hampelten, die sonore Stimme mit Hinweisen auf Sauerstoffmasken, Lifevest under the seat und Notausgängen – die rechneten mit dem Schlimmsten, was sonst? Warum guckte die Blonde so komisch zum Cockpit? War etwas nicht in Ordnung? Neulich stand das in der Zeitung, von dem Pilot, der jahrelang besoffen am Himmel rumgegurkt war. Waren auch keine Heiligen, die Piloten.

Wenn die Sitze nur nicht so eng wären. Beine ausstrecken ging nicht. Übereinanderschlagen erst recht nicht. Eingepfercht in eine Sardinenbüchse.

Das Ding rollte. Wieso ging das so langsam? Bestimmt war was nicht in Ordnung.

»Ihr erster Flug?«, kam es vom Nachbarsitz.

Missmutig knurrte er zu Marie Weller herüber.

Die benahm sich, als würde sie jeden Morgen so eine Seifenkiste besteigen. Der würde er nichts auf die Nase binden. War doch seine Sache, wie oft er rumflog.

Überhaupt! War alles ihre Schuld. Er hatte nicht vorgehabt, nach Rom zu fliegen. Völliger Schwachsinn. Aber ihr dauerndes Gequatsche von wegen: »Noch-nie-in-Rom?-das-geht-doch-nicht-dann-müssen-wir-aber-der-Tatort-die-Kunst-undüberhauptundblablabla…« Und er? Wie ein Depp folgte er den Anwandlungen der schwachsinnigen Alten.

Hauser würde das natürlich gut finden. Quatsch, Hauser wär es scheißegal. Der saß in Amerika und labberte gemütlich mit irgendwelchen Museumshanseln.

Jetzt beschleunigte die Kiste ganz schön.

Boger krampfte die Hände um die Lehnen und stemmte die Beine gegen den Vordersitz. Der Vordermann ruckelte entnervt hin und her und drehte sich vorwurfsvoll nach ihm um.

Der sollte bloß die Schnauze halten, der Blödmann. Und sich gefälligst gerade setzen, das Ding nahm Anlauf, das durfte man nicht aus dem Gleichgewicht bringen.

Ein unvorsichtiger Blick durch das Bullauge zeigte eine rasende Welt. Boger kniff die Augen fest zu.

Als er sie öffnete, stand die Welt im Fenster Kopf. Auch das noch. Sterben war okay, aber bitte schnell.

Ergeben lehnte er sich zurück. Ein Gong ertönte, und die Weller räkelte sich neben ihm. Er hörte ein Klicken.

Was tat die Irre? Öffnete den Sicherheitsgurt? Egal, der alberne Strick brachte eh nichts.

Er riskierte einen vorsichtigen Fensterblick. Wenigstens flog das Ding jetzt gerade.

»Wir sind oben. Das Schlimmste haben Sie überstanden. Bis zur Landung …« Unheilvoll blieb der Satz in der Luft hängen.

»Wie? Was ist mit der Landung?« War das seine Stimme, die so krächzte?

»Start und Landung sind das Gefährlichste beim Fliegen. Allerdings sagen Fachleute, dass das Landen am riskantesten ist«, unkte es neben ihm.

Resigniert löste er seine verkrampften Finger von den Lehnen.

Sonnenlicht durchströmte die Kabine und weckte die

Hoffnung, wider Erwarten mit heiler Haut davonzukommen. Wieder riskierte er einen Seitenblick.

Unter ihnen lag ein schneeweißes Meer, Landschaften aus Watte. Hügel und Täler dickplustriger Wolken, an manchen Stellen sonnengolden, an anderen von so strahlendem Weiß, dass sie bläulich schimmerten. Eine Parallelwelt über dem schmutzigen Grau, aus dem sie losgeflogen waren. Unwirklich und eisig.

Es gibt Augenblicke, in denen die Zeit aus ihrer messbaren Bahn geschleudert wird. Er vergaß die unheildrohenden Geräusche, die das fliegende Ding produzierte, hörte nur von Ferne die Lautsprecherstimme, die mehrsprachig Getränke und idiotische Gewinnspiele anbot, nahm keine Notiz von den Mitreisenden, die sich häuslich einrichteten, Getränke bestellten, im Handgepäck kramten und in der engen Kabine schlechte Gerüche verbreiteten.

Er saß da und sah aus dem Fenster.

Auch die Weller bewegte sich nicht, sprach nicht, war, wie er, in eine andere Welt entkommen. Als die Lautsprecherstimme die baldige Landung verkündete, lächelte sie zu ihm herüber. Er lächelte zurück und schloss gottergeben die Augen.

Sein erster Flug. Wenn sie jetzt beim Herunterkommen starben, hatte es sich wenigstens gelohnt.

Die Landung war holprig, und in dem Moment, als er mit dem Leben abschloss, kam das Ding zum Stehen. Noch vor dem Signal, die Sicherheitsgurte zu öffnen, herrschte im Flugzeug rege Betriebsamkeit. Die Fluggäste sprangen von ihren Sitzen, zerrten Handgepäck aus den Fächern über ihren Köpfen, drängelten sich in den engen Gang, und jeder versuchte, als Erster zu entkommen.

Als sich die Türen öffneten, empfingen sie strahlender Sonnenschein und Temperaturen, die für Anfang Februar ungewöhnlich mild waren. In Italien hatte der Frühling begonnen.

Sie gingen zu Fuß über das Rollfeld, und Boger fror zum ersten Mal seit langem nicht.

Marie Weller übernahm die Führung. Sie durchquerten ohne Probleme die kahle Eingangshalle mit den Förderbändern, die die Gepäckstücke der Reisenden ausspuckten. Doch die meisten hatten Handgepäck, und vor der Zollabfertigung bildete sich eine kleine Schlange, die zügig in die Vorhalle von Rom/Ciampino geleitet wurde.

Marie Weller führte ihn, vorbei an Polizisten in schwarzen Uniformen, weißen Pistolengurten und weißen Mützen, auf den von Platanen umgebenen Vorplatz des Flughafens.

Sie ergatterten einen Platz in einem der überheizten Busse, der die Reisenden zum Zentrum karren sollte, und Boger klebte sich ans Fenster. Bei Bussen war es erfreulicherweise ausgeschlossen, dass die Welt sich auf einmal in Schräglage präsentierte.

Die Autobahn nach Rom entpuppte sich als enttäuschend schmale, einspurige Straße. Rechts und links lagen Felder, heruntergekommene Wohnwagenparks, vereinzelte Villen mit Palmen und Skulpturen in winterkahlen Gärten. Ab und an ragte auf freiem Feld ein mächtiges Gebäude in den Himmel, antike Wasserleitungen, wie Marie ihm erklärte.

Die Autobahn wuchs, wurde zwei- und dreispurig und erreichte die Vororte.

Ein hügeliges Auf und Ab auf Kopfsteinpflasterstraßen, vorbei an sechs- bis zehnstöckigen Mietshäusern mit rötlichen, granitgrauen oder marmorweiß leuchtenden Fassaden. Die Fenster trugen gegen die Sonne geschlossene Sprossenläden, und die allgegenwärtigen Balkone trugen die ersten Zitronenbäume und Grünzeug. Vereinzelte Fußgänger, die in selbstmörderischer Absicht über die Straße sprangen, trugen dagegen noch dicke Wintermäntel zu ihren Sonnenbrillen.

Der Verkehr war chaotisch, aber der Busfahrer schien, auch ohne Kennzeichnung, intuitiv zu ahnen, wann die Straße mehrspurig wurde. Rechts und links wurden sie von Vespas überholt, Laster brausten vorüber, und alle Autos testeten ihre Höchstgeschwindigkeit. Aber nachdem Boger den Flug überlebt hatte, konnte ihn der römische Verkehr nicht schrecken.

Marie Weller zeigte aus dem Fenster und machte ihn auf halbverfallene Gebäudereste, Kirchenkuppeln oder Palazzi aufmerksam.

Am Bahnhof Termini endete die Höllenfahrt, und steif vom langen Sitzen entkamen sie dem Bus. Wieder übernahm Marie die Führung und scheuchte ihn mit der Bemerkung »In Rom gibt es nur zwei Sorten von Fußgängern – schnelle und tote« über heftig befahrene Straßen.

Im Vorüberhasten sah er schmale Ladengeschäfte, Trattorien, Miniaturcafés, kleine Kirchen mit halbverfallenen Skulpturen in den Wandnischen und mit Dächern, auf denen Gras wuchs.

Die Gassen wurden enger, die Häuser höher, und nur noch vereinzelte Alimentari, winzige Lebensmittelläden mit Auslagen voller Früchte und Gemüse, die sanft gegen den Straßensmog dufteten, belagerten die Kreuzungen.

Ein sechsstöckiges Gebäude, das sich schmal und V-förmig gemeinsam mit seinen Nebengebäuden um einen lichtlosen Innenhof drängte, war ihr Ziel.

Sie erklommen ausgetretene Marmorstufen und enterten den schmiedeeisernen Fahrstuhl, der mit Boger allein schon völlig überfüllt war. Im sechsten Stock kündigte ein Metallschild den Hoteleingang an, und eine Frau, doppelt so breit wie lang, kam mit lauten Schreien auf die Weller zu. Erst nach einer Weile identifizierte Boger den Aufstand als freundliche Begrüßung. Auch ihm wurde ein gnädiges Nicken zuteil, und mit einem Schlüssel wurde er in ein Zimmer abgeschoben.

Er schloss die Tür hinter sich, lehnte sich dagegen und atmete durch. Zum ersten Mal, seit er in aller Herrgottsfrühe die Teufelsmaschine bestiegen und hier wieder ausgespuckt worden war, herrschte Ruhe!

Das Zimmer lag unter dem Dach, war höchstens sechs Meter lang und vier Meter breit und beherbergte außer zwei Betten nur einen einzelnen Nachttisch, eine Lampe und einen angeschrammten Kleiderschrank. Das angrenzende Bad war so winzig, dass Boger keine Chance sah, sich darin umzudrehen. Ein zerbrechlich wirkender Toilettensitz, ein Spiegel, ein Handwaschbecken in Miniaturformat und eine Dusche für Pygmäen entmutigten ihn vollends. Gut, dass sie nur eine Nacht blieben. Duschen war bei seiner Größe einfach nicht drin. Aber das Bett war stabil und halbwegs bequem, auch wenn seine Füße die Nacht im Freien verbringen mussten.

Ein schmales Fenster gab den Blick auf den Innenhof preis, der sich tief unter ihnen mit ausrangierten Vespas, Bauschutt und kaputten Kisten präsentierte. Aber in Augenhöhe, ein paar Dächer weiter, sah er eine Kuppel, geschmückt mit einer Skulptur. Boger wusste nicht, wen sie darstellen sollte, aber sie war umschwärmt von Vögeln, die sich auch nicht darum scherten und begeistert ein Wettfliegen veranstalteten.

Er öffnete das Fenster, die Luft schmeckte nach Autoabgasen und Frühling. Er war in Rom.

Ein Klopfen an der Tür riss ihn aus seiner Betrachtung.

»Na? Alles gut überstanden?«, fragte Marie Weller und betrat munter sein Kabuff. Offensichtlich hatte sie sich frisch gemacht. Ihre Augen blitzten, der weiße Zopf hing unternehmungslustig über ihrer Schulter, auf den Kopf hatte sie eine Sonnenbrille geschoben und den dicken Winterpullover gegen ein leichteres, strahlend blaues Modell getauscht.

»Sie brauchen eine Sonnenbrille«, ordnete sie an.

»Ich brauche ein größeres Bad«, widersprach er.

»Ihr Bad ist, im Vergleich zu meinem, ein Freiluftgelände mit Swimmingpool. Beschweren Sie sich nicht! Immacolata tut, was sie kann.«

»Immacolata?«

»Die Besitzerin. Sie ist Witwe, ich kenne sie seit Jahren.«

»Sie sprechen Italienisch?«

Marie Weller lachte. »Wenig. Aber wir verstehen uns trotzdem. Bei meinem ersten Besuch in Rom habe ich es mit allen möglichen Sprachen versucht. Mit Französisch oder Englisch haben Sie hier keine Chance. Sogar Holländisch habe ich probiert. Zuletzt hab ich es mit Latein versucht. Aber mit ›Ubi est Panthéon?‹ kommen Sie höchstens in die Klapse, nicht zum Tempel aller Götter.«

»Zum Tempel aller Götter?«

Sie sah auf ihre Uhr, rechnete. »Das schaffen wir nicht. Um fünf Uhr müssen wir spätestens in den Vatikanischen sein. Sie schließen um sechs.«

Ohne ihm Zeit zum Protestieren zu lassen, wirbelte sie aus dem Zimmer. Ergeben trottete er hinterher, um im Gang von der dicken Immacolata und einem Schwall unverständlicher Wörter abgefangen zu werden. Marie Weller nickte, grummelte, griff entschlossen seinen Arm und zog ihn zum Aufzug.

»Ich glaube, Sie gefallen ihr.« Als sie sein entsetztes Gesicht sah, kicherte sie dämlich.

»Liegt was in der Luft?«, fragte er misstrauisch, nachdem sie sich in den Aufzug gezwängt hatten. »Sie sind so aufgedreht.«

»Das ist das Kokain«, erklärte sie seelenruhig.

Sein Atem stockte. Heilige Scheiße, was sollte das denn?

»In der Luft«, fügte sie beruhigend hinzu. »Das habe ich gelesen. Angeblich liegt in keiner Stadt so viel Kokain in der Luft wie in Rom. Man atmet es ein. Ich finde das angenehm. Ganz ohne Geld zu verschwenden oder süchtig zu werden. Ist doch nett.«

»Sie sind frivol!«

»Im Ausland immer.«

Die Straße empfing sie mit Autogeräuschen, Stimmengewirr, Abgasen, Frühlingsdüften und – Kokain. Es stimmte, selbst er war auf merkwürdige Weise gutgelaunt. Ein Gefühl, das ihn nicht oft heimsuchte.

Sie schlenderten durch die Gassen, und ihm fielen die Brunnen auf. Fast an jeder Ecke stand ein steinerner Trog mit einem rostigen Kran, aus dem es sprudelte. Marie Weller stürzte jedes Mal hin und schöpfte sich eine Handvoll Wasser ins Gesicht. »Trinkwasser, überall und kostenlos. Ist das nicht toll?«

Das war es, vor allem, da die Sonne warm vom Himmel schien. Sie bogen in die Via Nationale und wurden von unzähligen Geschäften mit bunter Frühjahrsmode empfangen. An jeder Ecke stand ein Palazzo mit prächtiger Fassade, eine Kirche mit mannshohen Skulpturen oder Säulenbalustraden mit Torsi und steinernen Vasen. Je weiter sie sich vom Bahnhofsviertel entfernten, desto öfter mischten sich unter die Touristen, die man sofort an ihrem vernünftigen Schuhwerk erkannte, Italienerinnen, die zentimeterhoch über dem Kopfsteinpflaster stöckelten, und schicke Italiener in schwarzen Business-Anzügen. Natürlich alle mit Sonnenbrillen.

Zahlreiche Klöster säumten ihren Weg, aus denen Nonnen in schwarzer oder weißer Tracht oder zumindest in grauer Arbeitskleidung huschten. Oder junge Männer auf Abwegen. All die hübschen Priester, die ihnen entgegenkamen, wandelten ganz entschieden auf Abwegen, fand Boger.

Und dann entdeckte er die Kanaldeckel, die ihn freuten. Runde Erhebungen, manche schlicht, andere reich verziert, aber auf allen prangte das SPQR. Das kannte er noch aus seinem Lateinunterricht. Er zeigte es Marie, die sofort sagte: »*Sono porchi, questi Romani*. Schweine sind sie, diese Römer!«

»Moment.« Das wusste er besser. »Das heißt *Senatus Populusque Romanus*. Dem Senat und dem Volk von Rom.«

»Schon«, gab sie zu. »Zu Michelangelos Zeiten waren die Römer eben nicht beliebt.«

»Zu meinen Zeiten auch nicht«, gab er zurück. »Oder zumindest nicht der Lateinunterricht. Aber das SPQR stand sogar auf dem Lateinbuch. Ist das Einzige, das ich mir gemerkt habe.«

»Die Florentiner, die zu Michelangelos Zeiten in Rom gelebt haben, haben SPQR übersetzt mit ›Schweine sind sie, diese Römer‹. Immerhin sind wir wegen Michelangelo hier.«

Da war er sich nicht sicher, wenn er sie neben sich durch die Straßen hüpfen sah. Langsam setzte sich die Erkenntnis fest, dass sie ihn nur zu ihrem eigenen Vergnügen nach Rom gelotst hatte. Von wegen Tatort oder Kunstraub. Ihm sollte es recht sein. Sie waren hier, und es machte Spaß. Sollte sich Hauser ruhig beim Gettymuseum in Malibu amüsieren. Er war in Rom.

Der Detektiv-Job hatte einwandfrei Vorzüge. Musste er Gregor erzählen. Dem würde das gefallen.

Vor ihnen tauchte wie ein Fremdkörper ein weißer Prunkbau auf. Interessiert blieb Boger stehen, aber Marie warf ihm über die Schulter nur »Ein Denkmal für Vittorio Emanuele, das lohnt nicht« zu. »Kommen Sie, wir nehmen die 64!«

Gehorsam tappte er ihr nach und sah gerade noch ihren Rücken in einem Bus verschwinden. Er quetschte sich in das überfüllte Fahrzeug und klemmte sich hinter sie. Sie steckten fest wie Korken in der Flasche, keine Chance, sich zu bewegen, keine Chance, sich umzudrehen.

»Der 64er-Bus ist eine Berühmtheit«, erzählte sie über die Schulter. »Er fährt von Termini quer durch das Herz der Stadt bis zum Petersdom.«

Der Bus hielt wieder, noch mehr Menschen zwängten hinein, und eine Unterhaltung wurde vollends unmöglich. Aber Boger war so mit Sehen beschäftigt, dass er gar kein Interesse daran hatte. Es war heiß im Bus. Und laut. Menschengewimmel und Straßenlärm, über holpriges Katzenkopfpflaster hügelauf und hügelab. Vorbei an Häusern mit verschachtelten Dachgärten, unvermutet auftauchenden Kuppelbauten, riesigen Gebäuden mit mannshohen Statuen, Kirchen, Säulenfeldern, halben Mauern. Jahrhunderte rasten vorüber, und Boger wurde es schwindlig. Als sie den schlammgrünen, von steinernen Ufern umfassten Tiber erreichten, leerte sich der Bus allmählich.

Und dann sah er den Petersdom aufragen.

»Jahrhundertelang war das die größte Kirche der Welt«, erklärte Marie, als sie in einer Seitenstraße aus der 64 kletterten.

»Ich würde ihn gerne ansehen«, meinte Boger.

»Keine Zeit«, antwortete sie kategorisch und führte ihn zu einer riesigen Mauer, an der eine geduldige Menschenschlange wartete.

»Keine Zeit, keine Zeit«, maulte er. »Da bin ich einmal in Rom, und für nichts ist Zeit.«

Sie blieb unvermittelt stehen, fast wäre er in sie hineingelaufen. »Na, hören Sie mal! Sie wollten doch höchstens einen Tag her. Sie haben sich gesträubt, gequengelt und gemault, das Ganze eine Schnapsidee genannt. Wegen Ihnen haben wir für nichts Zeit!«

Gereizt zuckte er mit den Schultern. Was interessierte ihn sein Geschwätz von gestern?

»Vielleicht ist nachher Zeit«, meinte sie begütigend. »In zehn Minuten sind wir mit Vito am Haupteingang verabredet. Den Abend haben wir auch noch. Und zum Trost: Die vatikanischen Museen sind unglaublich.«

»Sie wollen doch nur in Ihre Sixtinische Kapelle.«

Ungerührt sah sie ihn an. »Genau!«

Bockig baute er sich neben ihr am Haupteingang auf und stand sich die Beine in den Bauch.

Typisch, da war er einmal in Rom und konnte nicht mal

ansehen, was er wollte. Er verschränkte die Arme vor der Brust und starrte böse auf die Menge, die an ihnen vorbeizog.

Neben ihm gluckste es: »Sie sind grässlich, wissen Sie? Sie gucken wie Damoxenes, bevor er dem Kreugas die Därme rauszog.«

»Ha ha ha!« Er stutzte. «Die Därme herauszog?«

»Zumindest stelle ich mir vor, dass der so grimmig schaute.«

»Moment! Damoxenes hat dem Kreugas die Därme rausgezogen?«

»Das hat Vito doch erzählt.«

»Nein. Er hat erzählt, dass es sich bei der Skulptur um zwei Krieger handelt und der eine den anderen bei irgendwelchen Spielen getötet hat. Der besiegte Sieger, das hat er erzählt. Von Därme rausreißen war keine Rede.«

»Ist ja egal.«

War es nicht. Boger fühlte zum ersten Mal seit heute Morgen wieder festen Boden unter den Füßen. Der Flug, die unglaubliche Stadt, die tausend Eindrücke, die auf ihn einstürmten – das alles hatte ihn verwirrt, ihn herausgeschleudert. Aber jetzt war er wieder er selbst, Manfred Boger. Vielleicht nicht besonders klug oder besonders gebildet. Aber er konnte eine Spur erkennen, wenn sie vor ihm lag. Därme herausziehen! Das hatte Gregor erzählt. Und so häufig war diese Todesart sicher nicht.

22.

Der Virus hatte den Würgegriff gelockert, und Büchner saß, schniefend, aber erleichtert, in der abendlichen SOKO-Sitzung. Michaux lieferte ihm einen Bericht über den gestern anwesend gewesenen Profiler. »*E sëtzt do, a kuckt dra wéi wann d'Henger em d'Brout geholl hätten*«, erklärte der Luxemburger.

»Ah ja.«

Michaux bemühte sich. »Er sitzt und schaut, wie wenn der Hunger ihm das Brot genommen hat.«

»Könnten Sie das präzisieren?«

Der Luxemburger überlegte kurz und meinte: »*En Drüpsert*. Ein Träumer. Schlapp, verstehen Sie?«

»Ohne Energie?«

Michaux nickte heftig. »Ein Schluck Wasser! So sagt ihr doch? Ich habe mehr erwartet, aber vielleicht liege ich ja quer.«

»Falsch! Sie liegen falsch.«

»Quer, das ist falsch.«

Büchner seufzte ergeben, dann wurde ihre Aufmerksamkeit zur Tür gelenkt, in der Memmler mit Hannes Pesch, einem Kollegen von der Wirtschaftskriminalität, auftauchte.

Büchner kannte Hans-Peter Pesch seit Jahren, aber dessen Verwandlung vom pickligen Jüngling zum Ray-Ban-Brillenbewehrten, blond gesträhnten Schwan überraschte ihn immer wieder. Am frappierendsten war nicht einmal die äußere Veränderung. Wer ihn heute sah, hätte unter der charmanten, professionellen Schale niemals den von unerträglicher Schüchternheit geplagten Jungen vermutet. Ohne viel Aufhebens setzte sich Pesch an das Ende der auf zwanzig Mann angewachsenen Runde.

Vorgestellt musste er nicht werden, und auf ein Handzeichen Memmlers kam er ohne Umschweife zur Sache: »Okay. Wir haben den Bankdirektor unter die Lupe genommen. Und sind fündig geworden. Henninger hat Dreck am Stecken.«

Büchner riskierte einen Seitenblick und sah, wie die Augen des Luxemburgers bei »Lupe« und »Dreck am Stecken« aufleuchteten. Möglich, dass Lëtzebuergesch eine bildhafte Sprache war, aber Deutsch war auch nicht ohne. Zumindest, wenn man dauernd in Erklärungsnotstand geriet. Mist, jetzt hatte er den Anschluss verpasst.

»... seit Ende der achtziger Jahre in Deutschland mit Geldwäsche zu tun«, hörte er Pesch referieren. »Eine der Globalisierungsfolgen, kennt ihr ja.«

»Erzähl nix«, fiel ihm Schiele ins Wort. »Die Luxemburger und die Wackese haben wir schon länger am Hals. Da braucht es keine Globalisierung.«

Die Männer lachten. Nur Michaux sah hilflos zu Büchner und fragte leise: »Wackese?«

»Lothringer«, erklärte Büchner.

»Europäisierung heißt das, was du meinst«, schoss Pesch zurück. »Aber Europa oder die Welt – ist für einen Saarländer gleich weit weg, was, Schiele?«

Schiele würdigte die schlagfertige Antwort durch einen beifällig erhobenen Daumen. Humor hatte er, selbst wenn es auf seine Kosten ging.

»Ich rede davon, dass der Internationalisierung von Wirtschaft und Welthandel auch die Internationalisierung der organisierten Kriminalität folgt«, fügte Pesch hinzu.

Rehn fixierte den selbstbewussten Kollegen über seinen Brillenrand: »Pecunia non olet, oder Geld stinkt nicht – für die Nichtlateiner. So habe ich es gelernt.«

Der Mann von der Wirtschaftskriminalität grinste. »Stimmt.

Der Gestank verschwindet, wenn es gewaschen ist. Der Begriff Geldwäsche stammt übrigens aus den zwanziger Jahren. Da haben Kriminelle ihre Gewinne aus illegalen Geschäften in ›*laundromats*‹ investiert, vollautomatischen Waschsalons, daher ›*money laundering*‹, sprich: Geldwäsche.«

»Und ihr meint, damit hatte Henninger zu tun?«, hakte Fat Man Memmler nach.

Pesch zuckte mit den Schultern. »Der Tipp stammt vom BKA. Die sind an ihm dran. Als wir angefangen haben, uns für ihn zu interessieren, sind sie nervös geworden. Sie schicken einen ihrer Jungs, einen gewissen Max Euler.«

»Der Herr verschone uns vor den Krawatten«, rief Schiele und verdrehte theatralisch die Augen.

»Wäre nett, wenn der Herr uns vor deinen Sprüchen verschonen würde«, knurrte Brand.

Wieder lachten alle, auch wenn die meisten Schiele im Innersten recht gaben. »Die Krawatten«, dieser Ausdruck für die Kollegen vom BKA war allen geläufig, und Büchner fand ihn aussagekräftig, auch wenn er selber welche trug. Pesch hielt sich auffallend zurück.

Büchner wusste, dass das BKA ihn seit Jahren abwerben wollte. Der Mann war gut, zu gut für seine Aufgaben beim Landeskriminalamt. Aber bis jetzt hatten sie auf Granit gebissen. Alle wunderten sich darüber, bis auf Büchner. Er wusste, dass Hans-Peter Pesch seit Jahren ein Verhältnis mit einem verheirateten Familienvater hatte und deshalb im Saarland bleiben wollte. Zufällig hatte er die beiden einmal in einer verfänglichen Situation zusammen gesehen. Pesch schien sich daran zu erinnern, denn er hatte Büchner nur zurückhaltend zugenickt. Na, von ihm hatte er sicher kein Outing zu befürchten!

»Könnten Sie uns fürs Erste einen Überblick über die Methoden der Geldwäsche verschaffen?«, fragte Kruse in bekannt näselndem Ton.

Der Wirtschaftsmann lehnte sich zurück, nahm seine Brille

ab und klopfte sich mit einem der Bügel gegen die werbeweißen Schneidezähne. »Geldwäsche ist die Transformation von illegalen in legale Vermögenswerte. Die Techniken reichen vom simplen Kauf und Verkauf luxuriöser Vermögenswerte, sprich Häuser, Schmuck, Autos, bis zu komplexen, internationalen Geschäftsverflechtungen.«

»Baumann und seine Häuser«, warf Michaux ein.

»Euer toter Immobilienmakler?«, fragte Pesch. »Möglich.«

Memmler hatte sich in seinem Stuhl zurückgelehnt und die Augen geschlossen. Ohne sich zu bewegen, murmelte er: »Wir haben in Deutschland das Geldwäschegesetz über das Aufspüren von Gewinnen aus schweren Straftaten. Der Straftatbestand der Geldwäsche ist: ›Verschleierung unrechtmäßig erlangter Vermögenswerte.‹«

»Bingo«, stimmte Pesch zu. »Und für die Verschleierung gibt es mehrere Möglichkeiten. Klaus Bayer, der Leiter der Finanzermittlungsgruppe des BKA, hat dafür ein Stufenmodell erstellt. Die erste Stufe ist das ›*Placement*‹, die Umwandlung von Bargeld in Buchgeld oder andere Vermögenswerte. Das läuft über Banken, siehe Henninger, über Spielbanken …«

»Siehe Baumann«, unterbrach Michaux aufgeregt.

Pesch zog seine Brille wieder auf und musterte den Luxemburger. »Richtig. Auch über Edelmetallhändler und Immobilienerwerb.«

»Wieder Baumann!«, erklärte der Luxemburger, freudig wie ein aufmerksamer Schüler.

»Dann folgt das ›*Layering*‹, das Verschleiern der illegalen Herkunft des Geldes durch komplexe Finanztransaktionen. Da treffen wir auf Offshorebanking, Undergroundbanking, Scheinfirmen und Scheingeschäfte.«

Büchner merkte mal wieder, dass er keinerlei Ahnung vom Finanzwesen hatte. Er verstand noch nicht einmal seine eigene Erklärung ans Finanzamt. Undergroundbanking?

»Der letzte Schritt«, machte Pesch weiter, »ist die ›*Integra-*

tion‹ das Einbringen des gewaschenen Geldes in den Wirtschaftskreislauf. Dazu dienen Investitionen in Hotelketten, Spielbanken, Supermärkte, Gaststätten, Firmen oder Firmenbeteiligung in Form von Krediten.«

Büchner war erschlagen von all den Informationen. Offshorebanking? Aber alle Kollegen nickten verständig, und er beschloss, sich diesbezügliche Fragen zu verkneifen.

»Henninger hat Scheinkonten in seiner Bank eingerichtet, auf die er immer wieder Beträge eingezahlt hat, die knapp unterhalb des Schwellenwerts der Identifikationspflicht liegen«, präzisierte Pesch seine Ausführungen.

Scheinkonten, das kapierte selbst Büchner.

»Ab 10000 Euro müssen die Banken den Transfer melden, oder?«, wollte Brand wissen.

»Genau. Ab dem Betrag von 10000 Euro sind die Kreditinstitute verpflichtet, die Identität des Kunden festzuhalten, und wenn ein begründeter Verdacht besteht, dass die Transaktion im Zusammenhang mit Geldwäsche steht oder stehen könnte, muss die Behörde informiert werden.«

»Moment mal.« Büchner war hellhörig geworden. »Wir reden von Bargeld, oder?«

»In der ersten Phase, dem *›Placement‹* geht es fast immer um Bargeld«, bestätigte Pesch, der Büchner nicht ansah, sondern über seinen Kopf hinwegredete. »Das sind meist Gelder aus Drogen-, Waffen- oder Menschenhandel. Eine Platzierung in das legale Banksystem ist eine der Grundbedingungen für erfolgreiche Geldwäsche. Keine andere Institution kann die Masse der zu waschenden Gelder schneller und effektiver transformieren und transferieren als die Banken. Das sind nach wie vor die zentralen Stellen der Geldwäsche. Wenn du einen Bankdirektor hast, bist du bei der organisierten Kriminalität fein raus.«

»OK – organisierte Kriminalität – Mafia. Hab ich's nicht gesagt?« Schiele sah herausfordernd in die Runde.

Diesmal stöhnte niemand oder wies ihn auf Vorlieben für schlechte Filme hin.

»Die Mafia? Im Saarland?«, konnte sich Büchner nicht verkneifen.

»In Deutschland!«, korrigierte ihn Pesch. »Deutschland ist für die Mafia wichtig, weil sie hier relativ ungehindert ihre Gewinne aus illegalen Geschäften investieren kann. In Italien laufen die Mafiosi seit 1982 Gefahr, dass ihre Besitztümer beschlagnahmt werden. Sie müssen nachweisen, dass Besitz rechtmäßig erworben ist, mit sauberem Geld. Wenn der Beweis nicht erbracht wird, kann konfisziert werden. Im Ausland, speziell in Deutschland, ist das einfacher.«

»Denkt an Joseph Focoso!«, fügte Memmler, immer noch mit geschlossenen Augen, hinzu.

»Wen?«, fragte Büchner, leicht entnervt. Nicht, weil er im Unrecht war, sondern weil Schiele mit seinen wilden Spekulationen vielleicht richtig lag.

Memmler öffnete seine Augen zu Schlitzen und blitzte Büchner an. »Spiesen-Elversberg kennst du. Ein kleines Kaff im Landkreis Neunkirchen. Mit freiwilliger Feuerwehr, Schützenverein und Gänselieselbrunnen. Sechs Jahre lebte dort Joseph Focoso bei seinen Eltern. Ein braver Sohn und nebenbei einer der meistgesuchten Mafiakiller. In Italien hat die Anti-Mafia-Behörde ein Telefonat abgehört, wonach klar war, dass er hier ist. Die Deutschen haben sich lange geweigert einzugreifen. Mafiazugehörigkeit ist bei uns kein Delikt.«

»Aber es gibt den Straftatbestand der kriminellen Vereinigung«, wandte Büchner ein.

»Na und?« Schneider warf einen gehetzten Blick in seine Richtung. »Dafür gibt es fünf Jahre. Das sitzt du mit der linken Arschbacke ab.«

»Jedenfalls haben die Italiener die Deutschen endlich überzeugt, bei der Familie Focoso eine Hausdurchsuchung zu machen«, fuhr Memmler ungerührt fort. »Und siehe da:

Einer der meistgesuchten Killer liegt im friedlichen Spiesen-Elversberg im Bett und schläft. Soviel zur Mafia im idyllischen Saarland.«

Abwehrend hielt Büchner beide Hände nach oben. »Ist ja gut! Die Mafia ist überall. Aber wieso werden Henninger und Baumann – gesetzt den Fall, sie arbeiten als Geldwäscher für die Mafia – wieso werden sie ermordet?«

»Falsche Frage«, sagte Rehn. »Wieso werden sie auf diese Weise ermordet? Das klingt nicht nach Mafia.«

»Stimmt«, gab Brand ihm recht. »Zu aufwendig, zu aufsehenerregend. Die Mafia hat andere Methoden. Erschießen, wenn es eine Strafaktion sein soll. Erwürgen, wenn sie unbequeme Mitarbeiter los werden wollen. Meist mit einer Drahtschlinge. Das ist effektiv und kostet nicht viel Kraft.«

Ein Erdrosselter. Mit Drahtschlinge. Verdammt, er musste Müntzer in Saarlouis kontaktieren.

»Was gibt's, Büchner?«, fragte Memmler. Wie immer schien der SOKO-Leiter nur halb anwesend zu sein, aber ihm entging nichts. Noch nicht einmal ein leises Zucken.

»Mir ist was eingefallen. Muss ich noch prüfen«, gab Büchner ausweichend zurück.

Die Tür öffnete sich stürmisch, ein Kollege kam herein, musterte die Runde und ging zielstrebig zu Memmler. Eine kurze, geflüsterte Unterhaltung, dann hieb Fat Man Memmler mit der Hand auf den Tisch und rief: »Schon wieder.«

Alle erstarrten. Das konnte nur eins bedeuten. Und richtig. Memmler wuchtete sich aus seinem Sitz und donnerte: »Der nächste Tote. In Kaiserslautern.«

23.

Der Vorfrühling hatte sich gemeinsam mit den letzten Sonnenstrahlen aus dem Staub gemacht. Erleichtert floh Boger vor der kalten Abendluft in die Gaststube.

Kaum eingetreten, baute sich vor ihm und Marie ein dickbäuchiger Alter auf, winkte barsch und bahnte ihnen einen Weg durch den langgestreckten Raum. Mit energischem Handfuchteln platzierte er sie an einem gut besetzten 10er Tisch, woraus Boger messerscharf schloss, dass der resolute Alte ihr Kellner war.

Bevor sie sich setzten, deutete Boger auf einen Bierkrug des Tischnachbarn und hob zwei Finger. Der Kellner registrierte die Geste, Boger nahm gegenüber von Marie Platz. Dann stutzte er. »Sie wollten ein Bier?«

»Hier ja«, stimmte sie zu und vertiefte sich in die Speisekarte, ein eng bedrucktes und in Folie geschweißtes Blatt, das auf dem Tisch lag. Boger sah sich um.

Die *Antica Birreria Peroni* hatte tatsächlich entfernte Ähnlichkeiten mit einem deutschen Brauhaus. Aber sie roch besser. Eine Mischung aus gekochtem Fleisch, frischem Gemüse, überbackenem Käse und südlichen Gewürzen. Das Mobiliar bestand aus blankgescheuerten Holztischen und Bänken, die roh verputzten Wände waren mit gemalten Girlanden von Weinranken und Hopfenpflanzen verziert. Stämmige Männer, dem Aussehen nach Söhne ihres schmerbäuchigen Kellners, flitzten mit Getränken und beladenen Tellern durch den Raum, riefen Bestellungen in die Küche und dirigierten die Gäste. Es war laut, hektisch und gemütlich.

Der Schmerbauch schlingerte durch den Saal, stellte im Vorbeigehen zwei Krüge vor Boger und platzierte drei Neuankömmlinge hinter ihm.

Bier. Er hatte schon befürchtet, in Italien Rotwein trinken zu müssen. Schmeckte ihm nicht wirklich, aber Alkohol war Alkohol.

Marie Weller war noch in die Speisekarte vergraben. Die gab es nur auf Italienisch, also überließ er ihr die Bestellung. Konzentriert murmelte sie vor sich hin: »Kutteln? Ich glaube, das sind Kutteln. Nein. Aber hier: Minestra d'arzilla. Suppe vom … Schwertfisch? Nein. Rochen? Oder doch was ganz anderes?«

»Nudeln. Wir könnten Nudeln nehmen«, schlug Boger vor, der gutgelaunt hinter seinem Bierkrug saß.

Marie löste sich von der Karte. »Die römische Küche ist gewöhnungsbedürftig. Viel ›quinto quarto‹, das fünfte Viertel, also das, was vom Tier übrigbleibt, wenn das eigentlich Essbare entnommen ist.«

»Armeleuteküche. Wie im Saarland.« Wohlgefällig musterte Boger seine Tischnachbarn, nette Römer, die sich lautstark unterhielten, dabei Undefinierbares in sich schaufelten und Unmengen alkoholischer Flüssigkeit nachkippten.

»Über Jahrhunderte war Rom eine der ärmsten Städte Europas«, erzählte die Weller, um gleich darauf den Blick wieder in die Karte zu senken und zu murmeln: »Bucatini All' Amatriciana, Nudeln in scharfer Tomatensoße mit Speck.«

»Treffer! Das nehme ich.«

»Vielleicht sollten wir auf Vito warten. Er kennt sich aus«, gab sie zweifelnd zurück.

Aber Boger hatte sich schon umgedreht und versuchte, mittels hektischer Armbewegungen ihren Kellner auf sich aufmerksam zu machen. »Nix warten!«, erklärte er kategorisch. »Ich verhungere.«

»Na, das wollen wir keinesfalls riskieren.« Sie klappte die Karte zu und hob einen Finger. Sofort kam der Alte, der mit einem der Söhne in eine familiäre Auseinandersetzung vertieft war, dienstbeflissen an den Tisch gewuselt. Sie gab die Bestellung auf.

»Wie haben Sie das gemacht? Bei mir hat er nicht reagiert«, fragte Boger.

Sie zuckte die Achseln. »Persönliche Ausstrahlung?«

Er knurrte.

»Okay, einfach Glück.«

Mit beiden Händen hob sie ihren Bierkrug und nahm einen langen Schluck. Müde sah sie aus. Der Fältchenkranz um die Augen zerknittert, um Mund und Nase hatten sich Furchen gegraben. Die waren vorher noch nicht da, darauf hätte er wetten können. Graue Strähnen hatten sich aus ihrem Zopf gelöst und umwehten ihr Gesicht.

War auch eine anstrengende Tour gewesen, in ihrem Alter. In der Sixtinischen Kapelle hatte sie wie ein kleines Mädchen ausgesehen, mit strahlenden Augen und einem Dauerlächeln. Sie hatte bewegungslos in der Mitte des Raums gestanden und sich umgesehen, als wolle sie alles in sich aufsaugen, kein Detail vergessen.

Unmöglich zu sagen, wie lange sie in der Kapelle gewesen waren, vielleicht stünden sie immer noch da, wenn nicht Miotti sich geräuspert und von Schließzeiten und Personal geschwafelt hätte.

»Sie hat Ihnen gefallen, die Sixtina«, sagte sie, als habe sie seine Gedanken erraten.

Gefallen war nicht das falsche Wort. Zunächst war er enttäuscht gewesen. Die schmalen Eingänge, das herrschende Halbdunkel. Der Raum war wenig feierlich, plump, ein rechteckiger, höhlenartiger Raum mit einem Tonnengewölbe. Aber das hatte es in sich.

Voll Verwunderung hatte er die ganzen Bibelgeschichten

auf der bemalten Decke erkannt. Wie Gott Finsternis und Licht schuf, das Wasser vom Land trennte. Die Erschaffung Adams. Das Motiv, Gott reicht Adam die Hand, kannte er von tausend Postkarten und Postern und hatte nie gewusst, dass es von Michelangelo war. Menschen und Götter sahen kraftvoll aus, mehr gemeißelt als gemalt. Ihnen traute man zu, die Erde zu schaffen und zu bevölkern.

Dann hatte er das *Jüngste Gericht* an der Wand hinter dem Altar entdeckt. Ein grausames Bild, auf dem ein mitleidloser Gott über eine ängstlich zusammengekauerte Menschheit sein Urteil fällte. Ein böses Bild, es rief in ihm ein altvertrautes Gefühl wach, das er bei besonders grausamen Verbrechen oft hatte. Sinnlosigkeit, kein Erbarmen, eine Welt, in der es schwer war zu leben. Zu schwer.

»Wie hat er die riesigen Figuren auf die Decke gebracht?«, fragte er, um auf andere Gedanken zu kommen.

»Freskenmalerei, eine interessante Technik. Der Name kommt von ›affresco‹ das heißt: ins Frische«, erklärte sie bereitwillig. »Sie können Wände verputzen?«

Natürlich konnte er das.

»Wusste ich's. Sie haben so etwas Heimwerkerartiges«

War das Ironie? Bei ihr war er nie sicher.

»Also: Sie verputzen die Wand. Dann mischen Sie Farbpigmente in Kalkwasser und tragen das Gemisch auf den feuchten Kalkputz auf. Beim Trocknen entsteht eine unlösliche, farbige Kalkputzschicht. Putz und Farbe müssen Sie aber am selben Tag auftragen. Es gibt keine Möglichkeit zur Korrektur, falls Ihnen was danebengeht.«

»Ich kann verputzen, aber nicht malen«, erklärte Boger. »Höchstens Strichmännchen.«

»Dann müssen Sie ihre Strichmännchen erst auf Kartons zeichnen. Sie tragen den Putz auf, pressen die Kartons dagegen, und mit einem Elfenbeingriffel drücken Sie die Umrisse der Männchen in den weichen Putz. Punktieren heißt das.

Dann ziehen Sie die Umrisse mit schwarzer Farbe nach, eine zweite, dünne Putzschicht drüber, und dann können Sie die Farben auf den noch nassen Verputz auftragen.«

»Viel Aufwand für Strichmännchen.«

»Noch mehr Aufwand für die Figuren, die wir heute gesehen haben. Aber so hat Michelangelo es gemacht.«

Ihr Kellner kam mit Schwung um die Ecke und stellte zwei Teller, randvoll mit dampfenden Nudeln in blassrosa Soße, vor ihnen ab.

Nicht gerade verheißungsvoll fand Boger und suchte nach einem Löffel.

»Kein Löffel! Das gilt in Italien als unfein. Machen nur die dummen Deutschen«, kam es von gegenüber.

»Und wie soll ich die Dinger essen?«

Statt einer Antwort piekste die Weller ihre Gabel in den Haufen, drehte sie ein paar Mal und hatte ein handliches Päckchen aufgespießt. Boger versuchte es ihr nachzumachen, aber bei ihm klappte es nicht. Entweder bekam er eine Miniportion auf die Gabel, oder der ganze Teller wickelte sich darum.

»Ächzen Sie nicht«, kam es von gegenüber. »Vor einem vollen Teller verhungert niemand.«

Da war er sich nicht so sicher. Endlich schaffte er ein halbwegs geglücktes Päckchen und schob es sich rasch in den Mund, bevor die glitschigen Nudeln entkommen konnten.

Es schmeckte himmlisch. Würzig und nach reifen Tomaten. Das unscheinbare Äußere trog, in seinem Mund fand eine Geschmacksexplosion statt. Gut, dafür lohnte sich die Mühe. Konzentriert arbeitete er sich durch seinen Teller.

»*Buon appetito*!« Miotti war zu ihrem Tisch getreten und begrüßte Marie mit einem Wangenkuss. Als sie sich vor dem Tor der vatikanischen Museen getroffen hatten, war er zurückhaltender gewesen.

Wie durch ein Wunder kamen gleich zwei Kellner an ihren Tisch gesprintet. Ihr Schmerbauch machte das Rennen.

»*Come va, Signor Miotti?*«

«*Molto bene, grazie Stefano.*«

Offensichtlich verkehrte er hier, was Boger wunderte. Immerhin war das Lokal einfach, und bei einem Museumsdirektor hätte er gehobenere Ansprüche vermutet. Aber Miotti war immer für eine Überraschung gut.

Wie er sich jetzt entspannt am Tisch niederließ, mit dem Kellner unverständlich plapperte und zu Marie lächelte, wirkte er direkt sympathisch.

Zwei Gäste versuchten, ohne Anweisung des Alten oder der Söhne einen freien Platz zu ergattern. Sofort ließ Schmerbauch vom Vatikan ab, scheuchte die Unverschämten wieder auf und verbannte sie zur Strafe in den hintersten Winkel des Saals.

»Hat Ihnen der Rundgang durch das Museum genutzt?«, fragte Miotti und knöpfte sich die Anzugsjacke auf.

Wenn Boger ehrlich war, nicht besonders viel. Natürlich hatte er die *Galleria del Candelabri* gesehen, den Platz, von dem die Skulptur gestohlen worden war. Dorthin waren sie zuerst marschiert. Die Sixtina hatten sie nach Museumsschluss besichtigt, ganz alleine, ohne Touristen. Offensichtlich ein Geschenk für Marie, sie hatte sich überschwänglich bei Miotti bedankt. Wenn er sich nicht täuschte, mit feuchten Augen. Boger fand das übertrieben, aber was verstand er schon?

»Wie gesagt, am Tag des Diebstahls war ein Teil der *Galleria* abgesperrt, wegen Arbeiten an den Befestigungssockeln. Nur so kann der Dieb die Skulptur entwendet haben.«

Boger kniff die Augen zusammen und nickte. Interessiert, wie er hoffte. Dabei nutzte ihm das nichts, nicht nach so langer Zeit. Die Spur am Ort des Diebstahls war nicht kalt, die war erfroren.

»Haben Sie mir den Pansanias mitgebracht?«, fragte er stattdessen.

»Pausanias«, berichtigte der Vatikan und nahm erfreut von Schmerbauch sein Bier und einen Teller in Empfang. Sofort begann er, zu Bogers Missvergnügen äußerst elegant, die Gabel in seine Pasta zu schrauben. Wieso funktionierte das bei allen, nur bei ihm nicht? Traurig betrachtete er die übriggebliebenen Nudeln auf seinem Teller, die ihn einsam und erkaltend anstarrten.

Der Vatikan schnipste in Richtung des Kellners, rief etwas, und eine Sekunde später lag vor Boger – ein Löffel.

»Damit Sie nicht verhungern«, meinte Miotti.

»Aber Frau Weller ...«

»Marie hat Ihnen wahrscheinlich gesagt, Sie dürften in Italien keinen Löffel benutzen?«

Boger nickte, fasste Löffel und Gabel fester und begann zu schaufeln.

»Du bist eine Hexe«, sagte der Vatikan zu Marie, die mit den Schultern zuckte und meinte: »Ohne Druck lernt er es nie.«

»Sie sind in Rom«, wandte sich Miotti ihm zu. »Was denken Sie, wie viele Touristen wir täglich haben? Für die Zukunft: Glauben Sie Marie nur die Hälfte.«

»Petze!«, schnauzte die Weller.

»Schlange!«, gab Miotti zurück.

Boger grinste und schaufelte.

»Liebste Schlange, ich habe nicht nur den griechischen Geschichtsschreiber für Herrn Boger im Gepäck, sondern auch ein paar Worte deines Freundes.«

»Meines Freundes?«, biss sie sofort an.

»Ihr wart in der Sixtina und habt die fast siebenhundert Figuren betrachtet, die euch Michelangelo geschenkt hat. Aber habt ihr auch an den Maler gedacht?« Mit diesen Worten zog Miotti ein Blatt Papier aus der Tasche und las:

Marie Weller jauchzte und setzte sich erwartungsvoll zurecht. Mit tönender Stimme las Miotti:

> *Bei dieser Mühsal wuchs ein Kropf mir, dick,*
> *wie er vom Wasser in der Lombardei*
> *den Katzen wächst, dort, oder wo es sei;*
> *den Bauch sieht kleben unterm Kinn mein Blick.*

»Er hat im Liegen gemalt, unter der Decke. Jahrelang. Können Sie sich das vorstellen?« Marie sah ihn mit leuchtenden Augen an.

Nein, konnte er nicht. Aber bevor er etwas sagen konnte, fuhr Miotti fort:

> *Der Bart starrt himmelwärts, und das Genick*
> *Fühl ich am Buckel und die Brust wie bei*
> *Harpy'n. Mein Pinsel tropft, die Kleckserei*
> *Macht mir aus dem Gesicht ein Mosaik.*

»Ich habe gelesen, dass Michelangelo einmal sogar glaubte, blind zu werden. Von der Farbe, die ihm beim Malen immer ins Gesicht tropfte«, wandte sich Marie Weller wieder zu Boger.

»Das ist von Michelangelo, das Gedicht?«, gab er halblaut zurück.

Sie nickte heftig. »Weiter!«

> *Die Nieren traten in den Bauch, das Becken*
> *drück ich heraus, das Gleichgewicht zu finden,*
> *und blindlings hat mein Fuß den Schritt erwogen.*
>
> *Vorn dehnt die Haut sich immer mehr vom Strecken,*
> *und vom Mich-Biegen wird sie runzlig hinten;*
> *ich krümme mich so wie ein Syrerbogen.*

Und fälschlich und verlogen
wird auch mein Urteil, das jetzt fällt mein Geist;
mit krummem Blasrohr zielt man schlecht zumeist.

Doch du, Giovanni, weißt
mir zu verteid'gen Werk und Ehre recht;
ich bin kein Maler, und mein Platz ist schlecht.

Die Weller klatschte freudig in die Hände. »Hört sich nicht gut an«, meinte Boger kauend.

Miotti lächelte und reichte ihm das Blatt. »Zum Andenken. Marie hat die Sonette sicher schon.«

Gedichte hatte der auch geschrieben. Ein Teufelskerl, dieser Michelangelo. Aber ihn interessierte etwas anderes.

»Was sagt denn dieser Geschichtsschreiber?«

»Hier.« Der Vatikan zog ein zweites Blatt aus seiner Anzugsjacke und reichte es Boger. »Pausanias, Beschreibung Griechenlands, achtes Buch, vierzigstes Kapitel. Der Zweikampf von Kreugas und Damoxenes.«

»Das ist Französisch«, murrte Boger nach einem kurzen Blick auf das Papier enttäuscht.

»Geben Sie her«, unterbrach ihn die Weller. »Dann kann Vito in Ruhe essen.« Sie nahm das Blatt und begann: *»Desgleichen handelten die Argeier an Kreugas, einem Faustkämpfer aus Epidamnos. Die Argeier verliehen nämlich Kreugas den Siegeskranz der Nemeischen Spiele posthum, da Damoxenes aus Syrakus, sein Gegner im Kampf, die von ihnen miteinander eingegangene Abmachung übertreten hätte. Als ihnen nämlich drohte, dass während ihres Boxkampfes die Dunkelheit hereinbricht, vereinbarten sie, für die Öffentlichkeit vernehmbar, dass sie abwechselnd einer von dem anderen einen Schlag entgegennehmen würden.«*

»Der Boxkampf war also unentschieden verlaufen und sollte durch eine Art ›Elfmeterschießen‹ entschieden werden«, erklärte Miotti. »Sie sind doch noch nicht satt, oder?«

Das war er wirklich nicht, und erfreut sah er, wie Miotti den betriebsamen Alten beiwinkte und ihm einen Auftrag gab.

»Pasta, das ist Vorspeise«, sagte er zu Boger gewandt.

»Vito, du bist verfressen«, meinte die Weller, noch über das Blatt gebeugt.

»Hör mal, wir sind erwachsene Männer, keine Vögelchen wie du. Außerdem ist es meine Pflicht als Gastgeber, dass unser Freund nicht nur Kultur zu sich nimmt, sondern auch Nahrhaftes.«

»Diese Argeier haben mit bloßen Händen geboxt? Handschuhe gab es sicher nicht?«, fragte Boger, der bei »verfressen« zusammengezuckt war.

»Die Faustkämpfer boxten mit weichen Riemen aus Rindsleder, die miteinander verflochten waren. Die Riemen wurden vom Handgelenk um die Innenfläche der Hände befestigt, um die Finger nackt und freizuhaben«, gab Miotti bereitwillig Auskunft.

»Wollt ihr weiter hören oder nicht?«, fragte die Weller. »Jetzt kommt das Interessante.« Ohne eine Antwort abzuwarten, fuhr sie fort: *»Jedenfalls gab jetzt der eine* – also Kreugas – *dem Damoxenes einen Schlag auf den Kopf.«*

»Mit den Lederriemen war das bestimmt verdammt schmerzhaft«, meinte Miotti und orderte neue Bierkrüge.

»Damoxenes forderte den Kreugas auf, seinen Arm zu heben«, machte Marie Weller weiter. *»Als er ihn nun erhob, rammte er* – also Damoxenes – *seine Finger ihm senkrecht von unten in die Seite, vermittels der Schärfe seiner Fingernägel und der Heftigkeit seines Schlages drang seine Hand in das Innere, ergriff seine Eingeweide, holte sie heraus und zerriss sie.«*

»Vermutlich wollte der arme Damoxenes seinem Gegner einen anständigen Leberhaken versetzen, plötzlich hatte er die Eingeweide in der Hand und ›ergriff‹ die Gelegenheit«, meinte Miotti und nahm dem Schmerbauch zwei neue Krüge für sich und Boger ab.

»Die Därme rausreißen … Na, dafür hat er keinen Siegeskranz verdient, der Damoxenes«, sagte Boger nachdenklich.

»So sentimental waren die Argeier nicht«, antwortete Marie. »Der Sieg wurde ihm nicht wegen des Tötens, sondern wegen Regelwidrigkeit aberkannt. Hört mal: ›*Kreugas gab auf der Stelle seinen Geist auf; die Argeier aber verjagten Damoxenes, weil er die Abmachung übertreten und statt eines einzigen eine Vielzahl von Schlägen gegen seinen Gegner verwendet hatte; Kreugas aber erkannten sie posthum den Sieg zu und ließen ein Standbild in Argos anfertigen. Es stand bis zu meiner Zeit im Tempel des Apollo Lykios.*‹ Soweit Pausanias.«

»Und Michelangelo hat den beiden ein Denkmal gesetzt. Prost.«

»Das sagst du!«, gab Marie Weller zurück. »Ich bin nach wie vor nicht überzeugt, dass die Skulptur von Michelangelo ist. Dich treibt die Entdeckerlust des Historikers.«

»Wie auch immer«, erwiderte Miotti friedfertig. »Mich interessiert, warum die Geschichte der beiden Kämpfer sie so interessiert, Herr Boger? Was hat das mit dem Diebstahl der Skulptur zu tun?«

»Das weiß ich nicht genau«, antwortete Boger. »Ich muss etwas nachprüfen.«

»Sie weichen aus«, stellte Miotti scharfsinnig fest.

In diesem Moment trat der Kellner mit überirdischem Lächeln an den Tisch und stellte vor den Männern köstlich duftende Teller mit riesigen Fleischstücken nieder.

»Ahhh!« Mit der Hand wedelte sich der Vatikan den Geruch zur Nase. »Wir haben hier eine Art römischer Haxe. *Buon appetito*!«

Das ließ sich Boger nicht zweimal sagen.

24.

Die toten Augen blickten in Bronzeaugen.

»Auch nicht dass, was ich als Letztes auf dieser Welt sehen möchte. Ist ja wie beim ›Jüngsten Gericht‹.« Kommissar Koldehoff von der Mordkommission Kaiserslautern hockte neben dem Toten und sah nach oben zu der dunklen Skulptur, die mit ihrer Fanfare auf der Mauer lagerte.

»Was ist das hier?«, fragte Büchner und blickte sich in dem tief gelegenen Karree um.

»Ein Rasentheater«, antwortete Koldehoff abwesend, offensichtlich damit beschäftigt, sich die letzten Sekunden des Toten vorzustellen. »Die Skulptur ist der *Turmbläser*. Eigentlich mag ich den.«

Ein Rasentheater also, was immer das sein sollte. Büchner erinnerte es an ein winziges Amphitheater mit tief gelegener Spielfläche und einer Zuschauertribüne, deren Stufen nicht aus Stein, sondern mit Gras bewachsen waren. Von einer Seite war das »Theater« durch eine rote Backsteinmauer begrenzt, auf der die Bronze-Skulptur lag. Ein unheimliches Ding, bestimmt zwei Meter lang, nackt und sehr dürr, fast ein Gerippe. Der Turmbläser lagerte zur Gänze auf der Mauer, der Kopf und ein Teil des Oberkörpers ragten darüber hinaus nach unten. Überdimensioniert große Hände hielten eine Fanfare in der Hand, ein langes, elegantes Instrument, das Büchner von mittelalterlichen Engelsdarstellungen kannte. Die Fanfare des Jüngsten Gerichts, da lag Koldehoff nicht falsch.

Der graubärtige Pfälzer erhob sich aus der Hocke. Büchner

konnte seine Gelenke knacken hören. »Kein schöner Tod«, murmelte er und starrte auf den ausgeweideten Körper.

Kein schöner Tod? Das war ein Paradox. Jeder Tod war grausam. Und zu früh.

»Sieht wie eine Opferung aus. Inszeniert. Oder kommt mir das nur so vor, weil er im Rasentheater liegt?«, fragte Koldehoff.

Büchner schüttelte den Kopf. Nein, auch der dritte Schauplatz war sorgfältig gewählt. Zuerst die Weinberge, mit Ausblick auf die Stadt, die aussah wie aus einer Spielzeugkiste gebaut. Dann der Schulhof, ein steinernes Mausoleum. Und jetzt das! Der Tote auf der Bühne.

»Wie kann jemand so etwas tun?«

Was sollte Büchner antworten? Noch dazu einem Hauptkommissar, der ein Leben lang bei der Mordkommission arbeitete und der, an schreckliche Verbrechen gewöhnt, fassungslos vor dem Grauen stand.

»Unser Profiler meint, der Mörder sieht sein Opfer nicht als Mensch.«

»Als was dann?«, fuhr der Pfälzer auf. »Das Opfer steht ihm gegenüber, er sieht in seine Augen, fühlt sein Fleisch. Das ist doch nicht wie Hühnerschlachten!«

Schlechtes Beispiel, dachte Büchner, dem sich bei der Erinnerung an die Vollaro kurz der Magen hob. Aber die Hühnergeschichte war gar nicht schlecht gewesen, er konnte den Toten ansehen, ohne sich auf etwas anderes konzentrieren zu müssen. Oder gewöhnte er sich daran?

Büchner hob den Blick. Das Rasentheater, nur sechs auf sieben Meter groß, wimmelte von Leuten. Auf den breiten Stufen hatte die Spurensicherung ihre Gerätschaften aufgebaut und untersuchte jeden verkümmerten Grashalm. Lücke und Michaux hockten vor dem Kleiderhaufen, und Lücke stocherte mit einer Art Zange darin herum. Die Bereitschaftspolizisten, die das Ganze weiträumig abgesperrt hatten, standen an der Markierung, unterhielten sich leise und sahen zu ihnen herunter. Saarländische und pfälzische Kriminaltechniker waren dabei, die Scheinwerfer gegen die anbrechende Dämmerung aufzustellen, ein paar Meter entfernt standen wartende Sanitäter.

Nur der Tote lag still und sah zu der Bronzefigur, die ihm ihr stummes Lied blies.

»Wisst ihr, wer er ist?«, fragte Büchner.

»Ein Versicherungsmakler aus Kaiserslautern. Fabian Leuter, zweiunddreißig Jahre alt, ledig. Fährt einen Porsche, der Wagen steht auf dem Parkplatz der Gartenschau.«

»Wie ist er reingekommen? Das Gelände ist doch abgesperrt?«

»Die Kollegen untersuchen den Eingang am Neumühlenweg. Da ist nichts aufgebrochen, aber wir haben einen Spezialisten. Der kann feststellen, wann das Schloss zuletzt benutzt wurde, zumindest ungefähr.«

»Die anderen Eingänge?«

»Wir sind dran.«

Büchner nahm aus den Augenwinkeln eine Bewegung wahr. Neben der Bronzefigur, direkt hinter der Mauer, stand ein Unbekannter. Groß und sehnig, mit raspelkurz geschorenem, grauem Haar.

»Ist der von euch?«, fragte er halblaut den Pfälzer Kollegen.

»Mist! Presse!«, knurrte der zurück. »Hey, Sie! Was machen Sie da?«

Der Mann reagierte nicht. Stand da, die Hände in den Manteltaschen, und sah zu dem Toten hinunter.

Mit einem gemurmelten »Scheiße« machte sich Koldehoff an den Aufstieg. Die Seite des Rasentheaters, auf der der Tote lag, hatte keine Stufen, sondern eine bewachsene Schräge, die nach oben führte. Durch den Schneematsch der letzten Tage war der Winterrasen rutschig, und Koldehoff musste sich zwei Mal mit den Händen abfangen, um nicht zu stürzen. Dadurch hatte er die Aufmerksamkeit des Unbekannten erregt, der den Kopf zu ihm gedreht hatte. Auf den letzten Metern rief der Pfälzer: »Die Presse hat keinen Zutritt! Wie sind Sie reingekommen?«

Die Antwort war leise, Büchner konnte sie nicht verstehen. Aber Koldehoffs Körpersprache änderte sich, es sah nicht mehr aus, als wolle er den Eindringling verscheuchen. Michaux trat zu Büchner. »Derselbe Täter, das steht fest«, meinte der Luxemburger bedrückt.

Der Täter erweiterte den Radius, hielt sich aber strikt an das Tatmuster. Der Wind frischte auf, und Büchner vergrub sich tiefer in seinen Mantel. Die Erkältung machte ihm noch zu schaffen, auch wenn Schnupfen und Husten auf ein erträgliches Maß geschrumpft waren. Die SOKO würde sich jetzt um Pfälzer Kollegen erweitern. Gut so, wie es aussah, wurde der Fall immer komplexer. Wenn es gar kein Einzeltäter war? Unsinn, es musste einer sein.

Wie lockte er seine Opfer in abgeschiedene Gefilde? Überredete sie, sich bei den Temperaturen auszuziehen? Tötete sie brutal und verschwand? Auch hier konnten sie kaum mit Zeugen rechnen. Das Gartenschau-Gelände lag außerhalb der Stadt, und um diese Jahreszeit wimmelte es nicht gerade von Mitarbeitern und Angestellten.

»'t ass mer greng a giel virun den Ae ginn«, murmelte Michaux neben ihm.

»Wie bitte?«

»Die Tiere – da wird einem grün und gelb vor den Augen. Schwindelig, das meine ich.«

Tatsächlich umrahmten riesige Dinosaurier aus Plastik das gesamte Gelände. Die Urzeitriesen wirkten an einem strahlenden Sommertag bestimmt pittoresk, aber heute waren sie irreal und unheimlich. So unwirklich wie der ausgeweidete Tote, der unter dem Bronzebläser lag. Koldehoff redete auf den Unbekannten ein, der ihm seltsam abwesend zuzuhören schien und dabei mit den Fingerspitzen über die rote Sandsteinmauer strich.

Auf einmal hatte Büchner genug. Genug von wimmelnden Kollegen, den Routinearbeiten der Abteilungen, Michaux' luxemburgischen Redewendungen, dem blutigen Leichnam, dem kahlköpfigen Fanfarenbläser und diesem Ort.

Er bekam keine Luft mehr, wandte sich ab und stieg die Rasenstufen hoch, konzentrierte sich einzig auf die fünf Stufen, dreißig Zentimeter hoch und fünfzig breit, von braunen Grasnarben bedeckt. Das einzig Reale in einer verschwimmenden Welt.

Oben angekommen, atmete er tief. Die breite Rasenfläche, die sich vor ihm dehnte, war an einigen Stellen von kreisrunden oder viereckigen Flächen unterbrochen, die mit Torf bedeckt waren. Beete, die auf den Frühling warteten. Ein paar Meter weiter stand ein Gebilde aus Sandstein. Er ging näher. Ein Rahmen aus Stein, in der Mitte eine Steinplatte quer gestellt, so dass nur oben und unten kleine Dreiecke zum Durchsehen blieben. Wie in Trance umrundete er das Gebilde.

»Kein Ausweg«, sagte jemand hinter ihm. Er drehte sich um. Der Unbekannte stand hinter ihm.

»So heißt die Skulptur: *Kein Ausweg*.«

»Ah.«

»Max Euler, BKA. «

Das also war die angekündigte Unterstützung vom Bundeskriminalamt. Bei näherem Hinsehen hielt der Mann, was er von weitem versprochen hatte. Er war groß, sehnig, auf dem Sprung. Zumindest schob sich, trotz der Ruhe, mit der er Büchner und die Skulptur betrachtete, der Eindruck von Wachsamkeit, Alarmbereitschaft in den Vordergrund. Ein maskenhaftes Gesicht, schwierig, darin zu lesen, und Augen von der Farbe des Februarhimmels.

»Gregor Büchner, LKA«, gab Büchner knapp zurück.

»Sie sind das also.«

Wie? Wer war er also?

Der BKA-Mann strich über den Stein der Skulptur. »Nicht vom Kröckelschen Bruch.«

»Bitte?«

Mit einer kaum merklichen Kopfbewegung deutete der Mann vom BKA zu der massigen Felswand, die sich rechts von ihnen erhob, das Gelände begrenzte und einen eindrucksvollen Hintergrund für die Urzeittiere lieferte. »Ein Naturdenkmal. Der Kröckelsche Bruch. Über hundert Meter Felsenzone. Hat grobkörnige, meist Geröll führende bankige Sandsteine. Die wurden gerne als Werksteine genutzt.«

»Sie sind aus der Gegend?«

Der Mann schüttelte den Kopf. Endlich ließ sein Blick Büchner frei und wandte sich der Skulptur mit dem sprechenden Namen zu. Büchner folgte seinem Blick, sah, wie Euler die Hand ausstreckte und sie langsam auf den Sandstein legte. Die Geste war seltsam intim. Büchner wandte den Blick ab, als hätte er den Fremden bei einer Obszönität ertappt.

»Herr Büchner?« Am Rand des Rasentheaters stand Michaux, rief und machte Zeichen, er solle näher kommen. Büchner folgte der Aufforderung, hatte aber den ganzen Weg über das unangenehme Gefühl, als würden sich die Augen des BKA-Mannes in seinen Nacken bohren.

»Kommissar Pesch von der Wirtschaftskriminalität hat Interessantes im Wagen des Opfers gefunden. Wir sollten uns das ansehen«, erzählte der Luxemburger.

Büchner machte Koldehoff ein Zeichen, dass sie gehen wollten, und drehte sich um. *»Kein Ausweg«* stand verlassen und unbeachtet gegen den dunkler werdenden Himmel. Max Euler war verschwunden, vom Erdboden verschluckt.

25.

»Onkotee, da!« Mit ausgestrecktem Zeigefinger hoppelte der winzige grasgrüne Bademantel auf ihn zu.

Hauser, der ausgestreckt auf dem Teppich vor dem offenen Kamin lagerte, lachte begeistert. »Sie erkennt Sie. Kluges Mädchen.«

Boger fand die mentale Leistung der Anderthalbjährigen nur bedingt großartig. Immerhin kannte ihn die kleine Edith seit ihrer Geburt. Aber mit stolzen Eltern ließ sich nicht streiten.

Er ging in die Hocke. Sofort stürzte sich der Winzling auf ihn und versuchte, an ihm hochzuklettern, wobei sie ihm in Kindersprache Hochwichtiges berichtete: »Dadapu, oh da onko tink«, war leider alles, was Boger verstand.

»Sie beschwert sich, dass Sie so selten hier sind«, meinte Mara Hauser, die ihn hereingeführt hatte.

Woher Eltern immer genau wussten, was das Gebrabbel ihrer Kinder bedeutete? Prüfend sah Boger dem Laubfrosch, der es sich auf seinen Knien bequem machte, ins Gesicht. Grüngraue Kinderaugen unter erstaunlich dichten Wimpern blickten zurück, der Rosenknospenmund verzog sich zu einem Lächeln. Sie hatte was, die kleine Edith.

»Onkotee ist wieder da«, erklärte er und kam sich dämlich vor. Das hatte die Kleine auch schon gemerkt. Irrte er sich, oder wurde ihr Lächeln nachsichtig? Was, wenn Kinder den Schwachsinn durchschauten, den Erwachsenen erzählten? Bei Edith hatte er manchmal diesen Eindruck.

»Da tink!«, meinte die Kleine streng, und Boger fühlte sein

Hosenbein unangenehm warm werden. Vorsichtig ertastete er den winzigen Popo, der locker in seine Handfläche passte. Tatsächlich nass.

Hilflos sah er zu Mara, aber die lächelte nur ein inniges Mutterlächeln. Boger räusperte sich: »Ich … Da ist ein kleines Missgeschick passiert.«

»Onkotee, kluku«, bestätigte die Kleine.

Boger wandte sich zu Hauser, der mit dämlichem Grinsen auf sein Weltwunder starrte und Bogers hilfesuchenden Blick glatt übersah.

Boger räusperte sich erneut. »Da ist was in die Hose gegangen.«

Endlich kapierte Mara. Mit schnellen Schritten war sie bei ihm und hob die Maus von seinen Beinen.

»Hast du Onkel Boger angepinkelt? Na so was! Mama hätte dir gleich wieder Windeln anziehen sollen.«

Das fand Boger auch. Edith gefiel es nicht, von ihrem Freund weggerissen zu werden, ihr Gesicht verzog sich bedrohlich.

»Entschuldigen Sie. Ich habe sie gerade gebadet, da hat der Papa sie entführt. Zum Wickeln war noch keine Zeit.«

»Macht nichts«, meinte Boger und versuchte, das unangenehme Gefühl am Bein zu ignorieren.

Während Mara mit ihrer strampelnden Tochter das Wohnzimmer verließ, rappelte sich Hauser auf. »Eine meiner Hosen kann ich Ihnen nicht anbieten.«

Boger musterte neidisch seinen gutgebauten, muskulösen Kollegen. Abgesehen davon, dass ihm dessen Hosen nur bis zum Oberschenkel reichen würden, bekäme er sie noch nicht einmal darüber gezogen.

»Vielleicht tut's ein bisschen Wasser.« Hauser ging, die erforderlichen Utensilien besorgen.

Angepinkelt! Na ja, irgendwann war immer das erste Mal. Boger ließ sich in einen Sessel beim Kamin sinken und sah in die Flammen. Offenes Feuer hatte was Hypnotisches. Vor dem Kamin lagen vergessene Stofftiere, auf dem kleinen Tisch standen angetrunkene Rotweingläser. Heteroidylle. Boger schnaubte.

Hauser kam mit einer Schüssel Wasser und Handtüchern zurück. »Fürs Erste.« Er grinste.

»Wie war es in Amerika?«, fragte Boger, während er seine Hose mit feuchten Tüchern bearbeitete. Machte Kinderpipi Flecke?

»Die Leute vom Getty-Museum waren kooperativ. Mit Jonathan Minder hatte ich schon öfters zu tun. Eine Kurzfassung?«

Boger nickte und ließ von seiner Hose ab.

»Wir sind übereingekommen, dass das Museum verlauten lässt, eine Ausstellung zu planen: ›Umstrittene Meisterwerke der Antike‹. Sie werden am Ankauf solcher Stücke Interesse signalisieren, und Ihr Ankäufer ist ein Engländer namens Peter Walk.« Damit verbeugte er sich.

Ratlos sah Boger ihm zu.

»Meine Person«, erklärte Hauser.

»Eine falsche Vita, eine ›Legende‹?«, hakte Boger nach. »Dazu braucht man falsche Papiere.«

Hauser winkte ab. »Viel zu kompliziert. Ein Ankäufer des Getty ist per se eine untadelige Persönlichkeit, da fragt niemand nach der Identität. Alles, was ich brauche, ist die Rückendeckung des Museums.«

»Das größte Problem ist die Kontaktaufnahme zu den Dieben oder deren Auftraggebern«, meinte Boger und drehte sein nasses Hosenbein näher zum Feuer.

Hauser seufzte. »Erschwerend kommt hinzu, dass wir nicht öffentlich machen können, was genau wir suchen.«

»Der Vatikan – das gibt Ärger, wusste ich gleich«, fügte Boger zu und verzog grimmig den Mund.

»Euer Miotti tut das einzig Vernünftige«, drang es von der

Tür. Mara war wieder hereingekommen und erklärte auf den fragenden Blick ihres Mannes: »Ich habe Edith ins Bett gelegt, sie ist hundemüde.«

Mit einer gemurmelten Entschuldigung sprang Hauser auf und hastete aus dem Raum. Seine Frau sah ihm nach. »Da geht er hin, sein Mädchen knuddeln, bevor es schläft.«

Sein Chef war wirklich besessen von seinem Töchterchen. Wäre er vielleicht auch, wenn er Kinder hätte. Oder auch nicht.

»Micha hat Ihnen nichts zu trinken angeboten. Bier? Wein? Etwas Warmes?«

»Ein Bier, bitte.«

Sie ging Richtung Küche, und Boger rief ihr nach: »Wieso ist Miotti vernünftig? So wie ich das sehe, macht diese dämliche Geheimhaltung uns nur die Arbeit schwer.«

»Sehen Sie es mal von seinem Standpunkt«, rief sie zurück. »Ein Museum, in dem wertvolle Kunstwerke gestohlen werden, steht unter massiver Kritik, ein Teil Schuld wird automatisch ihm zugeschoben. Denken Sie an die Saliera in Wien.«

»Das gestohlene Salzgefäß?«

Mit Glas und Flasche bewaffnet, erschien sie im Wohnzimmer. »Das Salzgefäß! Wochenlang war das Museum das Gespött der Zeitungen. Es hagelte Rücktrittsforderungen, alle Welt hat sich schiefgelacht, jeder Besserwisser über ungenügende Sicherheitsvorkehrungen gemeckert. Sie sind bestohlen worden, aber jeder tat, als läge alle Schuld bei den Museumsleuten.«

»Die waren aber dämlich«, warf Boger ein. »Eine ungeschützte Vitrine, bei der man nur das Glas zerschlagen musste.«

Sie stellte Flasche und Glas vor ihn hin. »Kommen Sie mit?«

Überrascht sah er zu ihr hoch. Sie schob sich eine braune Haarsträhne aus dem Gesicht. »Auf den Balkon. Eine rauchen.«

»Sie auch?« Missmutig musterte er die große Frau in den engen Jeans.

»Ich stille nicht mehr«, gab sie spöttisch zurück.

So genau wollte er das gar nicht wissen.

»Micha findet es grässlich. Ich dachte, Sie wären lockerer.«

Lockerer? Schön wär's. Jedes Mal, wenn jemand in seiner Gegenwart rauchte, überfiel ihn das alte Verlangen. Seufzend erhob er sich und folgte ihr zu den gläsernen Flügeltüren.

»Zur Saliera: Wenn Sie sagen, der Diebstahl wäre vermeidbar gewesen, denken Sie falsch«, erklärte sie Boger und griff sich ihr Zigarettenpäckchen, das neben einem tönernen Untertopf auf der Fensterbank lag. Das Klicken des Feuerzeugs, ein tiefer Zug. Boger zog abwehrend die Schultern hoch.

»Damit sagen Sie nichts anderes, als dass Sie an absolute Sicherheit glauben. Aber die gibt es nicht, nicht im Leben, nicht in der Kunst.«

»Es gibt vermeidbare Nachlässigkeit«, widersprach Boger, der zu allem Überdruss in der kalten Nachtluft zu frieren begann. Mara schien die Kälte überhaupt nicht zu stören. Vielleicht froren dünne Menschen weniger als kräftige? Unsinn, eine Fettschicht musste doch wärmen. Warum, zum Teufel, tat sie das bei ihm nicht?

Neidisch betrachtete er die schlanke Frau, die, einen Arm um ihren Oberkörper geschlungen, neben ihm stand und über das Lichtermeer von Stuttgart blickte. »Kein Museum der Erde kann die Sicherheit seiner Kunstwerke garantieren. Außer, sie stellen nicht mehr aus, sondern verwahren alles in Panzerschränken.« Entschieden zog sie an ihrer Zigarette.

»Nach dem Motto: Alles Denkbare geschieht?«

Sie nickte, kniff die Augen gegen den Rauch zusammen. Das Licht, das aus dem Wohnzimmer fiel, beleuchtete ihr Profil. Sie hatte was von einem Windhund, fand Boger und betrachtete die scharf geschnittene Nase, das energische Kinn, das kurze, glatte Haar, das ihr ins Gesicht fiel. Eine sportliche

Frau, keine Schöne. Edith hatte ihren Liebreiz eindeutig vom Vater.

»Miotti würde sich und sein Museum der Lächerlichkeit und der Kritik preisgeben, wenn er den Diebstahl öffentlich macht. Und das fällt auf den Vatikan zurück. Oder er ist ein ganz Schlauer und fürchtet den Mona-Lisa-Effekt.«

»Was soll das sein?«

»Eine nette Geschichte. Frieren Sie?«

Boger nickte unglücklich.

»Wir sind eine Strafe Gottes. Meine Tochter pinkelt Sie an, mein Mann lässt Sie verdursten, und ich zwinge Sie in die Kälte. Kommen Sie!«

Gemeinsam gingen sie zurück ins Warme, Boger ließ sich erleichtert vor dem Kamin nieder und goss sich sein Bier ins Glas.

»Die Mona Lisa wurde 1911 aus dem Louvre gestohlen. Ein Auftragsdiebstahl versteht sich.« Sie hangelte sich an ihm vorbei zu ihrem Glas und prostete ihm zu. »Natürlich war der Diebstahl die Headline der Weltpresse. Und während der Dieb das Bild unter seinem Bett lagerte, nur ein paar Meter vom Louvre entfernt, verkaufte der Auftraggeber sechs Fälschungen als echte Mona Lisa.«

»Das spricht dafür, die Presse nicht zu informieren. Aber nicht, den Diebstahl zu vertuschen.«

»Die Presse – das ist ›den Tiger reiten‹«, kam es von der Tür. Offensichtlich hatte Hauser seine Tochter genügend beschmust. »Manchmal ist sie hilfreich, oft nicht. Aber von Vertuschen kann keine Rede sein.«

Boger drehte sich zu Hauser um. »Genau das hat Miotti gesagt. Der Vatikan will den Diebstahl vertuschen. Miotti will uns doch sogar privat bezahlen.«

Mara neben ihm räkelte sich. »Ich kenne euren Miotti nicht, aber ein gerissener Hund ist er zweifelsohne.«

Boger griff sein Glas, Hauser ließ sich auf dem Teppich vor

dem Kamin nieder und meinte: »Das lässt sich nicht vertuschen. Es mag solche Überlegungen im Vatikan geben, aber meiner Meinung nach sind das Schnellschüsse, Panik. Und das weiß Miotti.«

»Warum erzählt er es dann?«, begehrte Boger auf.

»Um uns auf sich einzuschwören? Um die Untersuchungen zu beginnen, auch gegen eine langatmige Bürokratie?« Hauser sah ins Feuer und spann weiter: »Um die Weller ins Boot zu bekommen? Eine Mischung aus allem? Der Mann ist jedenfalls nicht dumm, sonst hätte er es nicht zum Direktor der Vatikanischen gebracht.«

Boger überlegte. Natürlich, die Weller war nützlich, aber nicht unentbehrlich. Bis auf ihre Funktion als Miottis Privatüberwacher seiner Ermittler …

»Quis custodiet ipsos custodes – wer überwacht die Überwacher?«, sagte Mara, als hätte sie seine Gedanken gelesen.

»Wer kontrolliert die Kontrolleure? Von wem ist das noch mal?«, fragte ihr Mann nach.

»Juvenal, aus den Satiren.«

»Moment«, begehrte Boger auf. »Sie denken, die Weller ist die Laus in unserem Pelz?« Aus irgendeinem Grund schockierte ihn das, obwohl ihm der Gedanke gerade selbst gekommen war.

»Wie auch immer«, wiegelte Hauser ab und streckte sein Gesicht dem Feuer entgegen. »Früher oder später wird der Vatikan unser Auftraggeber.«

»Lieber früher, wenn ich an eure Spesen denke«, meinte Mara trocken. »Wie war es überhaupt in Rom?«

Spesenabrechnung, verdammt. Daran hatte Boger gar nicht gedacht. Schon bei der Polizei hatte er es gehasst, Quittungen zu sammeln, Rechnungen auszustellen, Kilometer zu zählen. Zum Glück war Mara hilfsbereiter als die Spesenabrechnungsstelle des Amtes – und wesentlich geduldiger.

»Spesenabrechnung dauert noch.«

Sie winkte ab.

»Tja. Rom. Ermittlungstechnisch nicht nötig«, meinte Boger und kratzte sich verlegen am Kopf.

»Das weiß man vorher nie«, beruhigte ihn Hauser. »Aber warum wollten Sie mich denn so dringend sprechen?«

Hier, in diesem heimeligen Wohnzimmer kamen Boger seine Überlegungen und Vermutungen unrealistisch und übertrieben vor. Er hätte nicht gleich nach Stuttgart stürzen sollen, bestimmt war alles Blödsinn. Aber Mara sah ihn interessiert an, und Hauser gab sogar seine Räkelposition auf und setzte sich im Schneidersitz vor ihn. Er gab sich einen Ruck. »Die Geschichte von *Kreugas und Damoxenes*, kennen Sie die? Genau, meine ich.«

Beide nickten.

»Ich habe sie erst in Rom gehört, also, dass der eine dem anderen die Eingeweide rausgerissen hat. Und Gregor ...«

»Gregor Büchner?«, fragte Hauser.

Jetzt war es an Boger zu nicken.

»Hauptkommissar beim LKA«, erklärte Hauser seiner Frau. »Bei den Ermittlungen zum *Kleinen Tod*, dem Bilderdiebstahl vor einem Jahr, habe ich ihn kennengelernt.«

»Er war ihr Kollege?«, wandte sich Mara an Boger.

»Wir sind befreundet. Gregor hat im Moment eine Mordermittlung an der Backe, bei der die Opfer quasi ausgeweidet werden. Ich meine, ist das Zufall? Wegen der Skulptur – da ist es genauso.«

Es war still im Raum. Hauser hatte seinen Blick nach innen geklappt, wie Boger das sah. Machte er immer, wenn er nachdachte. Mara hatte sich aufrecht gesetzt. Nur das Knacken des Holzes und das Flüstern der Flammen waren zu hören. Bestimmt fanden sie seine Vermutungen lächerlich und überlegten, wie sie ihm das schonend beibringen sollten.

»Hmmm!« Hauser fixierte ihn nachdenklich. »Die Opfer? Also mehrere?«

»Zwei. Das ist der mir bekannte Stand.«

»Und die Verletzungen? Wie bei den Nemeischen Spielen?«

Boger wand sich unbehaglich in seinem Sessel. »Genau weiß ich das nicht. Natürlich erzählt mir Gregor keine Einzelheiten. Ich bin draußen.« Merkwürdigerweise schmerzte das Eingeständnis, nicht mehr dazuzugehören. Dabei war es seine eigene Entscheidung gewesen.

»Aber die Übereinstimmung ist groß genug, um Sie zu beunruhigen?«

Boger zuckte mit den Schultern. »Als mir Marie Weller die Geschichte erzählt hat, war ich alarmiert. Miotti hat mir den Text von dem alten Griechen gegeben. In dem Moment war ich sicher, dass die Morde und unsere Suche etwas miteinander zu tun haben. Jetzt ... Ich weiß es einfach nicht.«

»Wir können das LKA nicht informieren. Unser Auftraggeber hat uns zur Geheimhaltung verpflichtet.« Hauser stand auf und ging zum Fenster. »Außerdem ist das alles mehr als vage, um es milde auszudrücken.«

Das wusste Boger selber. Aber er hatte dieses Gefühl. Und er wusste, dass er seinen Gefühlen trauen konnte – zumindest bei der Arbeit. Privat war er da nicht so sicher. Dass Hauser nicht begeistert war, war klar.

»Was, wenn es einen Zusammenhang gibt? Ist doch komisch: Eine Skulptur wird gestohlen, bei der ein Kämpfer den anderen ausnimmt wie ein Hühnchen, und zur gleichen Zeit nimmt ein Mörder seine Opfer auf dieselbe Weise aus?«

»Das eine ist Kunstdiebstahl, das andere ... eben Morde«, beharrte Hauser.

»Aber die Art und Weise!« Verdammt, das sah doch ein Blinder mit Krückstock.

»Mensch, Boger, unser Geschäft funktioniert nur mit Diskretion. Unsere Auftraggeber müssen sich absolut auf uns verlassen können. Wir arbeiten selbstständig. Wenn sich herumspricht, dass wir quatschen, können wir einpacken.«

»Sie haben selbst gesagt, dass der Kunstdiebstahl irgendwann offiziell wird, dass man den nicht vertuschen kann.«

»Irgendwann. Wann, bestimmt der Auftraggeber.«

»Aber bei einer Mordermittlung kommt es auf jede Stunde an. Das wissen Sie.«

Unvermittelt blieb Hauser stehen. »Sie führen aber keine Mordermittlung, Boger, Sie sind nicht beim LKA. Wo liegen Ihre Prioritäten?«

Der Satz erwischte Boger wie ein Magenschwinger. Seine Prioritäten? Verdammt, Leute wurden ermordet, und sie hatten eventuell eine Spur. Das war wichtiger als ein blöder Marmorblock, selbst wenn der von Michelangelo war. Das ganze Getue um »Kunst« war doch abartig, wenn es um Menschenleben ging. Waren sie nicht sogar verpflichtet, die Polizei zu informieren? Kenntnis einer Straftat! Das Kunstzeug war eine einzige Grauzone, merkte Hauser das nicht?

Er wollte auffahren, als er Maras Hand auf seinem Unterarm spürte. »Micha, ich verstehe deine Bedenken. Aber trotzdem hat Herr Boger recht. Ihr müsst die Polizei informieren.« Sie wandte sich ihm zu. »Ihr Freund, Gregor Büchner, ist er vertrauenswürdig?«

»Für Gregor gehe ich durchs Feuer.« Erstaunt über seine eigene Vehemenz verstummte er.

»Könnte man Gregor Büchner die Lage schildern und ihn bitten, auf unsere Information nur zurückzugreifen, wenn er sicher ist, dass sie für seine Ermittlungen relevant sind? Was meinst du, Micha?«

Michael Hauser stand mitten im Zimmer, bohrte seine rechte Hand in die Hosentasche und fuhr sich mit der Linken durch seine ohnehin zerzauselten Locken. »Dir ist klar, dass wir damit unsere Existenz aufs Spiel setzen? Wenn etwas schiefläuft, war das unser letzter Auftrag.«

Boger sah von einem zum anderen. Zwischen den Eheleuten schien eine stumme Zwiesprache abzulaufen, von der Außenstehende ausgeschlossen waren. Hausers graugrüne Augen, die so sehr seiner Tochter glichen, blickten in die braunen seiner Ehefrau. Da fand ein Kampf statt, soviel war Boger klar.

Plötzlich war der Kampf entschieden. Boger konnte nicht sagen warum, aber Hauser entspannte sich, ließ die Schultern sinken und hörte auf, an seinen Haaren zu fummeln. Mara lächelte.

26.

»Müntzer, Mordkommission Saarlouis. Kann ich Gregor Büchner sprechen?«

»Am Apparat.« Automatisch drehte sich Büchner zur Seite, weg von Hamm, der ostentativ so tat, als interessiere ihn das Telefongespräch nicht.

»Ich rufe wegen Döring an.«

»Ja«, bestätigte Büchner kurz angebunden. Wieso fühlte er sich permanent belauscht? Dabei blätterte sein Kollege konzentriert in den Papieren auf seinem Schreibtisch.

»Der Mord an Baumann«, kam es erklärend aus dem Hörer. »Ich hatte den Erdrosselten erwähnt. Volker Döring. Erinnern Sie sich? Der Praktikant.«

Natürlich erinnerte er sich. Dauernd hatte er sich in Saarlouis melden wollen, es aber immer aufgeschoben. Er grunzte zustimmend.

»Alles in Ordnung bei Ihnen?«, fragte Müntzer.

Büchner hörte seine Verunsicherung.

»Doch, ich bin interessiert«, erklärte er und riss sich zusammen. Verdammt, Hamm war sein Kollege, nicht sein Feind. Das war ein Dienstgespräch, nichts Privates.

»Wir sind die Akte nochmals durchgegangen. Wie gesagt, Döring war Praktikant bei Baumann. Auffallend ist, dass er zur Zeit seines Praktikums gerade sein erstes Staatsexamen abgelegt hatte. Kam von einem Auslandssemester aus Rom und …«

»Rom?«, fragte Büchner alarmiert.

»Ja, internationales Recht. Die Frage ist, warum absolviert

ein angehender Jurist mit Schwerpunkt ›Internationales Recht‹ ein unbezahltes Praktikum bei einem popligen Immobilienmakler?«

»Gute Frage«, bestätigte Büchner nachdenklich.

»Wir haben keine Antwort gefunden.«

Rom? War das Zufall? Gestern hatte ihm Manfred die haarsträubende Geschichte mit der Skulptur erzählt, jetzt tauchte Rom wieder auf.

»Herr Büchner? Sind Sie noch dran?«

»Ja, natürlich. Entschuldigen Sie. Sonst keine Auffälligkeiten?«

»Nein, nichts. Wie gesagt: ein Student, der mit einer Drahtschlinge erdrosselt in der Saar gefunden wird. Keinerlei Hinweise auf Schwierigkeiten, weder im beruflichen noch im privaten Umfeld, keine Verstrickungen in Drogengeschichten, keine Liebesgeschichte, nichts.«

»Hmmm.«

»Fragen und keine Antworten. Soll ich Ihnen die Akte zuschicken? Vielleicht fällt Ihnen etwas auf, was uns entgangen ist.«

»Ja. Gerne.«

»Also dann ...«

»Und Gruß an den Kollegen«, klappte Büchner nach, aber Müntzer hatte aufgelegt.

Rom. Er blätterte seinen Ordner auf und betrachtete das Foto der Skulptur, das Manfred ihm gegeben hatte. Ein Meisterwerk, sah man selbst auf dem Foto. Der polierte Marmor schimmerte in sanften Creme-Tönen, zauberte Lichtreflexe auf Muskeln und Sehnen der nackten Körper. Die Gesichter entschlossen, angespannt. Die Minute der Entscheidung, bevor einer der beiden sterben würde, eingefangen für die Ewigkeit.

Die Beschreibung der Verletzung war tatsächlich identisch, wenn man dem griechischen Geschichtsschreiber Genauigkeit unterstellte. Seitlich, von schräg unten, die Bauchdecke durchtrennt, die Eingeweide herausgerissen, Exitus. Der Unterschied war, dass in der Vergangenheit spitze Fingernägel benutzt wurden, in der Gegenwart angefeilte Plektren. Aber mit derselben Wucht.

Die Mordmethode war ungewöhnlich, es musste einfach einen Zusammenhang geben.

Wieso nahm jemand einen antiken Mord zum Vorbild? Dazu noch einen derart grausamen? Was erzählte das über den Täter? Über die Opfer? Sollte, konnte er die Geschichte mit der Skulptur der SOKO weitergeben? Trotz allem war der Zusammenhang vage, nebulös. Ein gestohlenes Kunstwerk, brutale Morde. Die SOKO verdammt!

Büchner sprang auf und verließ das Büro.

Hamm sah ihm hinterher. Der Arsch verschwand einfach. Passte zu seiner Geheimniskrämerei. Mann, der tat, als wolle er, Hamm, ihm was wegnehmen. Dabei war er nur wegen Büchner nicht in der SOKO, der einzig interessante Fall auf weiter Flur. Stattdessen durfte er sich mit dämlichen Autoschiebern rumquälen. Nichts als lähmende Routine, da waren keine Lorbeeren zu holen. Klar, die beanspruchte Büchner für sich.

Wütend warf Walter Hamm seinen Stift, den er während Büchners Telefonat umklammert hatte, auf den Schreibtisch.

Ihn zu behandeln, als wäre er dem Hund vom Arsch abgefallen!

Er umrundete den Schreibtisch und öffnete Büchners Akte. Den kurzen Anflug von schlechtem Gewissen drängte er beiseite.

Selbst schuld, wenn der Blödmann wie ein Idiot aus dem Büro rannte. Warum ließ der sein Zeug auch rumliegen? Und vor allem: Was hatte er angestarrt?

Auf der ersten Seite lag ein Foto. Eine Skulptur, zwei nackte

Männer, die sich gegenüberstanden. Zwei nackte Männer? Irgendetwas kam Hamm bekannt vor. Das hatte er doch schon einmal gesehen, aber wo?

Angestrengt runzelte er die Stirn. Spielbein, Standbein, die Hände umwickelt …

Es fiel ihm wie Schuppen von den Augen. Die Zeichnung! Die Kohlezeichnung unter den Bildern seines Sohnes. Klar, dieselbe Pose, dieselben konzentrierten Gesichter, dieselben muskelbepackten Beine und Schultern. Er kannte das Ding, zumindest eine Zeichnung davon. Was wollte Büchner damit? Was hatte das Foto in den Akten der SOKO-Werwolf verloren?

Fragen konnte er schlecht. Nicht ohne zuzugeben, dass er in Büchners Akte gestöbert hatte.

Schritte auf dem Flur. Mit einem Satz war Hamm wieder an seinem Platz. Büchner stürmte herein. Ohne ihn eines Blickes zu würdigen, griff er sich die Akte und hastete wieder raus.

Na warte, Freundchen.

27.

Büchner schloss leise die Tür und versuchte, möglichst unauffällig den Platz neben Michaux zu entern. Der Luxemburger grinste kurz, dann wandte er seine Aufmerksamkeit wieder dem Sprecher zu.

»... durch erhöhte Transaktionsintensität und Geschwindigkeit ... Gelder außer Blick- und Reichweite der Strafverfolgungsbehörden ... hintereinander geschaltete Überweisungen über mehrere Landesgrenzen ...«

Was Hannes Pesch da vorne referierte, war bestimmt hochinteressant, aber Büchner hatte Schwierigkeiten, sich zu konzentrieren. Denn neben Pesch, zurückgelehnt, das Gesicht im Halbschatten, saß der Mann vom BKA, Max Euler.

Als Einziger hing er nicht an Peschs Lippen, sondern sah aus dem Fenster. Sein Profil, scharf wie ein Scherenschnitt, hohlwangig, mit stark vortretenden Wangenknochen, ausgeprägter Nase, amerikanisch-markantem Kinn, beanspruchte Büchners Aufmerksamkeit, nahm ihn gefangen.

Auch jetzt wirkte Euler auf ihn gespannt wie eine Sehne, als würde er eine Art nervöse Energie bündeln und ausstrahlen. Und obwohl er weder auf seinem Stuhl ruckte wie Schneider, noch mit den Füßen scharrte wie Brand oder, wie beispielsweise Rehn, die Finger knetete, war etwas Vibrierendes in seiner Reglosigkeit.

Von seinem Starren angezogen, wandte der BKA-Mann den Kopf und sah zu Büchner. Ohne zu blinzeln, mit seinen merkwürdigen, fast silbrigen Augen.

Ertappt sah Büchner zur Seite, und Peschs Stimme drang

wieder an sein Ohr. »... zwei Methoden. Die Lebensversicherungen werden mit einer hohen Einmalzahlung abgeschlossen, die Prämie in bar bezahlt. Der Vertrag wird dann nach kurzer Zeit gekündigt, natürlich mit großem Abschlag und per Scheck oder Überweisung an den Strohmann ausbezahlt.«

Worüber redete Pesch da? Lebensversicherungen, Versicherungsmakler, natürlich: das dritte Opfer, Fabian Leuter. Büchner riss sich zusammen.

Michaux neben ihm räusperte sich. »Aber wenn die Versicherungen verfrüht gekündigt werden, bedeutet das eine Wertminderung. Man bekommt weniger, als man hineingesteckt hat. Die Geldwäscher machen Verlust.«

Büchner stieß leise die Luft aus. Dank Michaux' Frage hatte er den Anschluss. Mal wieder Geldwäsche und die Beteiligung des Versicherungsmaklers.

»Gut gedacht.« Pesch nickte dem Luxemburger zu. »Die Geldwäscher kalkulieren von Anfang an mit einem Drittel Verlust. Das lohnt sich immer noch, und Fabian Leuter hat die Methode mit den Lebensversicherungen perfektioniert. Herr Brand?«

Johann Brand der, gemeinsam mit Rehn vom Diebstahl, das Umfeld des dritten Mordopfers bearbeitete, raschelte mit seinen Papieren. »Interessanterweise hat Fabian Leuter, ähnlich wie unser Remicher Immobilienmakler, ein Händchen für Frauen.«

»Ob das am Händchen liegt?«, warf Schiele ein.

Die Kollegen stöhnten, und Schiele hob entschuldigend die eigenen Händchen.

»Jedenfalls hat er mehrere Freundinnen, alle aus dem Bereich der Pflege.«

Das war das Stichwort für Rehn. »Iris Herbig, Pflegerin in einem Sterbehospiz, Anne Kührmann, Altenpflegerin, Barbara Laubster, Intensivpflegerin, Irmi Steitz, ebenfalls Altenpflegerin.«

»Der steht auf Uniform«, wagte sich Schiele wieder aus der Deckung.

Büchner beobachtete, dass sich der BKA–Mann Peter Schiele zuwandte. Sofort fror Schiele das dämliche Grinsen fest, verlegen blickte er nach unten und studierte die Tischplatte. Interessanter Effekt. Den hätte Büchner auch gerne beherrscht.

Rehn musterte genervt den ewigen Witzbold. »Der steht nicht auf Uniform, sondern auf Information«, meinte er knapp. »Aus Leuters Papieren geht vor, dass er fast zuteilungsreife Versicherungen zum Verkauf vermittelte, beziehungsweise selbst aufgekauft hat.«

»Das heißt?«, fragte Michaux.

Jetzt schaltete sich Pesch wieder ein: »Ein Schwerkranker, der dringend Bargeld braucht, will seine Lebensversicherung zu einem günstigen Preis verkaufen. Ob er von selbst drauf kommt oder es ihm ›nahegelegt‹ wird, sei dahingestellt. Fabian Leuter kauft, wird als Begünstigter eingetragen und erhält nach dessen Tod die Summe per Scheck oder Überweisung ausbezahlt. Sauberes Geld.«

Geldwäsche. Das verbindende Element zwischen den drei Toten.

»Das heißt, unsere drei Opfer waren Drecksäcke. Mafiaschergen. Nicht schade drum, was?«, fasste Schiele zusammen.

Stimmengemurmel und Zwischenrufe wurden laut. Von Rehn ein: »Na, hör mal«, von Memmler ein scharfes: »Schiele!«, Kruse schüttelte begleitet von Zischlauten sein Haupt, und Pesch grinste.

Nur Max Euler saß unbewegt, beobachtete die aufgebrachten Männer. Büchner hatte das Gefühl, als würde er jede Reaktion, jede Bemerkung, jede kleinste Missmuts- oder Beifallsbekundung registrieren. Schiele saß mit rotem Kopf da und grinste.

Zum ersten Mal wurde Büchner bewusst, dass Peter Schiele, der Liebhaber schlechter Witze, das Enfant terrible der SOKO, ein Katalysator war. Schiele sprach aus, was vielen durch den Kopf ging. Völlig unberührt von moralischen oder gesellschaftspolitischen Gedanken, ganz zu schweigen von Political Correctness. Aber seine dummen Sprüche lockerten angespannte Situationen auf, brachten Konflikte auf den Punkt. Büchner beschloss, in Zukunft geduldiger sein Gequatsche zu ertragen.

Den auf dem Tisch liegenden Konflikt hatte er jedenfalls auf den Punkt gebracht.

»Nicht schade drum – unter welchem Stein bist du denn vorgekrochen?«, brach sich Brand lauthals Bahn. Sogar Schneider brachte ein gezischtes »Du bist doch Polizist« zustande.

Büchner wusste, dass die allgemeine Empörung vor allem dazu diente, sich selbst bei der Stange zu halten. Es war einfacher, wenn jeder bedingungslos auf der Seite der Opfer stehen konnte. Und das hatten sie auch getan – bis jetzt.

»Die Geldwäsche ist die Blutbahn der Mafia. Ihre Lebensader«, erhob sich die Stimme von Euler über das Gebrummel. »Ohne Geldwäsche kann das organisierte Verbrechen nicht frei über seine Gewinne verfügen. Geld heißt Macht. Wirtschaftliche und damit politische Macht.«

»Aber ich kann deshalb niemanden umbringen!«, schrie Rehn mit hochrotem Kopf.

»Das sollen Sie auch nicht«, entgegnete der BKA-Mann spöttisch. »Aber Sie sollen daran denken, dass Geldwäsche unser Land, unsere Wirtschaft, unsere Demokratie aushöhlt und untergräbt.«

»Drecksäcke, sag ich doch«, beharrte Schiele ermutigt.

Wieder hoben sich die Stimmen.

Ein Schlag vom Kopfende des Tisches machte dem Aufruhr ein Ende. Zum zweiten Mal hatte sich Fat Man Memmler zu einem Temperamentsausbruch hinreißen lassen, indem er mit der Faust auf den Tisch hieb. Büchner war sicher, dass die SOKO-Werwolf in die Geschichte eingehen würde.

»Die Verbindung zwischen den Mordopfern ist damit geklärt.« Im Gegensatz zu seinem körperlichen Ausbruch klang Memmlers Stimme gelassen. »Die Frage ist: Für welche Organisation waren die drei tätig? Gibt uns das die Möglichkeit, den oder die Täter aufzuspüren? Herr Euler?«

Damit hatten sie den Boden kriminalistischer Arbeit wieder erreicht, und alle Augen richteten sich auf den Mann vom BKA.

»Wir haben es mit der italienischen Mafia zu tun. Sie haben die Wahl zwischen der sizilianischen *Cosa Nostra*, der kalabrischen *'Ndrangheta*, der apulischen *Sacra Corona Unita* und der neapolitanischen *Camorra*.« Euler sprach leidenschaftslos, ohne Betonung, so als habe er das eben Gesagte schon tausendmal erzählt.

Trotzdem ließ sich Schneider zu einem atemlosen »Die Mafia. In Deutschland!« hinreißen.

Langsam wandte Max Euler den Kopf und fixierte den Fahnder, der sich unter seinem Schlangenblick duckte. »Die Mafia ist kein italienisches Problem, sondern ein europäisches. Laut BND hat die *'Ndrangheta,* nur als Beispiel, Aktien an der Frankfurter Börse. Sie ist mit Millionen in Hotelketten und Restaurants in Ostdeutschland beteiligt, arbeitet relativ unbehelligt in Nordrhein-Westfalen, Thüringen und Baden-Württemberg. Aber erst wenn es Tote gibt, wird die Existenz der Mafia wahrgenommen.«

Büchner fielen die sechs Duisburger Mafia-Morde ein.

Mafia-Morde. Hatten sie überhaupt eine Chance, die Täter zu überführen, wenn es in ihrem Fall Mafia-Morde waren? Aber es musste ein Einzeltäter gewesen sein. Alles deutete darauf hin.

»Die *'Ndrangheta* ist die reichste Mafiaorganisation Italiens mit einem Jahresumsatz von 44 Milliarden Euro, die den gesamten europäischen Kokainhandel kontrolliert«, warf Pesch mit Seitenblick zu Euler ein.

Als müsse er sich dessen Erlaubnis holen, dachte Büchner verwundert.

»Henninger hat für die *Camorra* gearbeitet, das wissen wir«, fuhr der BKA-Mann fort, als hätte Pesch nichts gesagt.

»Der Bankier ist der, der bei Opus Dei ist« sagte Schiele leise, eifrig.

Als wolle er sich bei Euler einschmeicheln, dachte Büchner. Waren alle durchgedreht oder hatte er Wahrnehmungsstörungen? Nein, alle Kollegen hingen an Eulers Lippen, als verkünde der ein neues Testament.

»Falls Sie eine katholische Verschwörung wittern, muss ich Sie enttäuschen.« Max Euler warf seinen Basiliskenblick auf Schiele, der automatisch zurückzuckte. »Der Skandal um die Geldwäsche-Bank *Banco Ambrosiana*, in den der Orden, der Vatikan und die Mafia verwickelt waren, ist zwanzig Jahre her. Und in Italien hat jeder, der Geschäfte macht, es früher oder später mit der Mafia zu tun.«

Schiele biss sich auf die Lippe und widmete sich der Tischplatte.

»Die *Camorra*, das ist Neapel?«, fragte Michaux. »Und das Geld, das kommt bar über die Grenze?«

Max Euler hatte offensichtlich nicht vor zu antworten. Stattdessen sprang Pesch in die Lücke: »Ein Kurier, der das schmutzige Bargeld transportiert, ist immer noch die bekannteste und häufigste Methode. Er hinterlässt keine Papierspur, wie beispielsweise Überweisungen.«

»Ich male ein Bild«, sagte der Luxemburger versonnen. Alle, außer Büchner, der mit Michaux eigenartigem Sprachgebrauch vertraut war, sahen den jungen Kommissar an, als sei er gerade einer Anstalt entwichen. Gott sei Dank merkte der Luxemburger es nicht.

Versonnen fuhr er fort: »Da ist eine kleine, alte Dame, die seit fünfzehn Jahren alle sechs Wochen mit ihrem roten Transporter nach Neapel fährt. Ich wette, dass jeder Zollbeamte sie kennt. Und durchwinkt. Also: Sie hat auf der Hinfahrt Essen dabei, für die Familie, die Kinder. Berge von Essen, das sie Tage vorher kocht. Die Frage ist: Was transportiert sie auf der Rückfahrt?«

Felicetta Vollaro, die kalte Großmutter. Wenn Baumann für die Mafia gearbeitet hatte, warum nicht auch sie? Der Bargeldkurier. Das würde passen. Büchner nickte anerkennend.

»Von wem reden Sie?« Max Eulers Stimme klang scharf, zum ersten Mal interessiert.

»Die Großmutter von Severin Baumann, Frau Vollaro«, erklärte Michaux bereitwillig.

Fat Man Memmler richtete sich in seinem Stuhl auf, sofort wandte sich die geballte Aufmerksamkeit ihm zu. »Meine Herren, das ist interessant und wichtig. Aber bei aller Diskussion um Mafia-Zugehörigkeit der Opfer und Beteiligten: Wir suchen einen Mörder. Herr Doktor Kläsgen?« Damit nickte er einem Mann zu, den Büchner bis jetzt noch überhaupt nicht bemerkt hatte.

»Der Profiler«, flüsterte Michaux.

Interessiert musterte Büchner den Psychologen, der so grau war wie die Wand, vor der er saß. Grauer Pullover, graues Haar, graue Gesichtsfarbe. Sogar sein Metallic-Brillengestell verschwamm vor dem Hintergrund. Das war also »der Schluck Wasser«, von dem Michaux berichtet hatte. Kein Wunder, dass er ihn übersehen hatte, zumal heute viele Unbekannte in der SOKO-Sitzung saßen. Außer Max Euler, dem Auffälligsten, waren auch Pfälzer Kollegen da, die Büchner nicht kannte.

Mit leiser Stimme, die sich nahtlos in die allgemeine Farblosigkeit von Kläsgen einfügte, begann er: »Auffallend an den Morden ist der rituelle Charakter. Blut ist ›ein besonderer

Saft‹, und das reichliche Vergießen, die aufgetürmten Kleider, die Fundstellen deuten auf einen Ritus. Der Mörder ist Einzeltäter. Wahrscheinlich mit nekrophiler Veranlagung.«

»Was bedeutet das?«, fragte Büchner.

Kläsgen war aus dem Konzept gebracht. Verwirrt blinzelte er in Büchners Richtung, ohne ihn direkt anzusehen. Er überlegte einen Moment. »Also … Die Leichen sind ausgeweidet, zerstückelt. Nicht durch mechanische Gewalt, sondern ›von Hand‹. Der Nekrophile will die Vernichtung, die Zerstörung des Lebens durch Zerstückelung. Er empfindet sich als außerhalb der Gesellschaft stehend, nicht an deren Kontext gebunden. Wahrscheinlich ein extrem narzisstischer Mensch.«

»Also ein Irrer?«, fragte Rehn, ein wenig ungeduldig.

»Keinesfalls, nein. Keinesfalls.« Kläsgen schüttelte entschieden den Kopf. »Psychotisch veranlagt, aber geistig normal. Der Mann wird nicht auffallen. Außer vielleicht durch seine Distanz zu anderen Menschen. Er ist mit Sicherheit unfähig, menschliche Kontakte zu knüpfen. Ein Einzelgänger, kalt und ohne Mitgefühl. Er ist um die fünfzig, lebt allein.«

»Sie sind sehr sicher«, ließ sich Max Euler vernehmen. Der BKA-Mann hatte ein spöttisches Lächeln auf den Lippen und betrachtete den Psychologen, wie er wohl einen Jahrmarktszauberer betrachtet hätte.

Kläsgen zeigte sich durch die abschätzige Frage unbeeindruckt. »Ja. Er muss älter sein, denn eine derartige Veranlagung entwickelt sich erst im Lauf der Zeit. Dazu kommt, dass er aus Rache handelt.«

Jetzt ließ Euler ein zwar leises, aber eindeutig verächtliches Schnauben hören.

»Rache ist ein magischer Akt«, erklärte der Profiler, schon unsicherer als vorhin. »Wenn man denjenigen vernichtet, der eine Untat vollbracht oder sie begünstigt hat, wird die Tat auf magische Weise ungeschehen gemacht. Die rituellen Elemente bei der Tötung …«

»Das ist ja sehr interessant«, unterbrach ihn Euler mit sanfter Stimme.

Ein paar Männer im Raum grinsten beifällig.

Büchner wusste, dass Psychologen nicht zu den beliebtesten Mitarbeitern der Polizei gehörten. Das eigene Unbehagen vor Seelenklemptnern war stark entwickelt. Deshalb war die Art, wie der BKA-Mann den Profiler abtropfen ließ, unangenehm. Vielleicht brachte seine Mitarbeit nicht sofort Resultate, aber Hinweise, welche Art von Täter sie suchten. Das war nicht zu verachten.

»Nun ... Interessant ist, der Gesuchte kann töten. Das Töten ist sein Handwerk, sozusagen«, fuhr der Psychologe tapfer fort.

»Das spricht für die Mafia.« Euler erhob sich von seinem Sitz. »Einem Mafioso fällt es nicht schwer zu morden, oder, Herr Doktor?«

Kläsgen nickte. Zögerlich, wie Büchner bemerkte.

»Nun ... ja. Ein Mafioso mordet nicht aus persönlichen Gründen, sondern für die Sache. Ihn interessiert nicht das Urteil von Fremden, sondern nur das Urteil der ›Familie‹. Sie sehen sich nicht als Verbrecher, sondern als Soldaten. Aber trotzdem ...«

»Sie geben mir recht, wenn ich sage, dass Blut in fast allen Aufnahmeritualen der Mafia eine Rolle spielt?«, unterbrach ihn Euler erneut.

Büchner sah, wie der Profiler unbehaglich auf seinem Stuhl rutschte. Der BKA-Mann versuchte eindeutig, ihn in die Ecke zu drängen, und »der Schluck Wasser« konnte dem nichts entgegensetzen. Euler ließ seinen seltsam abwesenden Blick, der sich nur fokussierte, wenn er Einzelne traf, über die Runde schweifen. »Genug geredet. Die Sache wird zu groß. Das BKA übernimmt.«

Ohne weiteren Kommentar verließ er hochaufgerichtet den Raum und ließ eine verdatterte SOKO zurück.

28.

Mit schweren Schritten und schweren Gedanken trabte Büchner durch die Gänge. Übernahme durch das BKA. Nicht, dass es ungewöhnlich wäre, der Fall nahm Dimensionen an, die das LKA überforderten. Mafia, Sekten, Geldwäsche-Banken.

Unvermittelt blieb er stehen und starrte auf den polierten Boden. Geldwäsche, war das wirklich der Kern? Da waren drei Tote, alle drei arbeiteten als Geldwäscher, das schien klar. Aber weshalb mussten sie sterben? Mafia-Morde …

»Alles in Ordnung?«

Aufgestört sah Büchner hoch, nickte dem besorgten Kollegen zu, ging weiter.

Brand, er musste mit Brand sprechen. Und mit Pesch. Wie schnell funktionierte die Übernahme? Ein paar Tage blieben sie noch dran, bis das BKA übernahm. Ein paar Kollegen würden weiter dabeibleiben …

»Gregor?«

Er merkte, dass er an seinem Büro vorbeigelaufen war. Das war Manfreds Stimme.

»Manfred?«

Tatsächlich, da stand Manfred Boger, massig und raumgreifend. Wie früher.

»Ist was passiert?« Büchner hörte selbst, wie besorgt seine Stimme klang.

Boger räusperte sich, blickte ihn an. Die ewig gleiche zerknautschte Lederjacke umwaberte seine Schultern, eine blonde Strähne seines wie immer zu langen Haares fiel ihm in die Stirn.

»Entschuldige ...« Manfreds Stimme klang rau. »War wohl keine gute Idee, hierherzukommen ...«

Gregor Büchner fühlte einen scharfen Stich, dort, wo er sein Herz vermutete. Manfred stand wie ein Fremdkörper in dem Büro, das sie geteilt hatten, und sah unglücklich zu Boden. Am liebsten wäre er auf ihn zu, hätte ihn umarmt, getröstet, diesen Berg von Mann, der es schaffte, so verloren wie ein ausgesetzter Hund am Fenster zu stehen. Aber angesichts der offenen Tür in seinem Rücken war das wohl keine gute Idee.

»Ich bin nur gekommen ... Wegen der Skulptur, weißt du. Ich hab ein schlechtes Gewissen. Hauser fand das nicht gut, dir das Foto zu geben und ... Ich wollte einfach fragen, ob du es ihnen gesagt hast?«

Büchner verneinte mit stummem Kopfschütteln. Die Skulptur hatte er im Lauf der turbulenten SOKO-Sitzung völlig vergessen.

»Ah, Monsieur Hamm. Kann ich behilflich sein?«, kam es von der Tür. Sie hörten Schritte, eine Sekunde später stand ein verblüffter Michaux im Türrahmen. »Herr Büchner, Ihr Kollege, Herr Hamm. Er sah aus, als würde er sich nicht hereintrauen.«

Hamm, auch das noch. Gregor wechselte mit Manfred einen schnellen Blick. Gut, dass er von einer Umarmung Abstand genommen hatte. Was Hamm wohl daraus gemacht hätte, wenn er mit Boger Arm in Arm im Büro gestanden hätte? Das wollte sich Büchner gar nicht ausmalen.

»Kommissar Michaux, das ist mein Freund und ehemaliger Kollege Manfred Boger. Manfred, Henri Michaux.«

Die beiden Männer wechselten einen Händedruck, und Boger murmelte: »Du hast sicher zu tun. Wie wär's heute Abend bei Heinzi?«

Gregor Büchner nickte, und fluchtartig rettete sich Boger auf den Gang. Traurig sah Büchner ihm nach.

»Ein netter Kollege?«, fragte der Luxemburger vorsichtig.

»Ich vermisse ihn.«

Michaux sah ihn forschend an. Dann sagte er: »Memmler möchte uns sprechen.«

Büchner nickte, und die beiden machten sich auf den Weg. Nach ein paar Schritten fragte Michaux: »Das ist normal? Dass das Bundeskriminalamt den Fall übernimmt? Einfach so?«

»Kommt vor«, antwortete Büchner. »Wir haben den Paragraf vier im Polizeigesetz. Warten Sie.« Er blieb kurz stehen und durchforstete seinen Kopf. Wie war das noch mal? »Das Bundeskriminalamt übernimmt in Fällen des international organisierten Handels mit Waffen, Munition, Sprengstoffen oder Betäubungsmitteln. Und der international organisierten Herstellung oder Verbreitung von Falschgeld, die eine Sachaufklärung im Ausland erfordern, damit im Zusammenhang begangene Straftaten, einschließlich der international organisierten Geldwäsche.«

Na also! Funktionierte doch noch, der alte Hirnkasten. Stolz klopfte er sich an die Stirn. »Ist fast der genaue Wortlaut.«

»Dieser Max Euler …« Michaux brach ab.

»Ja?«

»Ich hatte als Kind einen mechanischen Reiter. Den habe ich aufgeschraubt. Innen war alles voller Drähte und Rädchen. Euler ist ein mechanischer Reiter.«

»Man sollte ihn besser nicht auf Herz und Nieren prüfen?« Kaum hatte Büchner es ausgesprochen, hätte er es am liebsten zurückgenommen. Schon wieder eine dieser Metaphern, die er dem Luxemburger erklären musste.

Aber Michaux nahm ihn wörtlich: »Er hat kein Herz.«

Sie waren vor Fat Mans Büro angekommen, Büchner klopfte. Das »Herein« kam prompt, und sie quetschten sich in den überfüllten Raum.

Ein Großteil der SOKO war anwesend und schien auf sie gewartet zu haben. Memmler thronte auf seinem Schreibtischstuhl, den Büchner verdächtigte, eine Spezialanfertigung zu sein. Ein wahrer XXL-Stuhl, der einen Großteil des Raumes vereinnahmte und die Konturen des beleibten SOKO-Leiters geradezu zierlich wirken ließ. Rehn und Johnny Brand lungerten am Fenster, Pesch hatte sich den einzigen und bedeutend schmächtigeren Bruder des Monsterstuhls unter den Nagel gerissen, Schneider drückte sich an den Türrahmen, und Schiele und Kruse hatten ein Plätzchen zwischen Topfpflanze und Thomas Lücke von der Kriminaltechnik ergattert. Ihm und Michaux blieb nur übrig, die Tür zu schließen und sich dagegen zu pressen.

»Tja, meine Herren«, begann Memmler und faltete seine Hände über der Leibesmitte. »Innerhalb der nächsten Tage wird sich die SOKO-Werwolf auflösen. Einige von Ihnen werden weiterhin dem BKA zur Verfügung stehen.«

Die Männer schwiegen. Keiner schien von der Entwicklung begeistert, und wie immer war es Schiele, der das allgemeine Empfinden ausdrückte: »Ach du liebe Scheiße. Bei den Krawattenfuzzis unter Leitung von Schlangenkopf.«

Schlangenkopf – keine schlechte Charakteristik des BKA-Mannes. Vor allem, wenn Büchner an dessen lidlosen Blick dachte.

»Max Euler ist einer der besten Mafia-Jäger, den wir haben«, wies ihn Hans-Peter Pesch zurecht. »Ich weiß nicht viel über ihn. Tut niemand. Aber er arbeitet seit Jahren mit der *Direzione Investigativa Antimafia*, dem Antimafia-Kriminalamt zusammen.«

»Toll«, sagte Schiele unbeeindruckt.

»Außerdem wird gemunkelt, dass Euler in Rom für das Anwerben und die Ausbildung von V-Männern zuständig ist«, belehrte Pesch weiter.

Schon wieder Rom. Einmal aufgetaucht stolperte Büchner

immer wieder über die Stadt. Jetzt wäre der richtige Zeitpunkt, den Kollegen von der Skulptur und Bogers Verdacht zu erzählen. Er zögerte. Eine Sekunde zu lange, denn Memmler ergriff das Wort: »In Deutschland sind wir nicht gerüstet, um die Mafia wirksam zu bekämpfen. Mafiazugehörigkeit ist kein Delikt, in öffentlichen Lokalen darf nicht abgehört werden, Mafiagüter dürfen nicht beschlagnahmt werden. Bei uns, im Gegensatz zu Italien, geht das erst, wenn ein Zusammenhang mit einer konkreten Straftat nachgewiesen wird.«

»Ist auch gut so«, fiel ihm Schneider ins Wort.

»Teils, teils«, wandte Pesch ein. »Unsere Rechtskultur begünstigt die Mafia. Hier kommt ein mittelloser Italiener an, arbeitet ein halbes Jahr als Pizzabäcker und kauft dann die halbe Innenstadt. Wenn der von unseren Behörden höflich gefragt wird, woher das Geld stammt, sagt er: von meiner italienischen Großmutter. Und macht unbehelligt weiter. Für die Mafiosi ist Deutschland das Paradies.«

»Mafia, Mafia, Mafia. Das sind keine Mafia-Morde.« Alle drehten sich zu Brand, der sich genervt von seinem Fensterplatz und den Betrachtungen der Dämmerung löste.

»Zu aufwendig, zu auffällig. Die Mafia schießt. Oder erwürgt mit einer Drahtschlinge. Kein Blut, kein Aufsehen. Das Gegenteil unserer Morde.«

Bei dem Wort »Drahtschlinge« machte es wieder Klick in Büchners Hirn.

»Ich denke, Euler ist der falsche Mann«, sprang Rehn seinem Kollegen bei.

Pesch wollte auffahren, aber Rehn kam ihm zuvor. »Natürlich ist er qualifiziert, aber Johnny hat recht. Der lenkt die Ermittlung in die falsche Richtung.«

»Einen Drahtschlingen-Mord haben wir«, schaffte sich Büchner Gehör. »Ein Praktikant von Severin Baumann ist auf die Weise ermordet aufgefunden worden. Die Saarlouiser schicken die Akte.«

»Was denn jetzt? Mafia? Keine Mafia?« Auffordernd sah Schiele in die Runde.

Alle schwiegen. Langsam bewegten sich alle Blicke zu Fat Man, der mit geschlossenen Augen auf seinem Stuhl saß. Die Regelmäßigkeit, mit der er die Lippen zusammenpresste und lockerte, war das einzig erkennbare Lebenszeichen und das Zeichen für die Männer, dass er nachdachte.

Als die Stille zu zerreißen drohte, öffnete er die Augen zu kleinen Schlitzen und unterbrach sein nervtötendes Lippenmümmeln. »Der Kollege Euler – schwierig, über ihn etwas herauszubekommen. Das BKA wird sich sicher auf den Mafia-Ansatz konzentrieren. Also verlass ich mich auf euch, Jungs.«

Jeder im Raum wusste, was er meinte.

29.

Die rote Luftschlange wehte provozierend vor seiner Nase herum. Ein Kontrollblick, Heinzi, der Wirt, drehte ihm den Rücken, und Büchner riss ihr entschlossen den Lebensfaden kürzer.

Gab es etwas Grauenvolleres als Fasching? Selbst Weihnachtsdeko war erträglicher als das Gewirr aus grellbuntem Glitzerzeug, dämlichen Masken und allgegenwärtigen Luftschlangen. Müde sah er in den Schaum seines Bierglases. Er mochte kein Bier, aber hier trank er immer welches.

Die Tür öffnete sich, ein schnaubendes, sich schüttelndes, nasses Monster, begleitet von einem Schwall kalter Nachtluft, betrat die Kneipe. Na endlich.

»Wartest du schon lange?«, fragte das Monster.

Büchner blickte grimmig in unschuldsvoll aufgerissene Augen.

»Is ja gut!« Mit einem Fingerschnippen orderte Manfred Boger sich bei Heinzi ein Bier und hievte sich auf den Barhocker neben Büchner. »Hat sich der Dreitagebart wieder ins Büro getraut, nachdem der böse Onkel Boger das Feld geräumt hatte?«

Der Dreitagebart, so Bogers liebevolle Beschreibung von Hamm, war Büchners geringstes Problem. Zumindest momentan.

Der Wirt näherte sich mit einem vollen Glas.

Boger deutete auf das rote Tüchlein, das Heinzi sich in wildem Verkleidungswahn um den Hals geschlungen hatte, und feixte: »Ich hätte dich fast nicht erkannt.«

Er erntete einen verächtlichen Blick aus blutunterlaufenen Augen.

Heinz war dafür berühmt, nicht zu sprechen. Nie. Ein Teil seiner Gäste hatte sich damit abgefunden, der andere Teil, zu dem Boger gehörte, ließ nichts unversucht, den Stummen zum Reden zu bringen. Aber nicht Heinzis standhafte Verweigerung jeder Lautäußerung war das Mysterium, sondern Heinzis Frau. Sie war eine jener atemberaubenden Blondinen, die man normalerweise auf den Covern der Modemagazine sah. Warum sich dieser Traum ausgerechnet den bulligen, stummen Wirt einer zweifelhaften Pinte auf dem St. Johanner Markt ausgesucht hatte, gab Anlass zu den wildesten Spekulationen. Und hob Heinzis Ansehen ins nahezu Göttliche. Eine solche Frau rumzukriegen, noch dazu ohne Worte, ließ auf sehr spezielle Fähigkeiten schließen. Büchner wusste, dass selbst Manfred, dem die Eroberung schöner Frauen so widersinnig schien, wie Höhlentauchen oder Stricken, Heinzi im tiefsten Inneren bewunderte. Auch jetzt folgte sein anerkennender Blick dem Wirt zu dessen Stammort am anderen Ende des Tresens.

Büchner räusperte sich. Boger ließ von Heinzi ab und wandte sich zu ihm. »Und?«

»Das BKA übernimmt.«

»Ach du heilige Scheiße. Die Krawattenfuzzis.«

»Der Oberfuzzi ist Mafiajäger.«

»Mafia? Was soll das denn?«

Büchner seufzte. »Rehn und Brand glauben auch nicht an Mafia-Morde.«

Boger schüttelte den Kopf, nahm einen tiefen Schluck. »Die Mafia? Wie kommt ihr denn da drauf?«

»Die Ermordeten waren Geldwäscher der Mafia. Einer war sogar Mitglied bei Opus Dei.«

Manfred Boger richtete sich auf. Mit glänzenden Augen sah er zu Büchner. »Hey! Das sind die Bösewichter aus dem einen Film, genau, Opus Dei. Und ich habe gedacht, das ist Quatsch. Der spielt in Rom, der Film.«

»Der Oberfuzzi hat V-Männer ausgebildet. In Rom.«

Zu Büchners Überraschung stieß Boger ein lautes Lachen aus. »V-Männer vom BKA. Beim Rauschgift waren die echte Loser«

Stimmt, Manfred war beim LKA jahrelang Drogenfahnder gewesen, bevor er zum Diebstahl strafversetzt wurde. Büchner wusste, dass sich BKA und LKA beim Rauschgift nie grün gewesen waren.

Genüsslich erzählte Boger: »Das BKA hatte ›Sicherstellungslisten‹, quasi ihre Erfolgsmelder. Da haben die vermerkt, wie viel Kilo von welchem Rauschgift das jeweilige BKA-Team sichergestellt hatte. Dass der Stoff überhaupt erst von V-Leuten eines anderen BKA-Teams angeschleppt wurde, hat niemanden gestört. Über uns beim LKA haben die gelacht, dabei hatten wir von der Marktlage wirklich Ahnung. V-Leute vom BKA, das sind kriminelle Idioten.«

Büchner schnaubte. Typisch Manfred, immer übertreiben, immer über das Ziel hinaus. Natürlich operierten V-Leute am Rand der Kriminalität. Da war kein Platz für Zimperlichkeit. Wer mit Drogendealern, Waffenhändlern oder anderen Kriminellen zu tun hatte, musste nicht nur denken wie sie, sondern häufig auch so handeln wie sie. Da verwischten die Grenzen.

»Der Oberfuzzi, Max Euler, ist jedenfalls zwielichtig. Der Mann hat so viele ›Legenden‹, also falsche Lebensläufe, dass ihn niemand kennt«, goss Büchner widerstrebend Wasser auf Manfreds Mühlen. »Hans Pesch hat mir im Vertrauen erzählt, dass das Gerücht umgeht, Euler habe bei der Fremdenlegion angefangen.«

»Ein Legionär?« Boger verdrehte die Augen und schnaubte: »Alles Killer.«

»Mann, Manfred!«

»Mann, Gregor«, äffte sein Freund den genervten Tonfall nach. Dann zwinkerte er besänftigend, führte das Glas zum Mund – und erstarrte. Mitten in der Bewegung. Leicht beunruhigt sah Büchner, wie Manfred die Augen zusammenkniff, als würde er in weiter Ferne etwas Unvorstellbares beobachten. Bestimmt mehrere Sekunden saß er einfach da, das Glas halb erhoben und starrte. Gerade als Büchner sich anschickte zu fragen, wer da über sein Grab laufe, öffnete er den Mund: »Sag mal, wie heißt der BKA-Fuzzi?«

»Euler. Max Euler. Sag nur, du kennst den? «

»Stefan Uhl …«

Boger schien nicht bereit, mehr als diesen Namen zu sagen, sondern sah weiter stumpf vor sich hin.

»Und?«, fragte Büchner ungeduldig.

»Als die Skulptur gestohlen wurde, in Rom, da ist einem der Museumswächter ein Mann aufgefallen. Der stand ewig vor der Skulptur, hat sie angestarrt. Die Italiener kennen seine Identität. Er heißt Stefan Uhl.«

»Das ist sicher interessant, aber …«

»Mensch, Gregor. Uhl-Euler. Uhl, das ist ein altertümlicher Name für Eule! Uhl – Euler. Kapierst du?«

»Na ja, ein ähnlicher Name …«

Aufgeregt drehte sich Boger zu ihm. »Nicht nur der Name. Uhl hat zwei Jahre in Rom gelebt, aber sie wissen nichts über ihn. Weder, was er dort getrieben hat, noch, was er in Deutschland treibt. Am 28. Juli wird die Skulptur geklaut. Am 29. Juli fliegt Stefan Uhl nach Deutschland. Und jetzt wird es richtig interessant: Dort kommt er nicht an. Steigt ins Flugzeug und verschwindet, als hätte es ihn nie gegeben.«

»Aber …«

»Eine ›Legende‹. Mann, das springt mir ins Gesicht und beißt mir in die Nase. Stefan Uhl ist eine verdammte Legende, eine Erfindung.«

»Mal halblang.«

»Nix halblang!« Manfred Boger beugte sich so nah zu ihm herüber, dass Büchner befürchtete, er würde mitsamt Barhocker auf ihn kippen. »Gregor, was weißt du über deinen Killer?«

»Uhl, Euler, Legenden. Das ist Fantasterei, reine Spekulation, abwegig.«

»Komm, antworte. Was weißt du über den Killer?«

»Ich kann dir keine Einzelheiten über unsere Ermittlungen erzählen, das …« Unter Bogers Blick brach Gregor Büchner ab. Die ganze Situation war widersinnig. Sie beide in dieser miefigen Kneipe, und Boger verlangte allen Ernstes, dass er Interna ausplauderte. Andererseits … Er seufzte: »Also gut. Die Tötungsart ist das Auffälligste. Dein Pausanias beschreibt sie tatsächlich ganz gut. Der Mörder durchtrennt von schräg unten die Bauchdecke und die Muskulatur, greift die Eingeweide und zieht sie heraus.«

»Wie Damoxenes!«

»Nur, dass er statt spitzer Fingernägel ein Hilfsmittel benutzt.«

»Welches?«

»Manfred, das kann ich dir nicht sagen! Wir haben absolute Geheimhaltung, selbst die Presse weiß nicht Bescheid. Wenn da was durchsickert.«

»Schon gut.« Begütigend hob Boger die Hände. »Weiter.«

»Irgendwie zwingt oder überredet er seine Opfer, sich auszuziehen, den Oberkörper freizumachen. Die Kleidung liegt immer fein säuberlich neben den Toten.«

»Das Gewölle.«

Entgeistert sah Büchner seinen Freund an. Jetzt war Manfred durchgeknallt, soviel stand fest. »Du meinst nicht wirklich die Überreste der Eulenmahlzeit, oder?«

»Doch«, bekräftigte der völlig unerschüttert. »Eulengewölle suchen, habt ihr das als Kinder nicht gemacht?«

Natürlich hatten sie. Büchner erinnerte sich gut an die

rundlichen, verfilzten Nahrungsballen, die Eulen Stunden nach dem Fressen herauswürgten. In seiner Kindheit waren das beliebte Trophäen. Auf alten Speichern fand man Gewölle vom Steinkauz, bei Felsen und Steinbrüchen die vom Uhu und in Nadelwäldern die der Waldohreule.

»Nicht, dass ich dich ernüchtern möchte, aber der Mörder frisst seine Opfer nicht. Und bloß weil jemand Uhl oder Euler heißt ...«

»Der Typ hat eine Macke, oder? Ich meine, der muss spinnen. Wenn's ihm nur ums Töten ginge, kann er das einfacher haben.«

Eine Macke! So konnte man das natürlich auch ausdrücken. Wenn er nur nicht die erste SOKO-Sitzung mit dem Profiler verpasst hätte. Verdammter Virus! Andererseits stand der Mann dem LKA ja noch zur Verfügung. Auch wenn er lasch war, wie Michaux behauptete.

»Ich meine nur, dass Irre oft an Symbolen hängen. Die Morde passieren immer auf die gleiche Weise. Der Typ nennt sich Eule. Also können die abgelegten Kleider das Gewölle sein.«

Büchner tippte sich an die Stirn. Gleichzeitig war er beunruhigt. Die abgelegten Kleider hatten ihn an etwas erinnert. An was? An die Ballen, die Eulen von ihrer Mahlzeit zurückließen? Könnte sein.

»Aber gut, lassen wir das weg«, fuhr Manfred begütigend fort. »Bleiben die Legenden. Über den BKA-Euler weiß man wenig, über Stefan Uhl noch weniger.«

»Über Euler weiß man, dass er seit Jahren beim BKA arbeitet«, widersprach Büchner. »Er ist ein versierter Mafiajäger, ist V-Mann-Führer. Und dass er ›Legenden‹ hat, ist bei denen normal.«

»Klar, die Jungs vom BKA spielen gern FBI. Bilden sich ein, sie seien die Supercops, die knallharten Kerle. Kein Wunder, wenn einer austickt und das Gesetz in die Hand nimmt.«

Jetzt reichte es Büchner. »Was erwartest du? Da gibt es ähnliche Namen, ein paar Zufälle, und ich springe wie ein Depp auf deinen Zug? Gehe zu Memmler und sag: Übrigens will ich mal eben gegen den BKA-Kommissar Max Euler ermitteln, der heißt nämlich so ähnlich wie einer, gegen den mein Freund Boger ermittelt?«

»Ich …«

»Weißt du, wie Memmler mich angesehen hat, als ich ihm von der Skulptur erzählt habe? Als wäre ich nicht ganz dicht!«

»Du hast es Memmler erzählt?«

Heinzi trat zu ihnen und stellte zwei Schnapsgläser vor ihnen ab. Irritiert sahen die beiden zu dem stummen Wirt. Das hatte niemand bestellt. Heinzi sah sie an, machte eine Geste, als würde er ein Glas kippen, nickte und ging wieder zu seiner Tresenecke.

Büchner sah auf sein Glas, auf seinen Freund. War er laut geworden? Manfred konnte einen mit seinen Spekulationen in den Wahnsinn treiben. Der ganze Fall wies Züge von Wahnsinn auf. Ausgeweidete Tote, attische Faustkämpfer, Eulengewölle. Und als Zugabe die Mafia.

Heinz hatte recht, da half nur Schnaps.

30.

Die Sekunden schlichen, regelmäßig, unaufhaltsam. Verdichteten sich zu Minuten. Minuten reihten sich aneinander, eine Kette aus Minuten, die zu Stunden wurden. Wenn man wartete, war die Zeit träge, sie gähnte, statt wie üblich vorbeizuhuschen. Michael Hauser saß in einem Zeitbrei, der nicht langsamer, nicht schneller wurde und trotzdem zerran.

Anfangs war er ungeduldig gewesen. Die Sitzposition im Auto war unerträglich, nach der ersten Stunde begann das Kreuz zu schmerzen, die Beine wurden schwer, Gedanken, Gesprächsfetzen, Bilder schossen durch den Kopf, jedes Geräusch schrie nach angespannter Aufmerksamkeit. Dann kam die Leere.

Ein Zustand, fast wie Meditation. Er fühlte das Vergehen der Zeit körperlich. Alles um ihn herum wurde schwer, er löste sich auf, wurde eins mit der Dunkelheit und den tickenden Sekunden.

Am liebsten observierte Hauser allein. Natürlich hätte er Boger mitnehmen können, der quatschte nicht unnötig. Aber das Gefühl, losgelöst von allem zu sein, fehlte, wenn eine zweite Person mit im Auto saß.

Zwanzig nach drei. Seit zehn Uhr saß er hier, die drei Fenster im Blick. Kein Licht, keine Bewegung. Die Wohnung lag verlassen. In zehn Minuten würde er aus dem Wagen steigen.

Er lächelte. Boger war noch zu viel Polizist, bestimmt hatte er Skrupel, in eine fremde Wohnung einzubrechen. Merkwürdig wie schnell er selbst, Michael Hauser, die Polizeimentalität hinter sich gelassen hatte. Bestimmungen, Verordnungen, Gesetze. Alle sinnvoll, alle hinderlich. Er hörte Maras Stimme: »Du spielst immer noch Räuber und Gendarm. Wobei ich nicht weiß, wen von beiden.«

Mal den einen, mal den anderen, hätte er antworten können. Tat er aber nicht. Wozu auch?

Drei Uhr fünfundzwanzig, eine gute Zeit. Zwischen Nacht und Tag. In einer Stunde würden die ersten Frühaufsteher an die Fenster treten und in den kalten Morgen blicken.

Vorsichtig bewegte er seine Zehen in den schwarzen Turnschuhen, streckte sie und zog sie zusammen, rollte die Fußsohlen ab, spannte und entspannte die Wadenmuskeln, die Muskeln der Oberschenkel. Zog die Schultern hoch und ließ sie wieder fallen, bewegte sein Kreuz. Er griff die schwarze Umhängetasche mit dem Werkzeug, öffnete lautlos die Autotür, schob sich heraus und ließ das Schloss lautlos einklicken.

Die Nacht empfing ihn mit kalter Luft, die er kontrolliert einsog und ausatmete. Er streifte sich die schwarze Wollmütze über, ließ die Arme auspendeln, war gewappnet.

Im zweiten Stock hatte der anonyme Anrufer gesagt. Ein Kontrollblick zu den Fenstern. Er war bereit.

Mit federnden Schritten ging er zu dem Gartentörchen, das, nicht eingeklinkt, bei der ersten Berührung aufschwang. Ein paar Stufen zur Haustür.

Das Chubbschloss erstaunte ihn. Die Dinger wurden schon seit den sechziger Jahren nicht mehr als Haustürschlösser benutzt. Aber das Haus war alt, und ihm konnte es recht sein. Keine komplizierten Werkzeuge, der gute alte Dietrich 3371.

Eine kurze Drehung, die Haustür war offen.

Innen war es dunkler als draußen. Ein altes Treppenhaus, weiträumig, ohne Fenster, durch die das Licht der Straßenlaternen fallen könnte. Der Punktstrahler wies ihm den Weg zu ausgetretenen Stufen. Er schlich nach oben, Steinstufen, kein Knarren, die Schritte unhörbar.

Das Wohnungsschloss war neueren Datums. Auch kein Problem, ein einfaches Zylinderschloss, das er mit seinem Picset und dem Zylinderzieher in fünfzehn Sekunden knackte. Dann war er drin.

Parkettfußboden, offene Zimmertüren, Fenster, durch die das Nachtlicht schien. Das Bad als Erstes. Ein Handtuch über der altertümlichen Wanne, am Waschbecken Zahnputzglas, Tube, Bürste, Einwegrasierer. Kein Platz, etwas zu verstecken.

Wohnzimmer. Kein Bild an der Wand, kein Sofa, nur ein großer Holztisch, beladen mit Papier und – Skulpturen. Bingo!

Ein nacktes Mädchen, die sich an ihren Hund kuschelte, etwa fünfzehn Zentimeter lang und elf Zentimeter hoch. Speckstein mit einer Gravur am Sockel. Hauser drehte die Skulptur um. Ein Zettel klebte darunter. Mühsam, im Nachtlicht zu entziffern. *Museum Lüttich, Jean Joseph Halleux, 1817–1876, Bildhauer (Arto).* Das Mädchen mit Hund war abgezeichnet worden. Neben ihm lagen Skizzen, mal ihre Rückenansicht, ein andermal nur der Hund. Abgebrochene Kohlestifte.

Eine Porzellanfigur, wieder weiblich. Eine Trinkende mit Nackenknoten. Kein Zettel auf der Unterseite. Hauser schätzte Jugendstil. Auch von ihr Skizzen.

Ein kleiner Pan mit Bocksbein und überdimensionierten Armen in Marmor, ein Löwe mit aufgerissenem Maul in Sandstein. Und überall Zeichnungen. Keine Skulptur mit zwei Kriegern, kein Schrank, indem etwas versteckt werden konnte.

Der nächste Raum, die Küche. So spartanisch wie das Wohnzimmer, eine Spüle, die Kaffeemaschine. Vorsichtig öffnete er die Hängeschränke. In einem standen zwei Tassen, ein Teller. Die beiden anderen waren leer. Ein Kocher mit Doppelplatte, ein kleiner Kühlschrank mit Fertiggerichten, eine Mikrowelle.

Zurück in den Flur. Noch zwei Zimmer, beide mit geschlossener Tür. Zentimeterweise drückte er die Klinke der ersten Tür nach unten, geräuschlos zog er sie auf.

Beim ersten Blick in das fast leere Zimmer begann sein Herz zu hämmern.

In der Mitte stand ein kleines Tischchen, über das ein weißes, glänzendes Tuch gebreitet war. Dort stand sie. Gut sichtbar, von einer Straßenlaterne beleuchtet, die ihr geisterhaft bleiches Licht ins Zimmer goss.

Weiß und schimmernd hoben sich die beiden Kämpfer kaum von ihrem Untergrund ab. Er trat näher. Direkt vor dem Tischchen lag eine Isomatte auf dem Boden. Er ging in die Knie.

Wie auf einem Altar bot sich die Skulptur seinen Blicken dar.

Kreugas und Damoxenes standen sich gegenüber. Den Blick konzentriert auf den Gegner gerichtet, alle Muskeln gespannt, bereit zum finalen Schlag. Die Äderung des Marmors betonte das Spiel der Sehnen und Muskeln, ließ das Fleisch lebendig wirken.

Jetzt, wo er vor der Skulptur kniete, glaubte er zum ersten Mal, dass Miotti recht hatte. Sie konnte nur von Michelangelo sein. Kein anderer Bildhauer zeichnete seine Figuren so kraftvoll und gleichzeitig so verletzlich. Der rechte Kämpfer war eindeutig Damoxenes. Zum Äußersten entschlossen den Kampf zu entscheiden, den Sieg zu erringen, den Preis zu zahlen. Sein Gegner Kreugas hatte die Todesahnung im Blick, trotzdem wankte er nicht. Tapfer stand er und erwartete sein Ende, das er ahnte, ohne es zu kennen.

Michael Hauser verstand, warum der unbekannte Dieb die Skulptur besitzen wollte. Alle Facetten des Kampfes spielten sich in den Gesichtern der beiden schon lange Toten, Demut und Hingabe, Mut und Entschlossenheit. Und Ergebenheit in das Schicksal, was es auch bringen würde.

Sein Herz raste. Er hatte es geschafft! Er hatte die Skulptur gefunden. Dank des anonymen Anrufers war es leicht gewesen, fast zu leicht. Mit dem Erfolg stand die Detektei auf festen Füßen. Es würde sich herumsprechen, dass sie gut waren, neue Aufträge, ein Standing in der Branche. Das Leben lag vor ihm wie ein ausgebreiteter Teppich. Sicherheit für Mara und seine Kleine, Abenteuer und Anregung für ihn.

Dankbar blinzelte er den beiden Kämpfern zu, über die ein Schatten fiel. Ein Schatten, als würde jemand hinter ihm stehen, vor dem Fenster.

Er war nicht allein. Jemand stand hinter ihm. Leicht rechts. Lautlos. Wieso war jemand hier? Musste in der dunklen Wohnung gehockt haben, gelauert.

Michael Hauser spannte seine Muskeln, war mit einem Sprung auf den Beinen, wirbelte herum.

Der Schlag traf ihn mit Wucht.

31.

Der Regen prasselte gegen die Windschutzscheibe, der Motor surrte, und im Wageninneren herrschte angenehme Stille. Im Lauf der Zusammenarbeit waren er und Michaux in einem Zustand angenehmen Schweigens angelangt. Das funktionierte nicht mit vielen Kollegen, und Büchner war dankbar. Jeder hatte Zeit nachzudenken, zu spekulieren, die Gedanken ins Kraut schießen zu lassen.

Gedanken, die ins Kraut schießen!

Seit er mit dem Luxemburger arbeitete, dachte er dauernd in Wortbildern.

Bei dieser Ermittlung wurde zu viel geredet. Und es gab zu viele Gefahren. Natürlich lag das daran, dass der Fall sich räumlich ausdehnte. Oder rannten sie den Ereignissen ständig hinterher?

Das Gespräch mit Boger gestern Abend wollte ihm nicht aus dem Kopf. Da! Schon wieder. Etwas »geht nicht aus dem Kopf«. So, als hätten Gedanken stoffliche Qualität, als würden sie tatsächlich Raum besetzen, den Kopf füllen, bis er überquoll. Er seufzte, fing einen kurzen Seitenblick von Michaux auf.

»*Wann een net Wollef ka sinn, Fuuss muss ee ginn.*«

»Aha.«

»Wenn man nicht Wolf werden kann, soll man Fuchs werden«, erklärte der Luxemburger.

»Natürlich.«

»Der leitende Ermittler bestimmt die Richtung der Ermittlung.«

Büchner seufzte erneut. Die Richtung der Ermittlung, Michaux hatte den Finger in die Wunde gelegt. Unter Euler würde die Hauptrichtung die Mafia werden. War das richtig? Und was war mit Bogers Spekulationen? Der gestohlenen Skulptur? Den Ansätzen, die in eine andere Richtung zeigten?

»*Wann een net Wollef ka sinn …*«, wiederholte der Luxemburger bestimmt.

Fuchsig-schlau. War das die Antwort? Eigene Ermittlungsansätze verfolgen, warum nicht? Michaux teilte sein Unbehagen. Ob er ihm von Bogers Verdacht gegen den BKA-Mann erzählen sollte?

Im Tageslicht wirkte das Ganze noch verrückter als in der nächtlichen Kneipe.

Schweigend fuhren sie in Remich ein. Noch ein Besuch bei der Vollaro, was immer das bringen würde. Michaux' Idee, dass die Großmutter der Geldkurier war, stützte Eulers Mafia-Ansatz.

Schlau wie ein Fuchs. Was hieß das? Und wie wurde man es? Den Fall neu aufrollen, neu denken. Sie hatten drei Tote. Wer hatte ein Interesse an ihrem Tod? Wirklich die Mafia? Wenn die drei abtrünnig geworden waren, dann ja. Aber dafür hatten sie keine Hinweise. Oder hatten sie die nur nicht gefunden?

Sein Handy klingelte.

»Ja?«

Die Verbindung war schlecht, es dauerte, bis er Manfreds aufgeregte Stimme verstand.

»… weg. Verstehst du?«, knarrte es aus dem Hörer. »Sie hatten das Phantombild von Uhl bei der Corpo della Gendarmeriadelirgendwas, halt bei der Polizei vom Vatikan.«

»Die haben einen eigenen Polizeiapparat, ich weiß.« Büchner warf einen kurzen Blick zu Michaux, der tat, als höre er das Telefongespräch überhaupt nicht.

»Es ist nicht mehr auffindbar, das Phantombild von Uhl. Wir können es nicht mit Euler vergleichen.«

»Hör zu, Manfred ...«

»Das ist der Hammer!« Boger schrie derart, dass Büchner das Handy ein Stück vom Ohr weghielt.

»... Manipulation. Wer, glaubst du, hat soviel Einfluss?«, hörte er als Nächstes.

»Manfred lass uns das heute Abend besprechen.«

»... bleibe dran, da kannst du Gift drauf nehmen.«

»Tu das.« Büchner warf einen entschuldigenden Blick zu Michaux, der in Baumanns Einfahrt gebogen war und den Motor abstellte.

»... keine Ahnung, wo der steckt.«

Michaux hob beschwichtigend die Hand, um zu signalisieren, er solle sich Zeit lassen.

»Wer? Wer steckt wo?«, rief Büchner in den Hörer. Die Verbindung wurde immer schlechter.

»Hauser ... gestern Abend, Mara hat angerufen ...?«

Mara? Wer zum Teufel war Mara? »Manfred, ich versteh dich ganz schlecht. Ich rufe an, sobald ich im Büro bin. Manfred ...?«

Aus dem Hörer piepte nur noch das Freizeichen.

Auch gut. Büchner verstaute sein Handy, nickte dem Kollegen zu, und sie kletterten aus dem Wagen.

Der Regen hatte sich eingenieselt, der nasse Februar schickte sich an, in einen nassen März überzugehen und die Welt in Grau zu ertränken.

Baumanns Villa lag verlassen unter dicken Wolken. Der Immobilienmakler hatte sich wirklich einen Traum gebaut, ein Traum aus Stein in einem Park. Die Vollaro würde nach Italien verschwinden, sobald die Ermittlungen es ihr erlaubten, überlegte Büchner. Das Haus würde leer stehen, vielleicht verkauft werden, vielleicht der Traum für andere sein. Ein eigenes Haus? Sein Traum war das nie gewesen. Ein Garten? Schon eher. Obwohl er keine Ahnung von Pflanzen und dem ganzen Kram hatte. Nur manchmal sehnte sich Büchner nach Gras. Früh aufstehen, im Sommer, in den Garten gehen und mit nackten Füßen durch die Morgentauwiese schlendern. Mit Manfred zusammen ein Haus kaufen … Ein Albtraum!

Entschlossen stieg er hinter Michaux die Stufen hoch.

»Na!«

Bei dem überraschten Ausruf des Luxemburgers beschleunigte er seine Schritte. Die Haustür war angelehnt. Vorsichtig stieß Michaux die Tür auf. »Frau Vollaro?«

Keine Antwort.

»Frau Vollaro? Sind Sie da?«

Lag es an dem seltsamen Zwielicht, dass der Regenmorgen in die Diele zauberte? Oder an der absoluten Stille, als würde das Haus selber die Luft anhalten? Auf einmal wusste Büchner Bescheid.

Zögernd ging er an seinem Kollegen vorbei, durchquerte die Diele, stieß die Küchentür auf.

Sie saß auf ihrem Stuhl, die Augen wie Murmeln im aufgedunsenen Gesicht, das durch die Staublutung mit einer Vielzahl roter Pünktchen übersät war, den Mund halb geöffnet.

Der Handkehrer war nicht leicht gestorben. Sie hatte sich gewehrt, Blut an den Händen vom verzweifelten Versuch, die Drahtschlinge zu lösen. Einem kostbaren Kropfband gleich, schlang sich der rote Streifen um ihre Kehle. An manchen Stellen schimmerte die Schlinge, die sich tief eingegraben hatte, silberhell aus dem geschwollenen Gewebe. Die schwarzen, stacheligen Haare in seltsamem Kontrast zu dem blau angelaufenen Gesicht. Der Tod hatte ihr Gesicht in eine bunte, grinsende Fratze verwandelt.

Und, wie zum Hohn, lag auf dem Tisch ein nacktes, ausgenommenes Hühnchen, um das die ersten Fliegen des Jahres schwirrten.

32.

So spät? Das konnte nur Boger sein.

Müde schlurfte Büchner zur Haustür, drückte den Öffner.

Erneutes Sturmklingeln.

»Ist ja gut!« Er drückte diesmal länger. Gepolter auf der Treppe, als würde eine Elefantenherde anrücken, aber es war natürlich Manfred in zerknautschter Lederjacke. Büchner legte den Finger an den Mund zum Zeichen, dass er leise sein solle. Boger blies abfällig die Backen auf und schlüpfte an ihm vorbei in die Wohnung.

»Neues von Hauser?«, fragte Büchner.

Boger schüttelte den Kopf. »Vom Erdboden verschluckt. Mara ist außer sich, hält sich aber ganz gut. Schon wegen der Kleinen. Hast du was zu trinken?«

Büchner hätte am liebsten verneint, gestöhnt, dass er hundemüde sei, auf die Uhrzeit verwiesen ... Aber ein Blick in Manfreds angespanntes Gesicht ließ ihn stumm nicken.

Die Badezimmertür öffnete sich, Henri Michaux, in Büchners blauen Pyjama gewandet, stand vor ihnen.

»Oh.« Aus Bogers Gesicht wich buchstäblich die Farbe. »Du hast Besuch. Ich will nicht stören.«

Gregor Büchner sah überrascht zu seinem Freund hoch. Er bildete sich doch nicht etwa ein ...?

»Herr Michaux übernachtet hier. Es ist zu spät geworden, um noch zurückzufahren. Und morgen um sieben geht's weiter, du weißt ja, der Mord an Baumanns Großmutter.«

Irrte er sich, oder hatte Manfred die Mundwinkel skeptisch nach unten gezogen?

»Also wenn ich störe?«

»Kommissar Michaux übernachtet im Wohnzimmer!« Verdammt, war es wirklich nötig, so deutlich zu werden? Manfred sah verdammt nach eifersüchtiger Ehefrau aus. Was bildete sich der Kerl überhaupt ein?

Michaux, unberührt von jeder Peinlichkeit, kam mit ausgestreckter Hand näher. »Bon soir. Wir haben uns kennengelernt. Im Büro.«

Büchner sah Manfred zögern, dann die ausgestreckte Hand ergreifen: »Ich wollte nur … Aber wenn Sie müde sind?«

»Nein, nein«, erklärte der Luxemburger eifrig. »Wir könnten noch ein Glas nehmen, oder? Ich kann sowieso noch nicht schlafen.«

Resigniert überließ Büchner beide ihrem Schicksal und schlurfte in die Küche. Aus dem Schrank drei Weingläser, eine Flasche aus dem Regal. Ein argentinischer Roter, San Rafael, Mendoza. Er hatte keine Ahnung, wie der war. Aber um ein Uhr nachts mussten sie eben nehmen, was da war. Manfred würde eh ein Bier bevorzugen, aber damit konnte er nicht dienen. Und selbst wenn, hätte er es ihm nicht gegeben, nicht heute. Hereinplatzen, mitten in der Nacht, mit anzüglichen Mundwinkeln. Sie waren weder verheiratet, noch ein Paar. Mit Manfred zusammenwohnen – das fehlte noch.

Aus dem Wohnzimmer drang Gelächter.

Hauptsache, die amüsierten sich. Wo war der blöde Korkenzieher? Ein Glas, dann würde er im Bett verschwinden.

Als Büchner mit Flasche, Gläsern und guten Vorsätzen bewaffnet ins Wohnzimmer kam, fühlte er sich an früher erinnert: Pyjama-Party in der Jugendherberge.

Michaux saß im Schneidersitz in die Decke gewandet auf der zum Bett umfunktionierten Couch. Manfred lümmelte im Sessel, Jacke und Schuhe neben sich. Er sah aus, als habe er sich für länger häuslich eingerichtet.

»Ihr Freund, Herr Boger, hat mir von seiner Detektei berichtet«, empfing ihn Michaux. »Das ist interessant. Gestohlene Kunstwerke, damit haben wir auch zu tun. Aber wir haben keine Spezialisten. Leider.«

»Ich bin kein Spezialist, eher Dilettant«, wehrte Boger ab. »Gregor hier, für den wäre das was. Der interessiert sich für Kunst.«

Ohne Kommentar stellte Büchner Flasche und Gläser auf den Tisch und zog sich den zweiten Sessel näher.

»Woran arbeiten Sie denn?«, fragte der Luxemburger.

Manfred warf Büchner einen kurzen Blick zu. »An einem Diebstahl, der euren Fall berührt.«

»Unseren Fall?« Michaux riss die Augen auf. Wie er da saß, auf das Sofa gekauert, im Schlafanzug und mit zerzaustem Haar, sah er verdammt jung aus, ein Bürschlein. Manfred würde doch nicht?

Er würde! »Aus einem Museum wurde ein berühmtes Kunstwerk gestohlen. Oder sagen wir mal, ein Kunstwerk, das eventuell von einem berühmten Künstler stammt. Der mutmaßliche Dieb heißt Stefan Uhl. Und jetzt taucht bei euren Ermittlungen ein Max Euler auf.«

»Aber …« Verwirrt krauste Michaux die Stirn. »Sie verwechseln das. Max Euler ist einer von uns, vom Bundeskriminalamt.«

»Ja und?«, fragte Boger, leicht gereizt.

»Ich habe ihm gesagt, wie abwegig das ist«, warf Büchner ein, voll Sorge, wie Michaux auf Manfreds Spinnerei reagieren würde. Aber der Luxemburger sah keinesfalls schockiert, sondern interessiert aus.

»Euler und Uhl? Wo ist der Zusammenhang?«, fragte er nach.

»Uhl ist eine alte Bezeichnung für Eule. Der Nachtvogel, wissen Sie?«

Der Luxemburger lächelte, erfreut wie ein fleißiger Schüler. »Ah! Un hibou, eine Eule.« Er legte seinen Zeigefinger an die Nase, überlegte kurz und meinte dann: »Sprache, das ist schwierig. Im Deutschen gibt es viele komische Ausdrücke. Ich verstehe, eine Namensähnlichkeit! Aber ist das nicht zu wenig für einen Verdacht?«

Boger beugte sich zum Wohnzimmertisch, musterte misstrauisch das Etikett der Weinflasche und schenkte die Gläser ein. »Es ist nicht nur die Eule.«

Sie griffen die Gläser, prosteten sich zu, und Büchner übernahm. »Das gestohlene Kunstwerk zeigt zwei Kämpfer. Der eine hat den anderen auf dieselbe Weise umgebracht, in der unsere Morde passiert sind. Das hat Manfred aufmerksam gemacht.«

Michaux hob sein Glas, kniff ein Auge zu, betrachtete den roten Wein, schwenkte ihn im Glas, trank einen konzentrierten Schluck und sagte schließlich pikiert: »Eine Information, über die ich nicht verfüge.«

»Keine Information, ein zufälliges Zusammentreffen!«, antwortete Büchner verstimmt. »Außerdem habe ich Manfreds Beobachtung der SOKO-Leitung, also Herrn Memmler mitgeteilt. Wenn er es für relevant hält, wird er es weitergeben.«

Wieder überlegte der Luxemburger. »Die Art der Morde … Sie ist ungewöhnlich. Unser einziger Anknüpfpunkt. Es scheint mir schon – wie sagen Sie? – relevant.«

»Danke, danke, danke«, mümmelte Manfred, ließ sich in seinen Sitz sinken und kippte das Glas, als habe er einen Sieg errungen, auf den er trinken müsse.

Büchner ärgerte sich.

»Zwei Namen, die dasselbe bedeuten: Uhl und Euler. Eine Skulptur, die einen ungewöhnlichen Mord zeigt, später werden auf diese Weise Morde ausgeführt. Die Skulptur wird in Rom gestohlen, Max Euler war bis kurz nach dem Diebstahl als Ausbilder für V-Männer in Rom«, fasste Boger genüsslich zusammen.

Eindeutig hatte er Oberwasser. Büchners Ärger wuchs.

Michaux wirkte beeindruckt.

Trotzdem, die Verbindung eines BKA-Mannes mit den Morden … es war so verdammt unwahrscheinlich. Andererseits, wenn Euler tatsächlich der Mörder war, konnte er nichts Geschickteres tun, als die Leitung der Ermittlungen zu übernehmen. Kein Problem, die gesamte Truppe der Mafia hinterherhecheln zu lassen und selbst ungeschoren davonzukommen.

Michaux war es, der schließlich das Schweigen brach. »Gut. Wir haben versucht, die Morde zu klären, indem wir uns mit den Opfern beschäftigten. Was genau wissen wir über den Täter?«

Boger stellte sein Glas auf den Tisch. »Euer Täter ist ein Killer, einer, der töten kann, oder? Euler war bei der Fremdenlegion.«

Aufgeregt richtete sich Michaux auf. »*Un Légionnaire*?«

»Klar. Das sind doch Kriminelle, Killer.«

»*Du fuebels an d'Blot eran*!« Michaux war aufgefahren und funkelte Boger an.

»Wie bitte?«

»Entschuldigen Sie, aber das ist reine Fantasie. Die Fremdenlegion ist Teil des französischen Heeres. Die Auswahlkriterien für die Bewerber sind überdurchschnittlich hoch. Die Zeiten, in denen Verbrecher in die Legion geflohen sind, sind vorbei.«

»Es ist Tatsache, dass man in der Legion eine falsche Identität bekommt?«, hakte Boger nach.

Michaux setzte sich wieder. »Grundsätzlich bekommt jeder Legionär einen neuen Vor- und Familiennamen, neue Elternnamen und ein neues Geburtsdatum. In seiner *Carte d'identité militaire* wird das festgehalten.«

»Ach, und das kriegt der einfach so? Zum Spaß?« Boger verzog spöttisch die Mundwinkel.

»Natürlich passiert das, um ihn vor unangenehmen Anfragen und Auskunftsersuchen zu schützen. Aber die Legion prüft ihre Männer. Ich habe einen Freund in Aubagne bei Marseille. Er ist Ausbilder bei der Legion.«

Jetzt war es an Boger, elektrisiert hochzufahren. »Sehr gut. Das heißt, Sie könnten Nachforschungen über Euler anstellen?«

Michaux biss sich auf die Unterlippe. Boger hob die Flasche und schwenkte sie verführerisch in Richtung des Luxemburgers. Der überlegte, hielt ihm das Glas entgegen, Boger goss nach und lächelte.

Büchner war sicher, dass Michaux sich nach Euler »erkundigen« würde. Wie schaffte das dieser Teufelsbraten von Boger nur immer?

Michaux nahm einen kurzen Schluck. »Sie können ebenfalls Erkundigungen anstellen. In der Legion sind nur noch zwei bis drei Prozent Deutsche, aber es gibt alte Kameradschaften. Die *Amicale des Anciens de la légion étrangère*. Soweit ich weiß, ist eine große *Amicale* in Mannheim.«

»Mannheim? Okay!«

»Woher kennen Sie sich so gut in der Legion aus?«, mischte sich Büchner ins Gespräch.

Der Luxemburger schlug die Augen nieder, schüttelte den Kopf und griff erneut nach der sich bedenklich leerenden Flasche. »Alte Geschichten«, meinte er wegwerfend.

»Eine neue Flasche gegen alte Geschichten«, bot Büchner an.

Michaux grinste. »Ich wollte zur Legion. Ein Jungentraum. Fremde Länder sehen, Algerien, Indochina, Afrika. Kameradschaft. *Legio Patria Nostra* – die Legion ist unser Vaterland.«

»Wie die Pfadfinder, fand ich auch toll«, warf Boger ein und kniff Michaux ein Auge.

Ratlos sah Büchner von einem zum anderen. Jungenträume,

Männerbündnisse. Hatte er nie gehabt. »Und warum sind Sie nicht zur Legion?«

Verlegen sah Michaux in sein Glas. »Sie haben mich nicht genommen. Wegen der Fußstellung.«

»Der Fußstellung?«, fragte Boger neugierig.

»Wie sagen Sie? Platte Füße, genau. Ich habe platte Füße.«

Büchner griff die leere Weinflasche und floh in die Küche. Aus den Augenwinkeln sah er, wie Boger sich interessiert nach unten beugte. Nicht, um die eigenen Füße zu begutachten, sondern um sein Grinsen zu verbergen.

Platte Füße! In der Küche angelangt, fing Büchner an zu lachen. Platte Füße, na für die Polizei hatte es gereicht.

Als er mit der neuen Flasche ins Wohnzimmer kam, hatte Boger sich wieder gefasst. Der Besuch tat ihm gut. Zumindest sah er nicht mehr so angespannt aus wie zu Beginn.

»... sehr hart«, erzählte Michaux gerade. »Die Rekruten werden bis an die Grenze der Belastbarkeit getrieben. Im Vergleich zur Legion sind die anderen westlichen Armeen ein Kindergarten.«

Aha. Immer noch die Legion. Platte Füße ... Mühsam unterdrückte er den erneuten Lachreiz. Vielleicht hatte er doch schon einen zu viel? Egal. Er schenkte die Gläser nach.

Die drei Männer prosteten sich zu.

»Also gut«, setzte Büchner an. Zeit, wieder in die Gegenwart zurückzukehren. »Max Euler war in Rom, das heißt, er könnte – mit Betonung auf könnte – die Skulptur gekannt, eventuell gestohlen haben. Das heißt wiederum, er könnte sich die Anregung zum Abschlachten von ihr abgeschaut haben. Er war in der Legion, das heißt er könnte – mit Betonung auf könnte – das Töten gelernt haben. Unser Euler hat verschiedene ›Legenden‹, also falsche Lebensläufe. Für einen BKA-Mann nicht unnormal. Dieser Uhl ist offensichtlich eine ›Legende‹. Aber, verdammt: Warum soll ein BKA-Mann zum gnadenlosen Killer mutieren? Das ist lächerlich.«

Wieder herrschte Schweigen, und jeder widmete sich gedankenverloren seinem Glas. Boger war der Erste, der das Wort ergriff: »Eure drei Toten hatten Verbindung zur Mafia?«

»Geldwäscher«, erklärte Michaux, was ihm einen bösen Blick von Büchner eintrug.

»Mann, Gregor«, sagte Boger gereizt, dem der Blick nicht entgangen war. »Spar dir das Zitronenmündchen, ich hab mal zu eurem Verein gehört. Ich renne nicht zur Presse.«

Das war Büchner klar, trotzdem fühlte er sich unbehaglich. Da saßen sie und diskutierten den Fall mit einem Außenstehenden. Nicht gerade seine Vorstellung von Wahrung des Dienstgeheimnisses.

»Euler hat V-Männer ausgebildet. Ist Mafia-Jäger, wie ihr sagt. Das ist doch eine Verbindung«, machte Boger ungerührt weiter.

»Erst einmal prädestiniert ihn das zur Ermittlungsführung«, konterte Büchner. »Und mit dem Mord an der Vollaro sieht alles wieder verdammt nach Mafia aus. Ein Mord mit Drahtschlinge.«

Michaux, der gerade an seinem Wein genippt hatte, verschluckte sich. »*Nom de Dieu!*« Er hustete, sprang auf. »Ich habe ihn auf die Spur gebracht. Ich habe es gesagt!«, rief er erregt.

Büchner sah verständnislos zu ihm hoch.

»Die Sitzung, erinnern Sie sich?«

Was meinte Michaux? Die letzte SOKO-Sitzung? Natürlich erinnerte er sich. Da hatte Euler verkündet, dass das BKA übernehmen würde.

»Der Geldtransporter. Der Kurier für die Mafia. Ich habe gesagt, es könnte die Vollaro sein. Euler hat es gehört. Ich habe den Handkehrer ausgeliefert.«

Das ging zu weit. Entschlossen stand Büchner ebenfalls auf: »Moment! Wieso sollte Euler den Handkeh … also Felicetta Vollaro umbringen? Der Tathergang unterscheidet sich erheblich von den anderen.«

Auch Boger sprang auf, kniff die Augen zusammen und meinte: »Das ist es. Ein Rachefeldzug gegen die Mafia! Das treibt ihn. Er kommt ihnen nicht bei, also bringt er sie um.«

Büchner schnappte nach Luft. Waren jetzt alle durchgedreht? Wenn man nur genug um die Ecke dachte, ließ sich alles und jedes in Verbindung bringen. »Gequirlte Scheiße!«, stieß er vor.

Das Telefon klingelte.

Die Männer verharrten, sahen sich an. Plötzlich spürte Büchner wieder das Verlangen zu lachen. Da standen sie, mitten in der Nacht. Drei erregte Männer, mit Rotweingläsern in der Hand.

Er stellte sein Glas ab, Boger und Michaux setzten sich wieder, und er eilte zum Telefon. Dort verging ihm das Lachen. Und zwar gründlich.

33.

Mit quietschenden Reifen hielt der Wagen. Büchner hatte den Schlüssel nicht abgezogen, da war Boger schon aus dem Auto und rannte zur Absperrung. Ein Mann stellte sich ihm in den Weg.

Im Näherkommen erkannte Büchner Walter Hamm. Der Dreitagebart hielt Boger an den Oberarmen fest. »Er ist abtransportiert. Er ist nicht mehr drin.«

Die Worte drangen nicht durch. Manfred wand sich in der Umklammerung, sein wilder Blick suchte über Hamms Schulter das Haus, den Eingang.

»Mensch, Boger. Er ist nicht mehr da drin. Beruhig dich. Er ist längst weg, abtransportiert.«

Endlich schien Manfred zu begreifen. Die verzweifelten Versuche, an Hamm vorbei zum Haus zu kommen, wurden schwächer.

»Was ist passiert?« Büchner hörte, wie rau seine Stimme klang.

Drei Männer der Spurensicherung, Gespenster in weißen Overalls, kamen aus dem Haus, grüßten mit abgewandten Gesichtern, drängten sich an ihnen vorbei durch das Gartentörchen und kletterten in den wartenden Kombi. Nur noch ein einzelner Polizeiwagen mit eingeschaltetem Licht stand ein paar Meter entfernt.

»Was ist passiert?«, wandte sich Büchner wieder drängend an Hamm.

Walter Hamm stand mit hängenden Schultern neben Boger, der mit leeren Augen weiter zum Haus starrte. Im Licht der Straßenlaterne sah Hamm krank aus, mit tiefen Ringen um die Augen. »Mein Kleiner wohnt hier. Mit seiner Mutter.« Mit der Hand wies er auf das Gebäude. »Deshalb haben sie mich gerufen. Julian hat ihn gefunden.«

»Dein Sohn hat …« Büchner stockte. Er brachte den Namen nicht über die Lippen. Genauso wenig, wie er sagen konnte: den Toten.

»So gegen zehn Uhr heute Abend ist er rüber. Er ist mit dem Mieter der Wohnung befreundet. Ich habe gleich gedacht, dass mit dem was nicht stimmt, aber meine Frau, also meine Ex-Frau …« Hamm seufzte. »Ich habe beide erst mal zu mir gebracht. Julian ist fertig. Der Polizeipsychologe hat ihm was zum Schlafen gegeben. Hat am ganzen Leib gezittert.«

Hamm schien es nicht viel besser zu gehen. Geduldig fragte Büchner weiter: »Dein Sohn ist also in die Nachbarwohnung?«

Hamm nickte. »Angelika hat ferngesehen. Hat es erst gemerkt, als sie den Kleinen schreien hörte. Die Tür war offen, nicht abgesperrt, und da ist Julian rein. Er sagt, er hat seinen Freund tagelang nicht mehr gesehen. Wollte nachschauen. Da hat er Hauser gefunden. Kehlkopf- und Zungenbeinbruch. Ein einziger Schlag gegen den Hals, sagt der Rechtsmediziner.«

»Wie …« Bogers Stimme klang sehr dünn. »Wie lange lag er da?«

»Zwei Tage.«

Besorgt beobachtete Büchner seinen Freund. Der senkte den Kopf.

»Und der Mieter?«, fragte Michaux.

Überrascht drehte sich Büchner um. Er hatte den Luxemburger völlig vergessen.

»Die Wohnung ist leer. Da ist nichts, gar nichts. Sieht aus wie geleckt, sagt die Spusi, kein Härchen, kein Stäubchen.

Nicht mal ein Fingerabdruck. Als hätte da nie jemand gewohnt.« Hamm schüttelte den Kopf und sah zum Haus.

Gerade gingen im oberen Stockwerk die Lichter aus. Die Mieter versuchten wohl, nach dem Drama der Nacht noch ein wenig Schlaf zu finden. Die letzten Beamten hatten den Tatort verlassen, der Teil eines Absperrbands flatterte. Friedlich und unberührt schlummerte die alte Villa dem Morgen entgegen.

»Was hat er dort gemacht?«, murmelte Boger verzweifelt. »Was zum Teufel wollte Hauser hier?«

»Ich …« Hamm stockte. »Ich habe ihm den Tipp gegeben. Wegen der Zeichnung.«

Bogers Kopf ruckte nach oben.

»Der Kleine, mein Julian, der war ja öfters bei dem Nachbarn. Sie haben zusammen gezeichnet, Julian ist ziemlich gut. Ich habe bei meiner Ex eine der Zeichnungen gesehen, zwei nackte Männer. Ich … Könnte ja auch ein Pädophiler sein, richtig? Aber meine Ex mal wieder … Egal. Dann hab ich das Foto gesehen. In den Akten.«

»In welchen Akten?« Büchner kam nicht mit.

»Na, auf deinem Schreibtisch.« Verlegen musterte Hamm seine Schuhspitzen.

»In meinen Akten?«

Hamm räusperte sich. »Na ja, die lagen da. Und du erzählst mir ja nichts, behandelst mich wie Luft.« Angriffslustig reckte er das Kinn.

»Moment. Welches Bild in meinen Akten?«

»Die nackten Männer. Dieselben Männer wie auf der Zeichnung, nur eben ein Foto. Zufällig hab ich gehört, dass Boger die Skulptur sucht. Da hab ich Hauser angerufen.«

»Warum hast du nicht mit mir geredet?«

Im selben Moment wusste Büchner, dass seine Frage dämlich war. Natürlich hatte er ihm nichts gesagt. Wie auch? Wenn sie sich im Büro sahen, vermied er es ja, mit Hamm zu reden, ihn überhaupt wahrzunehmen.

»Ich weiß, dass Boger und Hauser zusammenarbeiten. Ihr habt doch die Detektei?«

»Warum hat Hauser mir nichts gesagt?«, murmelte Boger tonlos zu niemandem. »Er hätte es mir sagen müssen. Wieso geht er allein hin?«

»Vielleicht wollte er erst mal gucken«, meinte Hamm. »Ob der Tipp stimmt. Kann ja jeder anrufen.«

»Immerhin kam der Tipp von einem ehemaligen Kollegen, einem Polizisten«, warf Michaux ein.

»Meinen Namen, also ... den hab ich ihm nicht gesagt.«

In Büchners Kopf ratterte es. Dieser Idiot hatte Hauser einen anonymen Tipp gegeben, Hauser war los, um die Skulptur zu finden, stattdessen hatte er seinen Mörder gefunden. Verdammt!

»Der Mieter der Wohnung ist spurlos verschwunden«, stellte Michaux fest.

Hamm nickte. »Bernd Hibou, so heißt der Kerl. Die Fahndung ist raus und ...«

»Die Eule!« Mit wilden Augen starrte Boger sie an. »Habe ich es nicht gesagt?«

»Die dritte Eule«, bestätigte Michaux. »Un hibou – eine Eule.«

»Was?« Walter Hamm sah verständnislos in die Runde, aber niemand reagierte.

»Ich habe es gesagt«, wiederholte Manfred Boger und sah zu Büchner, als würde nur der allein auf der Welt existieren. »Wenn du mir geglaubt hättest, hätten wir es verhindern können.«

»Manfred, ich ...«

»Aber du glaubst mir ja nicht. Alles muss fünffach abgesichert und zehnfach bewiesen sein. Weil du Schiss hast. Schiss, mal einen Fehler zu machen, Schiss zu spekulieren. Du hast doch Schiss vorm Leben. Lässt alles abprallen, immer auf der sicheren Seite. Kein Risiko, niemals.«

Büchner blieb die Luft weg. Dieser zornbebende Mann, der da vor ihm stand und ihm Anklagen ins Gesicht zischte … Es war doch nicht seine Schuld, dass Hauser ein Einzelgänger war.

»Wenn du mir einmal vertraut hättest … Er könnte noch leben.« Damit wandte sich Manfred ab und ging die Straße hinunter.

Ein mächtiger schwarzer Schatten, die Hände in den Jackentaschen, die Schultern nach oben gezogen.

»Gehen Sie ihm nach«, sagte Michaux. Büchner sah den Luxemburger nur an.

»Er meint es nicht so«, bekräftigte er.

Doch, er meinte es so. Aber noch schlimmer war, dass er, Gregor Büchner, es auch meinte.

34.

»O Mann, siehst du scheiße aus.«

Irritiert sah Büchner zu Schiele, der mitfühlend sein Wieselgesicht verzog. Wusste Schiele von Hauser? Nein, wahrscheinlich nicht. Wenn ein Polizeibeamter ums Leben kam, machte das normalerweise schnell die Runde, doch Michael Hauser war nicht mehr bei ihrem Verein. Ein paar Eingeweihte würden von den Kollegen der Mordkommission unterrichtet werden. Aber großes Interesse würde der Tod des Stuttgarters nicht auslösen.

»Wo ist dein Schatten?«, flüsterte Schiele wieder zu ihm herüber. Konnte er nicht einfach den Mund halten? Vorne redete Lücke über den Spurenfund bei der Vollaro, und statt seinem Kollegen zuzuhören, quatschte Schiele ihm ein Ohr ab. Schatten? Erst jetzt fiel Büchner auf, dass der Luxemburger nicht wie üblich neben ihm saß, dabei waren sie zusammen ins Kommissariat gekommen.

Die Tür öffnete sich, Max Euler, gefolgt von Memmler und dem vermissten Luxemburger, kam herein. Michaux, dicht hinter Euler, griff dem BKA-Mann auf die Schulter und murmelte etwas. Büchner beobachtete, dass Euler sich nicht einmal umdrehte, sondern zielstrebig hinter Memmler zum Kopfende des Tisches ging.

Michaux schlüpfte auf seinen Platz. Seltsam zufrieden sah er aus. Kaum hatte er Platz genommen, stand er wieder auf, murmelte eine Entschuldigung und ging.

Bevor Büchner sich Gedanken über das Verhalten des Kollegen machen konnte, begann Euler zu reden.

Die Worte rauschten an ihm vorbei, Geräusche, die keinen Sinn ergaben. Büchner sah nur das Gesicht. Die grauen Haare, die den kantigen Schädel umschlossen, das energische Kinn, die schmale Nase und die Augen, fahl und kalt, die niemanden ansahen, aber alles registrierten.

War es möglich, dass der Mann der Killer war?

Uhl – Hibou – Euler. Der Mafia-Jäger wird zum Mafia-Killer? Wenn ja, musste es einen Auslöser gegeben haben, etwas Privates, Gravierendes, das die Veränderung bewirkt hatte. Niemand tötete aus abstrakten Motiven, wenn er kein gestörter Psychopath war. Das war Euler nicht, oder doch? Um Menschen mit bloßen Händen auszuweiden, musste man verrückt sein.

»... tatsächlich der Kurier. Im Wagen von Felicetta Vollaro ...«

Wort- und Satzfetzen zogen an Büchner vorbei. Der Handkehrer, die dunkle, alte Frau mit ihrem Schwall von Schimpfwörtern, den toten Hühnern, dem bäuerlichen Gemüsegarten in der Parklandschaft ihres Enkels.

Eine andere Art des Tötens, die Drahtschlinge. Eine Mafia-Art. Warum? Weil sie eine Frau war? Ein derart kaltblütiger Mörder konnte sich unmöglich am nackten Oberkörper einer alten Frau stören.

»Ich gebe zu bedenken, dass Sie sich vielleicht nicht so stark festlegen sollten.«

Büchner schreckte aus seinen tranceartigen Überlegungen. David Kläsgen, der Profiler, sah herausfordernd zu Euler: »Ich glaube immer noch, dass wir es nicht mit der Mafia, sondern mit einem Einzeltäter zu tun haben.«

»Ach? Sie glauben?«

Wie Euler dieses »glauben« betonte! Als sei Kläsgen ein besonders verwirrtes Sektenmitglied. Mechanismen, die der BKA-Mann einsetzte und die funktionierten. Sobald der Psychologe zu sprechen begann, konnte Büchner förmlich sehen, wie sich ein Schleier aus Langeweile und Desinteresse über die SOKO legte.

»Außerdem widerspreche ich Ihrer Einzeltätertheorie nicht«, fuhr Euler mit sanfter Stimme fort, so sanft, dass man den leisen Psychologen für einen fanatischen Eiferer hätte halten können, der dringend beruhigt werden musste.

»Mafia-Killer morden meist allein.«

»Aber die Symbolik«, begehrte der Profiler auf. »Die Morde sind angereichert mit symbolischen Handlungen. Die Fundorte, die abgelegten Kleider …«

»Nackte Oberkörper durchbohren sich besser als durch Kleidung geschützte.« Euler sah Kläsgen noch nicht einmal mehr an, sprach gelangweilt, als habe er es mit einem Polizeischüler zu tun, dem er das ABC erklären müsse.

»Die Waffe!«, trumpfte der Psychologe auf. »Sie müssen zugeben, dass die Art der Bewaffnung, dieses Nachahmen von Tierkrallen, nicht mafia-üblich ist.«

Jetzt wandte Euler langsam, ganz langsam den Kopf und fixierte Kläsgen mit seinem Schlangenblick. »Ich kämpfe seit zwanzig Jahren gegen die Mafia. Ich habe so viele Mafiatote gesehen, dass ich sie nicht zählen kann. Aber was mafia-üblich ist, weiß ich nicht.«

Bingo! Damit war Kläsgen erledigt. Statt aufzubegehren, seine Meinung zu verteidigen, Euler in die Schranken zu weisen – putzte der Psychologe seine Brille.

Vorne ging das Gespräch weiter, Zuständigkeiten wurden geklärt, Aufgaben verteilt. Büchner hörte unbewegt, dass Rehn, Brand, Schiele und er selber nicht mehr eingeteilt wurden.

Damit waren alle Unbequemen, die den Ermittlungsansatz »Mafia« nicht für den einzig möglichen hielten, aus dem Spiel. Offensichtlich verfügte Euler über Menschenkenntnis. Wer nicht für ihn war, war gegen ihn und raus aus dem Spiel. Gut, es war sowieso nur eine Frage von Stunden, bis die Ermittlungen endgültig vom BKA übernommen würden.

Als alle Aufgaben verteilt, alle Berichte gegeben, alle bisherigen Ergebnisse gehört und kommentiert waren, löste sich die Sitzung auf. Die Männer packten ihren Kram zusammen und machten sich an die Arbeit. Rehn und Brand redeten erregt miteinander, offensichtlich waren sie nicht damit einverstanden, aus der Ermittlung ausgeschlossen zu werden.

Büchner packte seine Unterlagen. Als Kläsgen an ihm vorbei aus dem Raum huschen wollte, rief er: »Herr Kläsgen. Einen Moment.«

Der Profiler zuckte scheu und schob mit dem Zeigefinger seine Brille zurück. »Bitte?«

»Vielleicht könnten wir kurz …?«

In diesem Moment ging Euler an ihnen vorbei. Den Psychologen beachtete er nicht, aber Büchner sah er direkt an. Kurz verhakten sich ihre Blicke. Was war das? Eine Warnung?

»Herr Büchner? Alles in Ordnung?«

Verwirrt sah er zu Kläsgen, der vor ihm stand und ihn aufmerksam musterte.

»Ich finde Ihre Ausführungen zum Täter interessant«, begann Büchner.

Der Profiler lächelte verlegen. »Da sind Sie der Einzige. Ich fürchte, ich habe der SOKO-Werwolf keinen guten Dienst erwiesen.«

»Das lag nicht an Ihnen.«

»Ich fürchte doch.« Wieder ruckte Kläsgen seine Brille zurecht. »Mit Polizisten zu arbeiten ist nicht leicht. Man braucht ein gewisses Durchsetzungsvermögen, eine Art Strahlkraft, um Interesse für das Thema zu wecken. Ich weiß, dass ich darüber nicht verfüge.«

Büchner sparte es sich zu widersprechen. Kläsgen war ein kluger Mann, er stellte Tatsachen fest.

»Der Mord an Felicetta Vollaro unterscheidet sich von den anderen. Könnte es trotzdem derselbe Täter sein?«

Wieder ein Brillenrucken: »Unbedingt. Sehen Sie, die Symbolik bleibt. Auch hier wurde der Mord mit den Händen ausgeführt. Wir haben es mit einem ›Handwerker‹ zu tun. Einem Handwerker des Todes.«

Ein Handwerker des Todes, keine schlechte Umschreibung.

»Die Divergenz könnte sich aus dem Geschlecht des Opfers erklären«, sagte der Psychologe nachdenklich. »Oder der Mörder hatte nicht genug Zeit, war in Bedrängnis, musste schnell handeln. Für die anderen Tötungen hat er Vorbereitungen getroffen. Er hat das Opfer an einen ausgesuchten Ort bestellt, die Todeszeit einkalkuliert, sich bewaffnet, für seinen Rückzug gesorgt. Bei Frau Vollaro war das vielleicht nicht möglich.«

»Könnte es sein …« Büchner brach ab. Wie sollte er fragen, ohne zu viel zu verraten? Andererseits, was machte das jetzt noch?

Er gab sich einen Ruck. »Es gibt eine Skulptur, die genau die Art des Tötens darstellt, dieses Ausweiden. Könnte es sein, dass der Mörder davon inspiriert wurde?«

»Eine Skulptur?«

»Leider kann ich Ihnen nichts Genaueres sagen.«

»Eine Skulptur …«, murmelte der Profiler. Er sah auf den Boden, zum Fenster, in den mittlerweile leeren Raum. »Um das zu beantworten, müsste ich mehr über die Skulptur wissen.«

Büchner zuckte entschuldigend die Achseln.

Kläsgen seufzte. »Gut. Aber das sind reine Mutmaßungen: Wenn die Skulptur einen hohen symbolischen Wert hat, das heißt, entweder berühmt ist oder von einem berühmten Künstler gefertigt wurde, dann schon.«

Berühmter Künstler, na also.

»Wissen Sie, Herr Büchner, unser Mann ersetzt durch seine Symbolfixierung seine mangelnde Fixierung in der Realität. Wir alle tun das hin und wieder, durch Religion, Ideen,

Glaubensrichtungen. Natürlich ist es auch möglich, dass er mit Bildhauerei zu tun hat, sich deshalb Anregung bei einer Skulptur holt.«

»Der Mörder ist Bildhauer?«

»Soweit würde ich nicht gehen. Eventuell kommt er aus einer Bildhauerfamilie, das würde sein Interesse an ›Handarbeit‹ erklären. Jedenfalls stammt er aus einer Familie, in der mit den Händen gearbeitet wurde. Und in der die Hände hoch geschätzt werden.«

Büchner nickte abwesend. Er musste mehr über Euler herausbekommen. Wo stammte er her, wie war sein Werdegang? Er musste sicher sein. Ihn entweder als Täter ausschließen oder ihn überführen.

»Noch eine Frage, Herr Kläsgen. Der Täter ... Er hat auf jeden Fall eine Verbindung zur Mafia, das ergibt sich aus der Wahl der Opfer?«

Der Psychologe musterte ihn durchdringend. Alles Verhuschte, Unsichere war aus seinem Gesicht verschwunden. Sogar die Geste, mit der er wieder einmal seine Brille zurechtschob, wirkte nicht fahrig, sondern entschieden: »Wer gegen Ungeheuer kämpft, wird meist selbst zum Ungeheuer.«

Überrascht sah Büchner ihn an. Hatte der Psychologe einen Verdacht?

Aber schon verwandelte sich Kläsgen wieder in eine graue Maus, sah an Büchner vorbei und murmelte: »Es tut mir leid, aber ich muss los.«

»Ja. Vielen Dank.«

Der Profiler wandte sich ab, drehte sich aber an der Tür nochmals ihm zu. »Seien Sie vorsichtig, Herr Büchner. Der Täter ist zu allem fähig. Es wäre gut, ihn bald zu stoppen.«

Ja, das wäre es. Aber wie? Er brauchte Klarheit.

Büchner nickte unbestimmt Richtung Tür und sammelte weiter seine Unterlagen. Bei Henninger waren DNA-Spuren gefunden worden, die wahrscheinlich vom Täter stammten.

Aber DNA-Funde waren leider nicht die Heilsbringer der Kriminalistik, als die sie gehandelt wurden. Wenn es keine Vergleichsspuren in einer Datei gab, waren sie wertlos, und bis jetzt hatten sie keine gefunden. Die DNA von Euler. Aber wie kam er da ran? Der Mann rauchte nicht einmal. Der einfachste Weg, einfach eine Kippe sammeln, schied aus.

Ein leises Klopfen. Überrascht drehte sich Büchner um.

Hamm, immer noch blass und übernächtigt, stand zaghaft in der offenen Tür.

»Es … Ich wollte Bescheid geben. Also, die Identifikation von Bernd Hibou wird schwierig.«

Das überraschte Büchner nicht.

»Er ist nicht gemeldet, wie die Kollegen sagen. Hat bei Unterzeichnung des Mietvertrags einen Pass gezeigt, der Vermieter hat die Nummer notiert, aber sie existiert nicht. Dasselbe auf der Bank. Er hat mit falschem Pass ein Konto eröffnet, über das die Wohnung lief. Ansonsten keine Eingänge, nur Bareinzahlungen von ihm selbst.«

Schon wieder eine »Legende«. Wie hatte Boger gesagt? Es springt mir ins Gesicht und beißt mir in die Nase.

Aber er wollte nicht an Boger denken. Nicht jetzt.

»Danke.«

»Ist doch klar. Ich hänge mich rein, da kannst du dich drauf verlassen.«

Wie ein geprügelter Hund hatte Hamm das herausgequetscht. In diesem Moment tat er Büchner fast leid. Schuldgefühle waren nicht angenehm. Andererseits: Hamm hatte es nicht anders verdient. Immerhin hatte er Hauser den verhängnisvollen Tipp gegeben. Und ihn damit in den Tod geschickt.

»Ich habe schon dran gedacht, ein Phantombild machen zu lassen. Aber meine Frau erinnert sich nicht wirklich an Hibou, sie hat ihn nur einmal gesehen. Das Gleiche beim Vermieter. Ihre Angaben sind zu vage.«

Ein Phantombild? Keine schlechte Idee!

»Und dein Sohn? Er scheint der Einzige zu sein, der regelmäßig Kontakt zu Hibou hatte.«

Hamm drehte sich verlegen zur Seite. »Hab ich auch dran gedacht. Aber Julian erinnert sich nicht, will sich nicht erinnern. Der Polizeipsychologe meint, ich soll ihn vorerst in Ruhe lassen.«

Julian! Das war eine Chance, egal, was der Psychologe sagte. Ein Phantombild. Das wäre zwar kein Beweis, aber dann könnten sie eine Gegenüberstellung erzwingen. Und vor allem wäre er selbst sicher.

Was hatte Boger gesagt? Fünffach beweisen und zehnfach absichern? Einfach würde ihm schon genügen.

35.

Je länger er auf die Holzplatte der Theke schaute, desto ruhiger wurde er. Hatte was, so eine Theke. Die Rillen und Einkerbungen, die Glasränder, die sich ins Holz gegraben hatten. Spuren der Zeit, verschonten niemanden. Vielleicht das einzig Gerechte, die Zeit. Nicht denken, nur hocken und die Zeit vergehen lassen.

»Herr Boger?«

Er drehte sich nicht um.

Geschiebe und Geruckel, als sich der Fremde neben ihm auf den Barhocker schwang. Boger riskierte einen Seitenblick. »Ah!«

»Herr Büchner sagte, dass ich Sie hier finde. Ich störe?«

Boger schüttelte den Kopf, merkte an der aufrechten Haltung des Luxemburgers, wie zusammengesunken er selbst an der Theke hing, richtete sich auf. Heinz kam angeschlurft und ruckte fragend das Kinn nach oben.

»Der Wirt ist stumm«, erklärte Boger.

Heinz sah ihn abfällig an.

»Oder zu fein, um mit seinen Gästen zu reden. Egal.«

Michaux formulierte laut und überdeutlich: »Ein Glas Rotwein, bitte.«

»Nicht taub, stumm.«

Heinz wischte sich die Hände an seiner ewigen Lederschürze, goss ein Glas voll und schob es dem neuen Gast hin. Michaux nahm einen Schluck, verzog das Gesicht und stellte sein Glas vorsichtig auf die Theke zurück. *»Nom de Dieu.«*

Boger hob zwei Finger, und Heinz schlurfte zur Zapfanlage.

»Ich habe geforscht«, erzählte der Luxemburger.

»Aha.«

»Über Max Euler.«

Boger spürte einen kurzen Stich. Interessiert wandte er sich Michaux zu.

»Mein Freund aus Aubagne. Es gab dort nie einen Max Euler aus Deutschland. Aber ich war klug. Es gab einen Sebastian Aves, an den sich noch einige der Älteren erinnern.«

»Aves, lateinisch: die Eule. Möglich wären Strix, die Bezeichnung der Art, oder Kuwitt, nach dem Ruf der Eule«, parierte Boger.

Michaux nickte. »Sie sind auch klug.«

Heinz stellte zwei Biere vor Boger ab, der schob eins zu Michaux herüber.

Dankbar nahm der Luxemburger einen langen Schluck und meinte: »Sebastian Aves ist unser Euler, ich bin sicher.« Er zog ein kleines Notizbuch aus der Jacke. »Hier: einsneunzig groß, blondes Haar, blassgraue Augen. Ein durchtrainierter, ausdauernder Sportler, disziplinierter Soldat, wurde zum *2e Régiment Étrangère de Parachutites* versetzt, einem Teil der französischen Sondereinsatzkräfte. Eine Spezialeinheit für Kommandoeinsätze, Häuserkampf, Terrorismusbekämpfung und Fernaufklärung. Unter der Hand wird über die Sondereinheit mit Spezialausbildung gemunkelt. Zum Beispiel, dass sie lernen, den Gegner mit einem Handkantenschlag gegen den Hals zu töten. Dabei bricht das Zungenbein. Lautlose Killer.«

Langsam kapierte Boger die merkwürdige Affinität zu den Eulen, den nächtlichen Jägern. Auch sie flogen lautlos durch die Nacht. Grifftöter, die ihre Beute durch den Griff ihrer dolchscharfen Fänge durchbohrten, wenn sie nicht durch einen Schnabelbiss in den Nacken töteten. Diese spezielle

Eule verfügte also noch über ein paar andere Tricks. Handkantenschlag, ein schneller Tod.

Undenkbar, dass Hauser tot war. Nie mehr würde Boger ihn lächeln sehen. Hausers besonderes Lächeln, das nicht in den Mundwinkeln saß, sondern immer die Augen erreichte, während er sich mit der Hand durch die dunklen Locken fuhr. Wieder fühlte Boger einen scharfen Stich.

»Einer von Eulers ehemaligen Kameraden war bereit, ein wenig zu plaudern«, sagte er schnell.

Überrascht hob der Luxemburger die Augenbrauen. »Wie sind Sie an einen Ehemaligen gekommen?«

»Ihr Tipp. Die Amicale in Mannheim.«

»Oh. Dann wissen Sie schon alles?«

Boger merkte die Enttäuschung des Jüngeren, schüttelte den Kopf. »Unser Euler hat sich nie viel aus Freundschaften gemacht. Und mein Legionär war nicht sonderlich gesprächig.«

Das war eine glatte Lüge, um Michaux nicht zu enttäuschen. Der Alte hatte nur zu gerne in Erinnerungen geschwelgt. Vor allem, nachdem sich Boger als Schriftsteller ausgegeben hatte, der über bedeutende unbekannte Persönlichkeiten ein Buch schrieb. Da war er kaum zu bremsen gewesen, allerdings hatte er tatsächlich nicht viel über Aves/Euler gewusst. Dafür jede Menge über Algerien. »Er erinnert sich, dass Aves ihm einmal nachts von seiner Familie erzählt hat. Die hatten einen Steinmetzbetrieb, vor allem Grabsteine. Der Steinmetz lebt vom Tod, hat ihm Aves gesagt. Und von Eulen, die haben sie hergestellt. In Serie.«

»Eulen?«

»Na, aus Sandstein. In allen Größen, für den Garten, für Gräber, für was weiß ich. Das Symbol der Weisheit. Und noch was: Aves hat Leichen angefasst.«

Michaux trank sein Glas aus, hob zwei Finger, aber Heinz sah nicht in seine Richtung. Michaux räusperte sich, Heinz blickte stur gerade aus.

»Sie haben seinen Wein verschmäht, jetzt ist er sauer«, meinte Boger.

»Der ist auch sauer, der Wein«, flüsterte Michaux.

»Ich weiß.« Boger hob zwei Finger, und obwohl der Wirt es vermied, in ihre Richtung zu sehen, trabte er brav zum Zapfhahn.

Als die Frage der Versorgung geklärt war, nahm Michaux den Faden wieder auf. »Das ist ungewöhnlich, das mit den Leichen. Die Legionäre sind abergläubig. Sie töten, aber sie vermeiden es, Tote anzufassen.«

»Hat mir der alte Kamerad auch erklärt. Sensible Kerlchen, die Fremdenlegionäre.«

»Ihr Beruf ist das Sterben, vielleicht halten sie sich deshalb fern von den Toten«, mutmaßte Michaux.

»Aves war anders. Er hat seinem Kameraden gesagt, er sei haptisch.«

»Was ist das für eine Krankheit?«

Boger zuckte mit den Schultern. »Haptische Wahrnehmung, das ist aktives Erfühlen von Größe, Konturen, Oberflächen. Eine Art Tiefensensibilität über das Berühren.« Er versuchte ein Grinsen. »Hab ich nachgelesen.«

Heinz kam mit den Bieren und stellte sie ostentativ vor Boger nieder. Diesmal ging er sogar so weit, Michaux' Weinglas, das vergessen am Rand der Theke thronte, wieder näher zu seinem Besitzer zu schieben. Gehorsam fasste es der Luxemburger und führte es zum Mund. Heinz drehte ihm befriedigt den Rücken, eilig stellte Michaux das Weinglas unberührt wieder ab. Boger griff danach, hob es unter die Theke und ließ einen Teil des Weins auf den Fußboden laufen. Gerade, als der Wirt in seiner Ecke ankam und sich wieder in ihre Richtung drehte, stand das Glas, nun halb voll, wieder auf der Theke.

Heinz sah geradeaus ins Nirwana.

Michaux sah zu Boden. Unter ihren Füßen hatten sich

Pfützen vom Regen gebildet, den sie mit ihren nassen Jacken und Schirmen hereingetragen hatten. Der Wein fiel gar nicht auf.

»Das tritt sich fest«, meinte Boger, der während der Aktion ungerührt nach vorne geschaut hatte. »Und Heinz ist glücklich.«

Michaux grinste breit. »Sie sind ein netter Mann.«

»Das hab ich überhört«, knurrte Boger ihn an. »Aber Sie? Warum helfen Sie mir bei Euler?«

Aus den Augenwinkeln sah er, dass der Luxemburger auf die Theke blickte und verlegen die Rillen und Kanten nachfuhr. So wie er eben. Sah verdammt jung aus, der Kleine mit seinen gegelten Haaren und der Stupsnase.

Der Kleine hob den Kopf. »Wegen Madame Vollaro. Wenn Euler unser Mann ist …«

»Darauf können Sie Gift nehmen.«

»… dann habe ich ihn auf ihre Spur gesetzt. Ich bin schuld an ihrem Tod.«

»Quatsch.« Boger griff nach seinem Glas und leerte es in einem Zug. So jung sein Gegenüber war, hatte er es schon geschafft, sich die alte Polizistenkrankheit zuzuziehen.

»Sie nehmen sich zu wichtig«, erklärte Boger und hoffte, möglichst unfreundlich zu klingen. Tatsächlich sah der Luxemburger betroffen zu ihm herüber.

»Das ist ein Killer, ein Profi. Der braucht keine kleinen Polizisten, um seine Opfer zu finden.«

Es schien zu wirken. Wenigstens ein bisschen. Beleidigtsein war besser als Schuldgefühle, fand Boger. Wieder hob er zwei Finger, wieder setzte sich Heinz in Trab.

»Trotzdem nutzt uns das alles nichts. Wir können nichts beweisen«, sagte er, diesmal wirklich missmutig.

»Oh!« Der Luxemburger kramte in seiner Tasche und legte eine kleine Plastiktüte auf die Theke. »Tatatata!«

Boger beäugte sie.

»Die DNA von Max Euler. Heute Morgen, vor der Sitzung, lag eines seiner Haare auf seiner Jacke. Bei Gerhard Henninger haben wir DNA-Spuren des Täters gefunden.«

Boger hob das Tütchen und hielt es gegen die schummrige Thekenbeleuchtung. »Sie wissen, dass das keinerlei Beweiskraft hat? Wir können keine Anklage darauf bauen.«

»Aber wir sind dann sicher. Auch Herr Büchner und …«

Boger schnaubte verächtlich. Ob Gregor sicher war oder nicht, war scheißegal. Er würde Euler das Genick brechen. Und wenn es das Letzte war, was er tat.

»Sie sind böse auf ihren Freund?«

»Gregor ist kein Freund, das ist ein Kühlschrank.« Genau das war er, lebte in immerwährender Eiszeit. Hatte er ihn jemals überschwänglich, unkontrolliert, einfach mal menschlich gesehen? Nein!

»Sie haben unrecht«, widersprach der Luxemburger. »Es stimmt, Gefühle bilden nicht den wesentlichen Teil seines Lebens …«

Boger lachte auf. »Das ist nett ausgedrückt!«

Heinz stellte zwei Gläser ab. Diesmal bekam der Luxemburger seines sogar hingeschoben.

»Was meinst du, Heinz?« Boger sah dem Wirt in die blutunterlaufenen Augen. »Unser Gregor gehört der zur menschlichen Rasse? Oder ist er ein Mutant?«

Heinz blickte ihn an. Dann öffnete er tatsächlich den Mund. »Boger, du bist ein blödes Arschloch.«

Dem Angesprochenen blieb der Mund offen.

Damit nicht genug fuhr der stumme Wirt fort: »Und wenn du noch mal Wein auf meinen Boden kippst, wisch ich ihn mit deiner Fresse wieder auf.«

36.

Frierend zog Büchner die Schultern nach oben und vergrub die Hände in den Manteltaschen. Schon März und keine Spur von Frühling. Mistwetter!

Ein Wagen näherte sich, Büchner bückte sich und tat, als würde er an seinen Schuhbändern nesteln. Der Wagen hielt, er hörte eine Kinderstimme »Tschüss« rufen, die Autotür schlug zu, der Wagen fuhr weiter. Sicherheitshalber blieb er hocken.

Nicht auszudenken, wenn Hamm ihn entdeckte. Als nichts mehr zu hören war, tauchte er auf und ging zum Haus.

Der Junge stand im Garten. Glück musste man haben! Büchner hatte sich darauf eingestellt, Stunden zu warten, bis Julian vielleicht wieder herauskäme.

Er beschleunigte seinen Schritt, öffnete das knarrende Törchen.

Erschrocken drehte der Junge sich um. Büchner lächelte. »Keine Sorge. Ich bin ein Kollege deines Vaters, Gregor Büchner.«

Der Kleine wandte sich ab und starrte den Kastanienbaum an, der den kahlen Vorgarten zierte. »Papa ist nicht da.«

»Ach?« Büchner tat erstaunt. »Da habe ich ihn wohl grade verpasst?

»Er holt mich nur von der Schule ab. Er wohnt nicht hier«, sagte der Kleine mit müder Stimme und starrte aus unerfindlichen Gründen weiter in die Baumkrone.

Büchner trat neben ihn. Ein zartes Kerlchen, der Sohn von Hamm. Hatten alle Jungs in dem Alter so schmale Schultern?

Sah richtig verhungert aus. Ringe unter den Augen, braune Augen, von dichten Wimpern umrahmt. In dem Alter eine Leiche zu finden war kein Spaß. Kein Wunder, dass die Eltern darauf bestanden, ihn in Ruhe zu lassen.

Wäre vielleicht besser. Büchner kniff die Lippen zusammen und dachte an Hauser. »Was ist da oben?«, fragte er.

»Nichts.«

Na, das sah er auch. Schwierig mit Kindern.

»Warum guckst du dann hoch?«

Er glaubte, der Kleine würde nicht antworten, aber dann kam: »Da war mal eine Eule. In dem Baum.«

»Bestimmt ein Kauz«, meinte Büchner.

Böse drehte sich der Kleine ihm zu. »Gar nicht! Eine Sperbereule. Die sind total selten, die leben in Russland, oder Finnland.«

»Was du alles weißt.«

Verächtlich wandte sich der Junge ab. Hatte er zu gönnerhaft geklungen?

»Das weiß ich von meinem Freund.«

Büchner hielt den Atem an, eine Steilvorlage, die er sich nicht entgehen lassen konnte. »Bernd Hibou?«

Abwehrend zuckte der Kleine mit den Schultern.

»Du weißt, dass dein Freund kein besonders netter Mann ist, oder?«

Der Knirps antwortete nicht, aber Büchner sah, wie er sich versteifte.

»Er hat diesem Mann, dem, den du gefunden hast, sehr wehgetan.«

Keine Reaktion.

»Der Mann, der Verletzte, den habe ich gut gekannt.«

»Der ist nicht verletzt, der ist tot.« Sehr leise stieß das der Kleine vor.

Büchner kauerte sich neben ihn. »Julian, ich brauche deine Hilfe. Wir müssen Bernd Hibou finden.«

Wieder ein abwehrender Blick.

»Wir müssen wissen, wie er aussieht.«

Der Kleine sagte, ohne nachzudenken, ganz automatisch: »Keine Ahnung. Wie ein Mann halt.«

»Weißt du, dein Papa hat erzählt, wie gut du zeichnen kannst. Vielleicht könntest du ein Bild von deinem Freund malen?«

»Ich kann keine Menschen.«

»Da hat dein Papa aber was anderes erzählt. Er meint, du bist ziemlich gut.«

Entschlossen schüttelte Julian den Kopf. »Ich kann nur Tiere.«

Verdammt, das hatte sich Büchner nicht so schwer vorgestellt. »Willst du mir nicht helfen, Julian? Sieh mal, der Tote, das war mein Freund.«

Der Junge wandte sich ihm zu. »Und Bernd ist mein Freund.«

Aha. Da lag der Hase begraben. Er wollte seinen Freund nicht verraten. Gut, dann musste es eben anders gehen.

37.

Der Raum füllte sich nur langsam, die letzte Sitzung der SOKO-Werwolf, die letzten Arbeitsergebnisse und Berichte. Im Gegensatz zu früheren Sitzungen wurde nicht diskutiert, keine Neuigkeiten wurden ausgetauscht, niemand scherzte. Stattdessen halblaute Bemerkungen, belanglose Gespräche. Die Stimmung war seltsam gereizt.

Es war kein gutes Gefühl, mitten in der Arbeit abgeben zu müssen. Noch dazu an die »Krawatten«, die man nicht kannte, die eigene Schlüsse ziehen würden, womöglich etwas, das man selbst als wichtig betrachtet hatte, nicht weiterverfolgten.

Ein Teil der Kollegen war erleichtert den Fall, der sich grausam, komplex und ergebnisarm zeigte, endlich los zu sein. Andere waren besorgt, was die weitere Richtung der Ermittlungen betraf.

Sie standen um die Tische herum, die zu einem Rechteck aufgebaut, den größten Teil des Zimmers vereinnahmten, oder sahen durch die vorhanglosen Doppelglasfenster hinaus in den ewigen Märzregen.

Nur Henri Michaux saß auf seinem Platz und sah immer wieder zur Tür.

Schiele gesellte sich zu ihm. »Na, das war's dann mit der Zusammenarbeit. Wenn ich mal wieder nach Remich tanken fahre, guck ich bei euch vorbei.«

»Ja. Schön.« Michaux nickte abwesend.

»Wo steckt Gregor?«, fragte der Kriminaltechniker und folgte Michaux' Blick zur Tür. Fat Man Memmler, Kruse und

Euler traten ein und bahnten sich ihren Weg durch die Männer.

»Was ist denn mit dem los?« Schiele deutete mit einer Kopfbewegung zu Memmler.

Tatsächlich wirkte der joviale SOKO-Leiter ernst, fast grimmig. Michaux antwortete nicht, sondern sah weiter zur Tür, die sich gerade schloss.

In letzter Sekunde schlüpfte Gregor Büchner herein und ließ sich neben seinem Luxemburger Kollegen nieder. Er nickte ihm zu, wandte sofort den Blick zum Kopfende des Rechtecks, zu Euler, Memmler und Kruse.

»Tja, meine Herren«, eröffnete Memmler.

Eilig setzten sich die letzten Nachzügler auf die noch freien Plätze.

»Die letzte Sitzung, ab morgen übernimmt Wiesbaden. Ich warte auf ihre Abschlussberichte. Bis morgen schriftlich, für die Kollegen vom BKA.«

Allgemeines Stöhnen war die Antwort, von Memmler großzügig überhört. »Fangen wir an. Büchner und Michaux?«

Büchner setzte sich aufrecht und fixierte den SOKO-Leiter. Es sah einen Nerv an Fat Mans Auge zucken.

Merkwürdig, er selbst war nicht nervös. Seit er den Raum betreten hatte, fühlte er sich ruhig. »Ich war, mit ein paar der anderen Kollegen, von Anfang an in den Fall involviert.« Sein Blick streifte Michaux, Thomas Lücke und Schiele.

Erwartungsvoll sahen ihn die Kollegen an. Sicher fragten sie sich, was er mit dieser Eröffnung bezweckte.

»Ein monströser Fall«, fuhr er fort. »Allein die Art der Morde, aufgeschlitzte, ausgeweidete Leichen an malerischen Fundorten. Das hat mich von Anfang an irritiert, es wirkte theatralisch, unwirklich.«

Michaux neben ihm nickte bestätigend.

»Als sollte die Brutalität unseren Blick vernebeln. Warum tötet ein Mensch auf diese Weise?«

»Könnten Sie zur Sache kommen?«, ließ sich Kruse vernehmen, der mit geblähten Nasenflügeln rechts von Memmler saß.

»Ich bin bei der Sache«, entgegnete Büchner. »Die Inszenierung der Morde hat mich, uns alle, verwirrt. Aber es kam noch besser: Geldwäsche, Mafia, Opus Dei. Unser Profiler fügte noch Schlagworte wie ›nekrophile Persönlichkeit‹ und Bedeutung der Symbole hinzu.«

Büchner wandte sich zu Kläsgen, der stumm und grau, aber mit wachen Augen, den Ausführungen folgte.

»Herr Kläsgen, nicht, dass Sie etwas Falsches gesagt hätten. Ich habe mir einfach die Frage gestellt, was passiert, wenn man diese Nebel lüftet? All die großen Worthülsen? Dann bleiben vier Tote, vier Mafiamitglieder, auf grausame Weise ermordet. Was liegt näher, als hinter den Morden einen Gegner der Mafia zu vermuten?«

»Gegner der Mafia, du bist gut«, warf Schiele ein. »Sind wir doch alle.«

»Du meinst also, der Mörder ist Polizist?«, schoss Büchner zurück.

»Nein. Ich … also …« Schiele wusste nicht weiter.

»Rachemorde der Mafia oder Morde eines Mafiagegners – das haben wir nicht zu klären, Herr Büchner«, meldete sich Kruse erneut zu Wort. »Das ist Sache des BKA.«

Büchner sah, wie Memmler die Hand auf Kruses Unterarm legte, als wolle er ihn zum Verstummen bringen. Was Kruse eindeutig verunsicherte, er sah fragend zu seinem SOKO-Leiter.

Die Stimmung im Raum änderte sich. Die Männer saßen sehr ruhig. Irgendetwas ging vor. Nur Max Euler schien von der herrschenden Spannung unberührt. Bequem zurückgelehnt, das Gesicht im Halbschatten, lauschte er distanziert und höflich.

»Unser Mann, und ich weiß, dass es nur einer ist, hat besondere Eigenschaften«, fuhr Büchner fort. »Erstens kann er töten, zweitens hat er einen Hang zu Symbolen, und drittens ist er vollkommen unsichtbar. In all den Wochen haben wir keinen Zipfel von ihm zu greifen bekommen. Fast wie ein Phantom, eine ›Legende‹.«

Jetzt wandte Büchner den Blick und sah zu Euler. Der saß nach wie vor reglos.

»Was ist er für ein Mensch? Vielleicht hieß er als junger Mann, beispielsweise, Sebastian Aves?«

Keine Reaktion, nicht einmal ein Augenzucken. Aber Büchner wusste, der BKA-Mann war ein harter Brocken.

»Wo lernt er zu töten? Möglicherweise bei der Fremdenlegion? Denn gleichgültig, wie viel Imagepflege die Legion betreibt, dort lernt man vor allem das Töten. Jeder Legionär bekommt eine neue Identität, eine ›Legende‹. Vielleicht beginnt es in der Legion? Der Spaß am Wechsel der Identitäten, die für unseren Mann Masken sind, Rollen, in die er schlüpft und wieder ablegt. Ein Spiel. Ich bin, was ich beschließe zu sein. Gottgleich.«

»Das passt«, ließ sich die Stimme des Psychologen hören: »Wenn ich bestimme, WER ich bin, unabhängig von Elternhaus, Herkunft, Schicht, bestimme ich auch, WAS ich tue, unabhängig von Moral oder gängigen Wertvorstellungen.«

Konzentriert sah Büchner zu Euler. Irrte er sich, oder war da ein Schimmern in den fahlen Augen? Eine Spur von Belustigung?

Einen Moment war Büchner unsicher. Was, wenn es nicht klappte? Sein Gewirr aus Spekulation und Halbwissen stand auf dünnen Beinen. Es musste klappen!

»Normalerweise gibt man die falsche Identität ab, wenn man die Legion verlässt. Aber Sebastian Aves, unser Täter, hat Blut geleckt. Er verlässt die Legion, behält aber die Vorliebe für falsche Namen. Und er bleibt in der Exekutive. Du hast recht Peter, vielleicht geht er zur Polizei?«

Peter Schiele starrte ihn mit offenem Mund an.

»Dort steigt er auf. Er ist ein guter Polizist, ein Kämpfer, aber ein Polizist, der nur ein Gesetz kennt: sein eigenes. Was ihn interessiert, ist nicht Recht oder Unrecht, sondern der Kampf. Und er hat sich einen mächtigen Gegner gesucht. Die Mafia.«

»Was ist das? Eine Märchenstunde?« Die sanfte Stimme von Max Euler dröhnte in Büchners Ohren. Unaufgeregt, leicht gelangweilt. Immer noch saß er zurückgelehnt, unbeteiligt. Memmler, zwischen Euler und Kruse eingeklemmt, hatte Schweißtropfen auf der Stirn.

»Vielleicht.« Büchner zwang sich zu einem Lächeln. »Aber es ist ein interessantes Märchen, nicht wahr?«

Euler machte eine kurze Bewegung mit der Hand. Ablehnend? Zustimmend? Büchner wusste es nicht.

»Wie auch immer, unser Mann gegen die Mafia, gegen eine Hydra, ein hundertköpfiges Wesen. Schlägt man ihr einen Kopf ab, wachsen hundert neue nach. Sebastian Aves, der mittlerweile natürlich anders heißt, verliert. Er verliert Männer, die er selbst ausgebildet hat. Volker Döring, zum Beispiel.«

Er war zusammengezuckt! Beinahe hätte Büchner gejubelt. Ein Riss in der Kruste, und das mit reiner Spekulation! Dass Döring ein V-Mann Eulers war, hatte er getippt, schlicht geraten.

Büchner spürte, wie ihm Schweißtropfen zwischen den Schulterblättern rannen. Sicherer geworden fuhr er fort: »Übrigens der einzige wirkliche Mafiamord in unserem Fall. Volker Döring, ein V-Mann bei dem Immobilienmakler Severin Baumann. Ein harmloser Jurastudent, angeworben, um durch die Entlarvung ihrer Geldwäscher der Mafia einen empfindlichen Schlag zu versetzen. Döring wird enttarnt, endet mit einer Drahtschlinge um den Hals in der Saar.«

Tatsächlich, Euler reagierte. Ganz langsam strichen seine

Finger über die Resopalplatte des Tisches. Eine enervierende Geste. So wie damals das Streicheln der Skulptur in der Gartenschau, als Büchner ihn zum ersten Mal getroffen hatte.

»Volker Döring ist nicht der einzige Verlust. In den Akten des BKA werden wir sicherlich noch mehr tote V-Männer finden.«

Jetzt hatte es auch der Letzte kapiert. Alle Blicke waren auf Euler gerichtet.

Unbeirrt, auf den BKA-Mann konzentriert, machte Büchner weiter. »Dann sieht unser Mann in einem Museum die Skulptur zweier Kämpfer. Der eine tötet den anderen auf brutale Art und Weise, er schlitzt ihm die Bauchdecke auf und weidet ihn aus. Eine Art des Tötens, die ungeheuerlich ist. So ungeheuerlich, dass sie verschleiert, ins Reich des Krankhaften weist und ein paar dumme Dorfpolizisten des Landeskriminalamts bestimmt verwirrt. Seinen Hang zu Symbolen befriedigt sie ebenfalls, schließlich ist auch er ein Kämpfer. Als Stefan Uhl stiehlt er die Skulptur. Das war ein Fehler, Herr Euler.«

Die Starre der Männer fiel mit Nennung des Namens. Gemurmel und Getuschel im Raum.

Euler drehte sich zu Memmler. »Ihr Mann entgleist. Sie haben ihn nicht im Griff.«

Büchner stand auf. Mit lauter Stimme, die das Gemurmel zum Schweigen brachte, sagte er: »Ihr zweiter Fehler war, einen ehemaligen Kollegen zu töten.«

Jetzt hatte er die Aufmerksamkeit, die er brauchte. Die wenigsten im Raum wussten von Hausers Tod, die meisten hatten ihn bei der Ermittlung der Museumsdiebstähle im letzten Jahr kennengelernt.

Und Euler wusste nicht, wen er da getötet hatte. Alarmiert hob er den Kopf.

»Als Bernd Hibou töteten sie einen vermeintlichen Einbrecher, unseren ehemaligen Kollegen Michael Hauser.«

Betroffen sahen die Männer ihn an, blickten zu Euler.

Euler lachte auf. »Sie fantasieren! Aves, Uhl, Hibou. Das hat nichts mit mir zu tun.«

»Alles Legenden, Herr Euler, Männer ohne Vergangenheit, ohne nachweisbare Spuren, ohne Fotos. Aber ich habe etwas Besseres.«

Büchner ging zur Tür, öffnete sie und verließ den Raum. Alle sahen ihm nach, hörten Stimmen im Flur. »Ist Papa drin?«

Ein schmaler, dunkelhaariger Junge trat, gefolgt von Büchner, ins Zimmer. Euler stand auf.

Der Kleine sah ihn, ein Lächeln überzog sein Gesicht. »Bernd, da bist du.«

Er lief ein paar Schritte auf ihn zu, blieb stehen, sah verwirrt zu den regungslosen Männern, zu seinem Freund, der ihm nicht entgegenlächelte, sondern abwehrend die Schultern hochzog. Da begriff der Kleine.

Memmler wandte sich zu Euler. »Bernd Hibou, ich verhafte Sie wegen Mordes an Michael Hauser.«

Der Junge schluchzte.

Euler warf arrogant den Kopf in den Nacken. »Sie können nicht …«

»O doch. Ich kann.« Memmler stand auf und brachte seinen schweren Schädel dicht an Eulers Gesicht: »Sie sind Bernd Hibou, identifiziert vor allen Kollegen. Die Skulptur werden wir bei Ihnen finden, zumindest wegen Kunstraub kriegen wir Sie sicher. Außerdem, Max Euler, verhafte ich Sie wegen des Verdachts der Ermordung von Severin Baumann, Gerhard Henninger, Fabian Leuter und Felicetta Vollaro. Die Rechtsmittelbelehrung können wir uns sparen.«

»Sie machen einen Fehler«, zischte Euler in den Raum.

»Kaum«, entgegnete Memmler trocken. »Bei Gerhard Henninger wurden DNA-Spuren des Täters gefunden. Es dürfte kein Problem mehr sein, eine gerichtliche Verfügung zur Untersuchung Ihrer DNA zu erhalten. Nicht von einem Mann in U-Haft. Darf ich bitten?« Mit großer Geste winkte Memmler Brand und Rehn, die an der Tür standen.

»Mit Vergnügen.« Brand kam näher, fasste Euler am Oberarm, Rehn griff ihn von der anderen Seite, zu dritt gingen sie Richtung Tür.

Julian lehnte verloren an der Wand. Als sie auf seiner Höhe waren, stammelte er: »Bernd! Das wollte ich nicht. Ehrlich, das …«

Alles ging blitzschnell. Mit einem Ruck war Euler seine Bewacher los, packte den Jungen und zog ihn zum Kopfende des Raums. Alle sprangen von ihren Sitzen, Brand und Rehn hechteten Euler nach, da ertönte ein scharfes »Halt!«

Euler stand mit dem Rücken zur Wand, den Ellbogen um Julians Hals. »Wenn mir einer nah kommt, breche ich dem Kleinen das Genick.«

Memmler hob die Hand, die Männer wichen zurück. Jedem war klar, dass Euler seine Drohung wahr machen würde. Er hatte nichts zu verlieren.

»Der Kleine ist schneller tot, als ihr eure Waffen ziehen könnt«, bekräftigte Euler.

Waffen, verdammt. Büchner sah, dass sich seine Kollegen nervös umblickten.

Euler lachte. Büchner hatte ihn nie auch nur lächeln sehen, jetzt lachte er aus vollem Hals. »Ihr habt keine Waffen dabei. Das ist ein Witz.«

»Ich habe eine! Auf Sie gerichtet.« Michaux saß als Einziger noch auf seinem Stuhl, seine Dienstpistole zielte auf Euler.

Er wirkte ruhig, aber Büchner hörte an seinem starken französischen Akzent, dass er denkbar aufgeregt war.

»Waffe weg, Michaux«, kam es von Memmler, aber der Luxemburger reagierte nicht.

Büchners Gedanken rasten. Geiselnahme, mit dem Täter

reden, ihn hinhalten, überzeugen. Aber vor ihnen stand kein überforderter Amateur. Euler war Profi. Trotzdem, er musste es versuchen.

Büchner trat einen Schritt vor. »Euler, Sie sind in einem Raum voller Polizisten. Sie kommen hier nicht raus.«

Wieder lachte der BKA-Mann. »Seien Sie nicht so sicher.«

Vorsichtig wagte Büchner noch einen Schritt. »Der Kleine denkt, Sie sind sein Freund.«

»Appelle an mein Herz? Geschenkt, Büchner. Sie haben Julian in die Situation gebracht. Sie haben ihn gezwungen, seinen Freund zu verraten.«

Büchner fühlte den Nerv über seinem Auge zucken. Euler hatte recht, er war an der Situation schuld. Seine Hybris zu glauben, er könne mal eben einen solchen Mörder überführen, vor den Augen der Kollegen. Sein Herz hämmerte, ihm war heiß. Kaltblütig sein, zumindest so tun. Wen wollte er damit täuschen? Büchner versuchte, seinen Atem unter Kontrolle zu bekommen. »Mag sein, aber der Zweck heiligt die Mittel, das wissen Sie, Euler.«

Eulers Augen wurden leer, die Trennlinie zwischen Iris und Augapfel verschwamm. »Ich weiß«, hörte Büchner ihn sagen. »Aber was Sie nicht wissen ist, dass, wenn der Zweck die Mittel heiligt, das seinen Preis hat. Und der Preis ist man selber, Kollege Büchner.«

Büchner stockte, fasste sich wieder: »Sie sind ein Mörder, Euler. Verdammt hoher Preis.«

»Sie Lämmchen«, kam es abfällig von gegenüber. »Gegen die Mafia bin ich absolut harmlos. Glückwunsch, Sie tun denen einen Riesengefallen.«

»Allein gegen die Mafia? Aus welchem Film haben Sie das denn?«

Euler kniff die Augen zusammen. Ärgerte er sich? Büchner konnte seine Reaktionen einfach nicht abschätzen. Die Stimme klang gelassen, als er antwortete: »Ich hatte erst angefangen und keinesfalls vor, so schnell aufzuhören. Leider habe ich Sie getroffen, Büchner.«

Weiterreden, Euler ablenken, seine Gedanken beschäftigen.

»Warum haben Sie die Skulptur gestohlen? Um Ihre Taten in Marmor zu sehen?«

»Mein Wille in Marmor, Büchner. Mein Wille.«

Der Würgegriff um den Hals des Jungen hatte sich gelockert. Scheiße, warum taten die Kollegen nichts? Aus den Augenwinkeln sah Büchner, dass sie starr und gebannt dem Zweikampf lauschten. Keiner wagte sich zu rühren, auch wenn es mit Sicherheit in allen Köpfen ratterte.

»Warum hier? Im Saarland?« Eine dumme Frage, aber Büchner fiel nichts mehr ein, der Kopf – eine Wüste.

Fast gelangweilt antwortete Euler: »Eine Gegend, in der sich Katz und Hund gute Nacht sagen, ist auch eine gute Gegend für Wölfe. Und jetzt Schluss!«

Alarmiert blinzelte Büchner durch die Schweißtropfen, die ihm eimerweise über das Gesicht flossen, zumindest fühlte es sich so an. Während Euler immer ruhiger wurde. Sein Gesicht war eine Maske, reglos. Mit ruhiger Stimme fügte er hinzu: »Es reicht. Ich gehe. Aber Sie, Büchner, nehme ich mit.«

Dann geschah alles gleichzeitig. Euler schleuderte den Jungen von sich, griff in sein Jackett. Ein dröhnender Knall, so laut, dass Büchner dachte, sein Trommelfell würde platzen. Unwillkürlich schloss er die Augen. Als er sie öffnete, sah er Euler stürzen.

In die Männer kam Bewegung. Nach einer Schrecksekunde lief Büchner dahin, wo eben Euler gestanden hatte. Michaux hatte gut getroffen. Der BKA-Mann lag zusammengekrümmt hinter den Stühlen.

Büchner beugte sich über ihn, da kamen die leeren Augen zurück: »Ich habe doch gesagt, dass ich hier rauskomme.«

Ein fahles, Lächeln, ein Zucken, dann war es vorbei. Der Blick war im Nichts angekommen.

Hinter sich hörte Büchner Stimmen, fühlte Arme, die ihn zurückzogen, Körper, die sich vordrängten. An der Seitenwand kam er zu sich, direkt neben Julian, der auf dem Fußboden kauerte.

»Bist du in Ordnung, Junge?«

Der Kleine hob den Kopf, Tränen schimmerten in den Augen, verklebten die langen Wimpern. Das Gesicht eines verwundeten Tierchens. Der Abscheu in seinen Augen traf Büchner unerwartet und heftig. Julian ruckte den Kopf nach hinten, sammelte alle Kraft und spuckte ihn an.

Büchner senkte das Gesicht, wurde hochgezogen. Kläsgen kauerte sich zu Julian, redete auf ihn ein.

Büchner hörte Memmler rufen: »Keine Waffe. Er hatte überhaupt keine Waffe!«

Büchners Blick fand Michaux. Der Luxemburger stand, immer noch mit gezogener Pistole im Raum. »Schäiss!«, schrie er. »Er hat danach gegriffen. Er wollte Büchner erschießen. Das habt ihr gesehen. Das habt ihr alle gesehen.«

»Er hatte keine Waffe«, wiederholte Memmler ruhig.

38.

»Verdammt, sind Sie stur!«

Stur? Böse sah Marie zu dem vierschrötigen Mann, der an ihrem Küchentisch saß, ihr Bier trank, ihr seit Stunden die Ohren vollquatschte und sie jetzt auch noch beschimpfte.

Der Vierschröter stieß einen lauten Seufzer aus. »Ich brauche Sie, kapieren Sie das?«

»Ich brauche Sie nicht.«

»Ach?«

Warum verzog dieser Boger sein Gesicht? Richtig höhnisch.

»Und was ist mit ihrem kaputten Dach, von dem sie mir vorjammern? Der Heizung? Die Haustür? Wie wollen Sie das bezahlen? Die Hütte fällt Ihnen über dem Kopf zusammen, wenn Sie nicht investieren.«

»Das lassen Sie mal meine Sorge sein, junger Mann!« Natürlich hatte er recht. Das Dach. Der versottete Kamin. Salpeter im Keller. Jetzt war es an ihr zu seufzen.

»Nur eine Beraterstelle, mehr nicht. Bitte!«, hakte er sofort nach.

Gott, dieser flehentliche Ton. »Sparen Sie sich Ihren Dackelblick. Das zieht nicht.«

»Ich verstehe es nicht.« Wütend hieb er mit der Hand auf den Tisch. »Ich komme, mache Ihnen ein Top-Angebot und Sie denken nicht mal drüber nach.«

»Ein Top-Angebot, pah!«

Berater in einer Detektei, das hatte ihr noch gefehlt. Sie in einer Detektei? Lächerlich. Und Boger am Hals, der auf ihren Nerven trampelte? Nein, danke.

»Ich bin im Ruhestand«, sagte sie fest.

»Pah«, gab er zurück, genau so verächtlich wie sie, das musste ihm der Neid lassen. »In Ruhestand geht, wer sich Ruhestand leisten kann. Sie können das nicht.«

Hätte sie sich doch lieber die Zunge abgebissen, statt ihm von ihren finanziellen Nöten zu erzählen!

»Ich bin zu alt.«

»Das ist mein Risiko.«

»Ah ja? Und wovon wollen Sie mich bezahlen?«

»Die Detektei hat Rücklagen. Mara will weitermachen, aber wir brauchen einen Spezialisten. Kunst und so, Sie wissen, dass ich davon nichts verstehe.«

Wenigstens verfügte er über eine realistische Selbsteinschätzung. Eine Detektei für gestohlene Kunstschätze, und der Chef des Ganzen hielt Kandinsky für eine Zahnpastamarke.

Als hätte er ihre Gedanken erraten, setzte Boger nach. »Ich versuch es erst mal mit kleinen Sachen. Ehegeschichten, vermisste Personen, Werkspionage, Diebstahl. Was eben anfällt. Aber Kunst, das bringt Geld. Also brauche ich Sie.«

Er gab einfach nicht auf. Und da sagte er, sie sei stur! Gegen ihn war sie ein weiches Ei.

»Warum wollen Sie so verbissen weitermachen? Sie als Kunstbanause? Geschäftssinn haben Sie auch nicht.«

»Ich bin ein guter Bulle.« Er zwinkerte ihr zu. »Und das Geschäftliche regelt Mara.«

Mara, die Frau von Hauser. Ihr kam ein Verdacht: »Sie machen das nicht etwa wegen der jungen Witwe, oder? Also, auf romantischen Quatsch lasse ich mich nicht ein.«

Verlegen zupfte er am Etikett seiner Bierflasche. »Nein, nicht Mara. Eine Nummer kleiner.«

Was sollte das denn heißen?

»Hausers Kleine, Edith. Ich bin ihr Onkotee.«

»Ihr Onkotee? Ah ja, dann natürlich …«

»Hauser ist tot. Und die Kleine hat niemanden, der für sie sorgt.«

»Soweit ich weiß, ist die Mutter nicht verstorben.«

»Schon.« Verlegen wand sich der große Mann an ihrem Tisch zur Seite. »Sie hat ganz winzige Hände. Ein Frosch.«

»Sie sind eine Kitschnudel, Boger.«

»Ich bin es Hauser schuldig.«

Marie Weller sah in die Flammen ihres alten Kaminofens. Hauser, so ein schöner Mann. Sein Tod hatte sie traurig gemacht. Er hatte nett gelacht, war interessiert, die Seele der Detektei. Falls dieser Hornochse vor ihr nicht international einen Erfolg verbuchen konnte, konnte er sich seine Detektei in die Haare schmieren. Kunstdiebstahl, das war nichts für Amateure. Schade, gerade jetzt wollten die vatikanischen Museen den Diebstahl der Skulptur öffentlich machen. Das wäre es gewesen.

Ob sie eine Detektivprüfung ablegen müsste? Sie kicherte. Boger beobachtete sie.

Natürlich konnte sie das Geld brauchen. Für ihr Haus, ihr Leben. Nicht mehr auf die Zufallskäufe von Freunden und Bekannten angewiesen sein, die alle Schaltjahre ein bisschen alten Schmuck bei ihr kauften. Eine Detektei. Wirklich lächerlich, in ihrem Alter. Die Blum würde einen Herzschlag kriegen, wäre natürlich ein netter Nebeneffekt! Wieder stieg ein Kichern in ihrer Kehle hoch.

»Ich weiß nicht, was Sie denken, aber es ist bestimmt falsch. Und mit Mara und mir oder wegen der Kleinen: Ich bin schwul, das können Sie ruhig wissen.«

»Also kein romantischer Quatsch?«

Er setzte sich so würdevoll aufrecht, dass er sie schon wieder zum Kichern brachte.

»Bestimmt nicht. Sie können sich ruhig totlachen, ich sorge für die Kleine.«

»Sie sind absolut verrückt. Ich denke, es könnte klappen.«

»Was?«

»Ich nehme Ihr Angebot an.«

Ein Leuchten ging über sein Gesicht. Kurz befürchtete sie, er würde aufspringen und sie umarmen. »Unter Vorbehalt«, sagte sie hastig. »Ich habe meine Bedingungen …«

Sein Handy klingelte.

»Ja?«, brüllte er in den Hörer. »Nein!«, schrie er kurz darauf und sprang von seinem Stuhl.

Schienen ja aufregende Neuigkeiten zu sein.

»Wo bist du?«, brüllte er dann und »Ich komme!«

Als er die Austaste drückte, strahlte er wie ein Honigkuchenpferd. Vermutete sie zumindest, sie hatte noch nie wirklich eins gesehen.

Dann ließ er sich auf seinen Stuhl zurückplumpsen. Und zu ihrem Schreck legte er den Kopf auf seine Unterarme und heulte.

Auch das noch.

Marie Weller umrundete den Tisch, streichelte vorsichtig seine Schultern. »Na also«, murmelte sie begütigend. Etwas Besseres fiel ihr nicht ein.

Er hob den Kopf. »Ich kriege die Skulptur.«

»Den Michelangelo?«

»Gregor hat das durchgeboxt. Weil ich den Täter gefunden habe und wichtige Hinweise …« Er unterbrach sich und lachte. »Egal, ich krieg die Skulptur!«

Er sprang auf, griff ihre Hände und wirbelte sie in der Küche herum.

»Sie Irrer!«, keuchte sie außer Atem.

Er ließ sie los. »Schnell, Sie rufen den Vatikan an, ich meine Ihren Vito. Sagen Sie, wir haben die Skulptur. Und stellen Sie den Sekt kalt, ich hole Gregor.«

Sekt? Ein Bier konnte er haben!

»Gregor?«

»Meinen Freund Gregor. Er steht vor der Tür und traut

sich nicht rein. Will mich abholen. Stellen Sie sich vor, kommt von Saarbrücken, um mich abzuholen.« Damit wirbelte er durch die Tür.

Erstaunlich, dass ein so schwerer Mann derart flott sein konnte. Gregor? Also doch romantischer Unsinn!

Da kam der Wirbel schon wieder ins Zimmer gestürmt. »Ah ja, treiben Sie die Prozente hoch. Immer dran denken: Ist auch für Ihre Firma!« Und schon war er wieder verschwunden.

Prozente hochtreiben? Bekamen sie Prozente für die Wiederbeschaffung? Nicht schlecht. Zufrieden ging sie zum Telefon.

Boger stürmte aus dem Haus und schlug frierend die Arme übereinander. Mist, die Jacke hatte er vergessen. Er lief, nein, hüpfte über den Plattenweg des Vorgartens auf die Straße.

Mit ausgeschalteten Scheinwerfern stand Gregors Wagen an der Gartenmauer. Ohne nachzudenken, riss Boger die Vordertür auf, zog Gregor aus dem Wagen und schlang die Arme um ihn.

Es störte ihn nicht, dass sein Freund ächzte und zappelte. »Mensch, Gregor. Gut gemacht. Verdammt gut gemacht«, rief er und drückte fester.

Ein harter Schlag in seine Magengegend, überrascht ließ er los.

»Mmpfh«, war das Erste, was er von Gregor hörte, der seinen Schlips lockerte und hustete.

»Was ist los? Geht's dir gut?« Besorgt beugte sich Boger herunter.

Büchner wich einen Schritt zurück. »Wenn du mich nicht würgst, dann schon.«

Boger griff nach seinem Arm. »Komm, du musst mir alles erzählen. Wie hast du das geschafft? Was sagt Memmler? Wann kriege ich das Ding?«

Büchner hob beschwichtigend die Hände. »Hör mal, erst muss ich dir was sagen.«

»Du alter Teufelsbraten, erzähl.«

»Manfred, hör zu. Du hast recht. Ich meine, mit dem Risiko und dass ich das Leben abprallen lasse.«

»Mann, Gregor, das hab ich nur so gesagt.«

»Nein, hast du nicht. Ich hab Schiss. Ich arbeite und arbeite, denke, das Ergebnis rechtfertigt alles, und dann wird man angespuckt und …«

Verständnislos betrachtete Boger seinen stammelnden Freund. Eine Krise, klar. Am besten quatschen lassen und nicken. Hoffentlich dauerte das nicht ewig, war schweinekalt hier draußen.

Aber Gregor schien zu einem Entschluss gekommen zu sein. Er baute sich vor ihm auf. »Ich werde mich ändern, das verspreche ich. Und mit dem Zusammenwohnen, also … Vielleicht sollten wir es riskieren. «

Boger stieß einen Jubelschrei aus. »Mensch! Gregor. Du und ich und Mara und Edith. Ich sag dir, das wird ein ganz neues Leben.«

»Du und ich und Mara und Edith?« Büchner sah merkwürdig aus. Irgendwie, als würde der Boden unter ihm nachgeben.

Ich habe Pläne. Wir brauchen natürlich ein großes Haus, drei Stockwerke mindestens. Eins für Mara und die Kleine, eins für mich, eins für dich. Und die Detektei? Na, vielleicht vier. Also …« Damit zog Boger seinen schwankenden Freund zum Haus.

Eine Art Nachwort

Im Krimi verweben sich Realität und Fiktion auf seltsame Weise. Hier ein möglicher Leitfaden durch den Wirrwarr: In den Vatikanischen Museen stehen tatsächlich die Statuen von Kreugas und Damoxenes. Und tatsächlich hat, von Pausanias beschrieben, ihr tödlicher Kampf wohl stattgefunden.

Mein erster Dank geht an Robert Mildenberger, der mir die relevanten Stellen dazu aus dem Altgriechischen übersetzt hat.

Bei den unzähligen Varianten, jemanden vom Leben zum Tod zu befördern, ist die »Damoxenes-Variante« sicher nicht die Simpelste. Medizinisch auf Durchführbarkeit überwacht hat sie Dr. Reinhard Jilg, der mir ganz nebenbei auch noch interessante Informationen über den antiken Faustkampf geliefert hat. Geplant, ausphantasiert, überprüft und mit Details versehen hat sie mit mir gemeinsam der Rettungssanitäter Karlos Kespohl, der auch für die Verfeinerung der Mordwaffe zuständig ist. Über jede Art von Schock hat mich der Heilpraktiker Wilfried Gansmann informiert.

Diesen Dreien gilt mein besonderer Dank.

Die Statuen in den Vatikanischen sind, grob geschätzt, zwei auf zwei Meter, daher kaum zu stehlen, und sie sind nicht von Michelangelo. Sie auf eine stehlbare Größe zu verkleinern war kein Problem. Sie mit Michelangelo in Verbindung zu bringen war eins. Geholfen haben mir folgende Bücher:

- »Michelangelo im Spiegel seiner Zeit« von Ernst Steinmann

– Michelangelo, »Lebensberichte, Briefe, Gedichte, Gespräche«
– Michelangelos Gedichte in deutscher Übersetzung von Henry Thode
– »Michelangelo« von Irving Stone

Über Steine etwas gelernt habe ich aus:
– »Gesteinskunde« von Friedrich Müller

Aber vor allem von der Bildhauerin Bärbel Schmidt. Dafür ein dickes Dankeschön.

Die Mafia in Deutschland – ein unterschätztes Thema. Leider gehören Mafiosi selten zu den Informanten, aber Bücher über sie gibt es. Erwähnt seien:
– »Mafia« von Petra Reski
– und (natürlich) »Gomorrha« von Roberto Saviano

Desgleichen hilfreich war:
– »Geldwäsche« von F. Schneider, E. Dreer und W. Riegler

Und für die Gegenseite:
– »Die BKA Story« von Armand Mergen
– »Die Abrechnung« von Michael von Wedel und Jürgen Kremb

Wie immer einen Dank an meine Freunde von der Polizei, die gnädig über die oft allzu fiktionale Schilderung ihrer Arbeit hinwegsehen und sogar eine großzügige Auslegung des saarländischen Polizeigesetzes hinnehmen.

Einen besonderen Dank auch an meine Übersetzerinnen. Für Italienisch war Sara Nunius zuständig, für das Luxemburgische Brigitte Urhausen. Da ich keine der beiden Sprachen beherrsche, ist ihre Geduld und Mühe besonders erwähnenswert.

Nicht zuletzt sind meine treuesten Testleser, meine Schwester Hanna und meine Mutter zu nennen, die mich in Rekordgeschwindigkeit über meine Fehler informieren und trotzdem mit Lob und Unterstützung nicht knausern.

Einen Dank – wie immer – an den geduldigsten und nettesten Agenten, den eine Autorin haben kann: Bastian Schlück

Den Informanten, die mich mit brisanten Informationen versorgt und deshalb lieber nicht namentlich genannt werden wollen, ein herzliches Dankeschön.

Bleibt noch einer: mein treuester Leser, Unterstützer, Freund und Weggefährte.

Mein Mann, Rainer Furch. Danke, Rainer.

JEAN G. GOODHIND
Mord ist schlecht fürs Geschäft
Kriminalroman
Aus dem Englischen
von Ulrike Seeberger
311 Seiten
ISBN 978-3-7466-2515-7

Hier geht's um Mord, Mylord!

Honey Driver, verwitwet und mit 18-jähriger Tochter, leitet ihr eigenes kleines Hotel in Bath. Zudem ist sie die neue Verbindungsfrau des Hotelverbands zur Polizei. Da verschwindet ein amerikanischer Tourist spurlos. Honey nimmt die Ermittlungen auf, die sie bald auf einen Adelssitz führen, auf dem recht befremdliche Dinge vor sich gehen. Spannend, witzig und very British.

»Ein Hit für alle, die die britische Lebensart mögen.« KIRKUS REVIEW

»Manchmal ist es schon allein der Schauplatz, der neugierig auf einen Krimi macht. Beim Romandebüt der Engländerin Jean G. Goodhind kommen aber noch eine skurrile Handlung und viel britischer Humor dazu.« BRIGITTE

atb aufbau taschenbuch